Hans Ernst

Birken im Sturm

Hans Ernst

Birken im Sturm

Roman

rosenheimer

5., bearbeitete Auflage 1999

Titelbild: Michael Wolf, München
Lektorat, Herstellung und Satz:
VerlagsService Dr. Helmut Neuberger
& Karl Schaumann GmbH, Heimstetten
Druck und Bindung: Wiener Verlag, Himberg bei Wien
Printed in Austria
ISBN 3-475-52961-0

Mit goldenem Glanz liegt der Sonntagnachmittag über der Hügellandschaft. Sind es fünfzig Hügel oder hundert? Wer hat sie jemals gezählt in diesem Wellental, das sich dem Auge bietet, wenn man auf der Ratzinger Höhe steht und die Augen über die Landschaft gleiten lässt.

Noch dazu war es gerade Frühling. Alles stand in bräutlichem Schmuck, die blühenden Obstbäume in den Bauerngärten, die weißen Birken im Moor, die sich von den dunklen Fichten und Föhren leuchtend abhoben. In den Gärten blühten Tulpen und auf den Wiesen Löwenzahn. Wie ein großes Auge lag der See in der Tiefe. Ein paar Segelboote schaukelten langsam auf dem Wasser dahin, sonst tat sich aber noch nicht viel um diese Zeit. Zum Baden war das Wasser noch zu kalt, denn der Kalender hatte gerade die drei Eisheiligen und die kalte Sophie hinter sich gebracht. In den Bergen hatte es sogar noch einmal bis auf fünfzehnhundert Meter herunter geschneit. Wie verzuckert sahen die Gipfel aus.

Die Stille dieses Nachmittags war unterbrochen vom Rollen der Kugeln auf der Kegelbahn beim Kuglerwirt zu Laufham. Nur manchmal, wenn es für eine kleine Weile still war, hörte man vom nahen Wald herüber einen Kuckuck rufen oder den dünnen Schlag der Kirchenuhr.

Zehn junge Burschen waren in der Kegelbahn, die neben dem Gasthaus unter alten Kastanienbäumen stand. Die zwei Luiserbuben von Jakobsöd, die drei vom Stögerbauern, der Schmied Hilarius, der Weindl

Sepp, der Gemeindesekretär Alfons Angerer und die beiden Metzger vom Kuglerwirt.

Die Ärmel des weißen Leinenhemdes aufgekrempelt stand der Luiser Rasso vorne am Laden. Die Kugel in der Hand nahm er mit schmalen Augen den rechten Saunagel ins Visier, den vor ihm zwei andere schon verfehlt hatten. Dann bückte er sich ein wenig und wie aus einem Rohr geschossen rollte die Kugel hinaus und fegte den rechten äußeren Kegel hinunter.

Schmunzelnd drehte sich Rasso um und sagte trocken:

»So scheibt man beim Dambosi!«

Sein zweiter Schub ging ins volle Haus. Ein wunderschöner Siebnerschub. Nur mehr der König und der rechte Paarer standen.

»Scheib jetzt bloß nicht den König um!«, drohte Rasso dem Angerer Alfons, der nach ihm anstand. »Da kannst du einen Zwölfer draus machen. Schau dir nur den Paarer gut an und leg die Kugel weit vor.«

Der Alfons schaute sich den Paarer genau an und schob prompt den König weg. Der Rasso blies die Backen auf und schnaubte:

»Gibt's denn so was auch? Du wirst so ein Nachtwächter sein! Wenn ich sag, er soll den Paarer wegputzen, scheibt er den König weg! Geht der Kerl drei Jahr in die Handelsschule und kann nicht einmal einen König von einem Paarer unterscheiden! Du darfst dir dein Schulgeld wieder auszahlen lassen!«

Alle lachten. Auch der Alfons lachte herzlich mit. Man kannte ja den Rasso und seine Sprüche. Ein Mundwerk hatte der schon, aber niemand konnte ihm deswegen böse sein. In seinem beißenden Spott lag immer zugleich etwas Versöhnliches und er stieß auch jetzt wieder den Alfons gutmütig lachend gegen die Schulter.

»Mach dir nichts draus, Alfons! Es ist noch nie ein Gelernter vom Himmel gefallen.«

Dann nahm er sein Bierkrügl und nahm einen herzhaften Schluck. Sein Bruder Martin stand jetzt an und fehlte den Paarer gleich zweimal. Rasso verdrehte die Augen, schaute zu den Balken hinauf und schüttelte verständnislos den Kopf.

»Und so was ist mein Bruder! Da hat die Mutter was Sauberes aufgezogen! Für dich wär's auch gescheiter, du trägst die Kugel bis knapp vor den Kegel hin! Da muss ich direkt ein paar Würst essen jetzt, sonst wird mir schlecht.«

Das fiel ihm gerade so ein, weil die Bedienung wieder einmal vom Gasthaus herübergelaufen kam um nachzusehen.

»Hat noch jeder Bier oder geht sonst was ab?«, fragte sie, unter der Tür stehen bleibend.

»Einen Wurstsalat mag ich, mit viel Zwiebeln!«, schrie Rasso, trank aus und klappte scheppernd den Zinndeckel seines Krügels zu. »Und da darfst auch noch mal einschenken.«

Alle anderen riefen ihr nun fast gleichzeitig weitere Bestellungen zu. Die Moni nahm ihren Block und notierte, was sie in dem Durcheinander aufschnappte. Dann wiederholte sie die Bestellung und fragte nochmals:

»Kriegt noch jemand was?«

»Ich kriege schon noch was«, flüsterte Rasso, der plötzlich neben ihr stand.

»Was denn?«, fragte die Moni und drehte ihm das Gesicht zu. Sie sah in seine Augen, in denen sich alles spiegelte, was in ihm war an überschäumender Lebenslust.

»Wenn du's genau wissen willst, Moni«, sagte er gedehnt und schaute demonstrativ auf die Armbanduhr,

»so zwischen zehn und elf Uhr nachts einen herzhaften Kuss, wenn's geht.«

Die Moni schenkte ihm einen funkelnden Blick.

»Und sonst bist du gesund?«

»Und wie!«, beteuerte er, legte ihr den Arm um die Hüften und flüsterte nahe an ihrem Ohr: »Lass heut, wenn Polizeistunde war bei euch, die hintere Haustür offen, dann zeig ich dir, wie gesund ich bin.«

»Das könnte dir so passen!«

»Dir vielleicht nicht?«

»Wenn man dir nur einmal im Leben was glauben könnt, Rasso!«

»Sei so gut!«, spielte er den Entrüsteten. »Ich bin der ehrlichste Mensch auf der Welt!«

»Ja, dort, wo sie mit Brettern vernagelt ist! Sei gescheit, Rasso, das hat ja doch keinen Sinn. – Also, was war jetzt alles? Dreimal Aufschnitt, viermal Wurstsalat und sechs Halbe Bier.«

Dann rannte sie fort, dass der Rock locker um ihre Beine flatterte. Rasso schaute ihr blinzelnd nach.

»Du kommst dran, Rasso!«, schrie einer.

Rasso nahm eine Kugel, visierte scharf und schob einen sauberen Kranz.

Der schöne Tag neigte sich allmählich dem Abend zu. Die feinen Schleierwolken hatten schon gelblichen Glanz. Ein leiser Wind war aufgekommen und rauschte in den Kastanienbäumen. In der Kegelbahn war immer noch Hochbetrieb. Der Luiser Martin griff nach seiner Joppe, die am Haken neben der Schreibtafel hing, und fragte seinen Bruder Rasso:

»Trifft mich heut das Eingrasen oder dich, Rasso?«

Rasso dachte einen Augenblick nach und gab zu:

»Heut bin ich an der Reihe.«

Der Zwillingsbruder hängte seine Joppe wieder auf

und stellte fest: »Dann musst du dich auf die Füße machen, Rasso.«

Martin glich seinem Bruder in Aussehen und Gestalt aufs Haar. Nur hatte er auf der rechten Wange eine deutlich sichtbare Narbe, die von einem Sturz von der Tenne herrührte, sodass man immer gleich wusste, wer der Rasso und wer der Martin war. In ihrem Wesen freilich waren die beiden grundverschieden. Der Martin war bedächtig und nicht so redegewandt. Ihm fehlte das Draufgängerische und Rasso sagte immer:

»Man merkt halt doch, dass du zwei Stunden nach mir auf die Welt kommen bist! Du hast halt noch nicht so viel mitgekriegt wie ich.«

»Mir langt es«, sagte dann der Martin und man wusste nie, ob diese Gleichgültigkeit gespielt war oder ob er ich heimlich ärgerte. Er ging nie so richtig aus sich heraus und manchmal glomm in seinen Augen etwas auf wie Neid oder ein verborgener Grimm, weil er die Überlegenheit des Bruders spürte. Die körperliche wie die geistige.

Seufzend hatte nun Rasso seine Joppe angezogen und wollte schon heimgehen, als auf der Straße ein groß gewachsenes Mädel ein Fahrrad vorbeischob. Zuerst blinzelte Rasso ein wenig, dann pfiff er leise durch die Zähne. »Die kenn ich doch?«

Noch mal maß sein Blick die schlanke Gestalt da draußen, dann drehte er den Kopf zu seinem Bruder um.

»Martin, wenn die Moni kommt, leg derweil meine Zeche aus. Ich hab jetzt was anderes zu tun.«

Verdrossen sah der Martin ihm nach und brummte: »So macht er es jedes Mal, wenn er einen fremden Rock sieht! Ich kann jetzt heimgehen und mich für ihn auf den Bulldog setzen.«

Nun, gar so fremd war der »Rock« da draußen dem

Rasso nicht. Er hatte bloß ihren Namen vergessen und auch, woher sie stammte. Aber das war für ihn weiter nicht schlimm. Er müsste nicht der Luiserhofer Rasso sein, der Draufgänger, der Hansdampf in allen Gassen, wenn er nicht gewusst hätte, wie man die Gleise legte, damit der Zug auch fuhr. Er trat auf die Straße, setzte sein gewinnendstes Lächeln auf und sagte:

»Ja, wen sehen denn da meine blitzblanken Augen? So ein Zufall! Man darf doch wirklich was drauf geben: Heute früh beim Hochamt ist mir ein Markstück hinuntergefallen, mit dem Adler nach oben, und das bedeutet, dass man noch was Liebes zu sehen kriegt, bevor an dem Tag die Sonn untergeht.«

Das Mädchen sah ihn mit schief gehaltenem Kopf an, Misstrauen und Heiterkeit zugleich in den nussbraunen Augen, über denen sich schön geschwungene Brauen spannten. Ihr Gesicht und die halb nackten Arme waren von der Frühlingssonne gebräunt. Knapp umspannten enge Jeans die schmalen Hüften. Das weite weiße T-Shirt stand am Hals ein wenig offen und man konnte das goldene Kettchen mit einem Kreuz daran am schlanken Hals schimmern sehen. Über der Lenkstange, die sie mit beiden Händen hielt, hing eine weiße Windjacke.

»Ja, was seh ich denn da«, staunte Rasso. »Du hast ja einen Platten im Hinterreifen!«

»Ich muss mir einen Nagel hineingefahren haben«, seufzte sie. »Und am Sonntag findest du ja keinen Mechaniker, der einem das Radl flickt.«

»Ja, das ist ein Kreuz heutzutag«, bestätigte Rasso. »Hast du denn kein Flickzeug dabei?«

»Leider nein.«

»Sonst hätt ich das schnell in Ordnung gehabt.«

Zum ersten Mal sah er es in ihren Augen aufleuchten.

»Hättest du das wirklich gemacht?«

»Warum denn nicht? Da ist doch nichts dabei. Für ein so schönes Mädl könnt ich sogar mein Herzblut opfern.«

Sie lachte hell auf.

»So schaust du grad aus!«

Rasso machte recht ernste Augen und tat empört. »Da kennst du mich aber schlecht!«

»Jetzt hast du ausnahmsweise einmal die Wahrheit gesagt. Ich kenne dich nämlich wirklich schlecht.«

»Das lässt sich ganz leicht nachholen, wenn du ein bissel Wert drauf legst.«

Sie wiegte den Kopf hin und her und sah ihn forschend an, so, als ob sie ihn mit diesem Blick ergründen wollte. Tapfer hielt er ihrem Blick stand. Das fiel ihm niemals schwer, wenn er wollte.

»Das kann man ja nie wissen«, meinte sie viel sagend.

Also legt sie Wert darauf, stellte er bei sich fest. Dann drehte er wie in Unbehagen das Gesicht über die Schulter. In der Kegelbahn war es ganz still geworden. Hinter dem staubbedeckten Fenster sah man die grinsenden Gesichter.

»Schau nur grad, wie sie gaffen, die Hammeln, die neugierigen! Der pure Neid, sag ich dir! Komm, ich begleite dich ein Stückl, wenn's dir recht ist.«

Es war ihr recht. Ganz langsam gingen sie dahin. Rasso hatte ihr galanterweise das Fahrrad abgenommen und sie sagte auch nichts, als er von der Straße auf einen Fußweg abbog, der zum See hinunter führte.

»Wenn ich nur grad wüsst, wie sie heißt«, dachte er verzweifelt und beschloss schon sie gespreizt als »schöne Jungfrau« anzureden, als sie ihm ungewollt auf die Spur half.

»In Prien auf der Stubecker Hochzeit«, sagte sie, »da hab ich dich zum ersten Mal gesehen.«

»Ganz richtig«, nickte er, als hätte er das längst gewusst. Immerhin konnte er sich jetzt vage an sie erinnern. »Da hab ich dich auch zum ersten Mal gesehen.«

Der Weg war schmaler geworden. Sie mussten hintereinander gehen und Rasso hatte nun Gelegenheit ihre Figur zu bewundern. Wie aufrecht sie den Kopf trug, wie schmal sie um die Hüften war, wie locker und frei ihr Schritt! Das Sonnenlicht schimmerte in ihrem nussbraunen Haar. »Schöner kann's der Herrgott gar nicht wachsen lassen«, dachte Rasso.

»Damals«, erzählte sie weiter, »damals hast du ja bloß Augen gehabt für die Pentner Maria. Mit knapper Not, dass du einmal mit mir getanzt hast.«

»Wo hab ich denn damals bloß meine Augen gehabt«, dachte er und antwortete frech:

»Gib zu: Du warst selten frei. Ein paar Mal wollt ich dich holen, aber um dich waren sie ja herum wie die Wespen!«

»Ja, das ist wahr«, lachte sie dunkel. »Selten hab ich so viel getanzt wie auf der Stubecker Hochzeit.«

»Wie seid denn ihr überhaupt verwandt mit dem Stubecker?«

»Die Stubeckerin ist eine Schwester von meinem Vater.«

»Aha! Und wir, glaub ich, sind von dritter Seite her verschwägert. So genau kenn ich mich nicht aus in unserer Verwandtschaft. Aber die Pentner Maria, auf die du vorhin angespielt hast, ist meine Cousine.«

»Für eine Cousine hast du sie aber ganz schön hergedrückt.«

»Au, au, au! Die hat aber genau aufgepasst«, dachte Rasso, buchte es aber gleich als ein Plus für sich und fragte:

»Hast du denn so genau Obacht gegeben?«

»Ja, die Harlander Lisa sieht manches, wenn sie nur will.«

Da schau her! So leicht war es gegangen! Jetzt wusste er, wie sie hieß, und sagte gleich:

»Ich will dir einmal was sagen, Lisa. Die Pentner Maria ist mir halt zugestellt gewesen als Kranzljungfrau, du weißt ja, wie das so geht auf solchen Hochzeiten. Und wenn ich schon einmal eine Aufgabe übernehm, dann übernehm ich sie richtig oder gar nicht. Da kenn ich nichts. Gelangweilt hast du dich ja auch nicht und ich wette meinen Kopf, Lisa, dass du gar nicht weißt, wer ich bin.«

Sie blieb stehen, sah ihn an und lachte.

»Als ob man den Luiserhofer Rasso nicht überall kennen tät wie Falschgeld!«

»Sei so gut! Du musst einen ganz netten Begriff von mir haben. Dabei gibt es keinen braveren Menschen als mich.«

»Wenn du schläfst vielleicht, und selbst dann wird es nicht gewiss sein!«

»Möchtest mich gern einmal schlafen sehen?«, fragte er und riskierte einen seiner schmachtenden Blicke.

»Auf das Vergnügen möcht ich verzichten. Es hat doch kaum eine Rauferei gegeben, bei der du nicht dabei warst. Und von deinen Liebesgeschichten hat man so viel gehört, dass ich mich oft gefragt hab, was denn das bloß für ein Mensch ist!«

»Ach«, lachte Rasso, »geredet wird viel, wenn der Tag lang ist! Und alles muss ja nicht wahr sein.«

»Da hast du Recht. Ich hab auch nicht alles geglaubt. Es langt ja auch, wenn nur die Hälfte wahr ist. Übrigens, wo sind wir jetzt überhaupt und wo führt der Weg eigentlich hin?«

Der Rasso sah sie an, recht lange, als überlege er, ob er bei diesem Mädchen mit seinem üblichen Gerede ankommen könne. Aber irgendetwas warnte ihn. War es der tiefe Glanz in ihren Augen oder die Strenge ihres

Gesichts, über das es nur manchmal wie Sonnenleuchten hinhuschte. So reimte er sich also etwas zusammen und sagte mit Pathos:

»Der Weg könnte ins Paradies führen. Aber dort steht ein gewisser Apfelbaum und am Ende der Engel mit dem Feuerschwert.« Dann seufzte er und schaute auf den See hinaus, in dem die Millionen kleiner Wellen vom Abendrot angehaucht waren. Ein leiser Wind rauschte im hohen Schilf und ein paar Enten flitzten geschäftig am Ufer hin.

»Ich rede wahrscheinlich einen Blödsinn daher«, meinte er dann.

»Mir gefällt, was du sagst. Es ist einmal was anderes. Kennst du noch mehr so schöne Sprüch?«

Es zeigten sich wieder die zwei Grübchen in seinen Wangen, die ihn oftmals schon so unwiderstehlich gemacht hatten.

»Das kommt grad drauf an, wie lange du Zeit hast. Musst du nicht zum Stallarbeiten heim?«

Sie schüttelte den Kopf und sah durch die schlanken weißen Birkenstämme hindurch nach Süden, wo über die Bergspitzen das Abendrot flutete. Das Haus auf der Kampenwand war wie in eine rote Lichtquelle getaucht. Groß und still stand der Abend nun über dem See und dem Moor. Die kleinen Birkenblätter bewegten sich im flirrenden Spiel. Zum Schluss blieb ihr Blick auf einer verwitterten Bank haften, die etwas abseits unter einer Buche stand.

»Das Melken übernehmen heut meine Eltern und mein jüngerer Bruder Stefan«, sagte sie dann und sah Rasso wieder an.

»Das heißt also, dass du noch ein bissel Zeit hast?«, meinte Rasso und schob entschlossen das Fahrrad auf die Bank zu.

»Aber eine gute Stunde Fußmarsch wird es schon

sein bis zu unserm Hof. Und mir scheint, es will schon Nacht werden.«

»Das dauert schon noch eine Weile. Oder hast du etwa Angst?«

»Vor wem denn? Du wirst mir nicht gleich was tun.«

»Höchstens was Liebes«, sagte er schon wieder frech, klappte den Fahrradständer herunter und stellte das Rad mitten auf dem Weg ab.

So saßen sie eine Weile. Von irgendwoher läutete eine Glocke zur Maiandacht, Lisa hatte die Hände im Schoß verschlungen und die Füße überkreuzt. Rasso griff nach ihren Händen und hielt sie fest.

»Ja, ja, Lisa«, sagte er zärtlich, als fühlte er, dass zu ihrer kraftvollen Gestalt und zu ihrem ganzen Wesen das verspielte »Liserl« nicht passe. »Da hat uns also heut der Zufall zusammengeführt und das ist genau das, was ich mir immer gewünscht hab. Der Zufall, hab ich mir immer gedacht, müsste dich halt mit dem Mädl einmal zusammenführen.«

»Im Ernst?«

»Ja glaubst du denn, dass ich dich anlügen könnt? Wo ich Ostern erst beim Beichten gewesen bin.«

»Nächste Woche ist schon Pfingsten. Ich möcht nicht wissen, wie oft du in der Zwischenzeit schon gelogen hast.«

»Unbewusst vielleicht«, gab er zu und machte recht brave Augen. »Und das ist keine Sünde.«

»Was ist denn bei dir überhaupt eine Sünde?«, fragte sie, schob aber dabei ihre Hand tiefer in die seine.

»Das kommt drauf an, was du darüber denkst.« Er rückte näher an sie heran. »Wenn ich dir jetzt zum Beispiel ein Bussl geben tät, das wär doch ganz gewiss keine Sünd, oder?«

»Ganz gewiss nicht – vorausgesetzt, dass ich auch eins möcht von dir.«

»Selbstverständlich vorausgesetzt. Ein gestohlenes möcht ich gar nicht.«

Schweigen. Von den Weiden hörte man die Kuhglocken und ganz fern rief ein Kuckuck in die aufsteigende Nacht hinein. Es war gerade noch hell genug, dass Rasso sein Taschenmesser ziehen und ein Herz in die Buchenrinde schnitzen konnte und die Buchstaben »R. L. u. L. H.«.

Die Lisa sagte zuerst gar nichts und ließ sich erst später einfallen: »Hab gar nicht gedacht, dass du so romantisch bist. Aber wenn das jemand sieht!«

»Weiß er immer noch nicht, um wen es sich handelt. Auf alle Fälle, ich werde nie mehr daran vorbeigehen, ohne dass ich an dich denke.«

»Recht oft wirst du ja da nicht vorbeikommen?«

»Sag das nicht! Die Streuwiese da drüben gehört uns.«

Auf der anderen Seeseite und am Weinberg brannten schon die ersten Lichter. Der Wind hatte sich gelegt und es wurde wundersam still unter den weißen Birkenstämmen. Nur im Schilf raschelte es ganz kurz einmal, als ob die Enten ihr Nest für die Nacht aufgesucht hätten. Dem Rasso wurde auf einmal ganz feierlich ums Herz. Er wusste selber nicht, wie das kam, er war doch sonst nicht so handsam, war keiner, dem stilles Händchenhalten genügte. Und auf einmal lehnte er seinen Kopf an die Schulter des Mädchens, als wünsche er nichts als Geborgenheit. Sogar sein bewährtes Mundwerk ließ ihn im Stich. Mühsam suchte er nach Worten und nach einer Weile begann er:

»Wenn du halt in der Hoffnung wärst ...«

Mit einem Ruck fuhr Lisa zurück. Eine scharfe Falte war plötzlich zwischen ihren Brauen. »Was soll ich sein?«

»Lass mich doch ausreden, Lisa! Sonst verstehst du

mich falsch. Ich habe gemeint, du darfst ruhig die Hoffnung haben, dass ich es ehrlich meine.«

»Was meinst du denn ehrlich?«

»Dass ich dich ganz narrisch gern haben könnt.«

Lisa wartete ein wenig mit der Antwort und sah wie gebannt auf den See hinaus, in dem sich etwas Goldenes spiegelte. Dann richtete sich ihr Blick himmelwärts. Es war tatsächlich der erste Stern aufgeflammt.

»Sag mal, Rasso, zu wie vielen hast du das schon gesagt?«

Er legte nun seinen Arm um ihren Hals, mit der andern Hand fasste er nach ihrem Kinn, sodass sie gezwungen war ihn anzusehen.

»Kann schon sein, Lisa, dass ich das schon etliche Male gesagt hab. Aber da war es mir sicher nicht ernst damit.«

»Und jetzt bildest du dir ein, dass ich es ernst nehmen soll? Ich glaub, Rasso, du hältst mich für ganz schön blöd.«

Rasso schüttelte den Kopf und lehnte seine Stirn gegen die ihre. »Ich weiß selber nicht«, sprach er dann weiter, »was mit mir auf einmal los ist. Es ist gewiss wahr, Lisa. Eine andere hätte ich schon lang abgebusselt jetzt, aber bei dir hab ich Hemmungen. Zum ersten Mal hab ich Hemmungen einem Mädl gegenüber. Dabei hat es eigentlich ganz schön und natürlich angefangen. Ich weiß nicht, was das ist.«

Bis achtzehn zählte die Lisa. So viele Sterne waren es inzwischen geworden. Und immer mehr Sterne flammten auf und spiegelten sich im Wasser. Es war nicht mehr möglich sie zu zählen.

»Ich kann dir schon sagen, Rasso, was es ist. Du hast dir ganz was anderes vorgestellt, als du mich da zum See runtergelotst hast. Vormittags nach der Kirche Weißwürst beim Kuglerwirt, dann gut Mittag essen daheim.

Am Nachmittag Kegelschieben und zum Abschluss dann am Abend ein bissel die Harlander Lisa.«

»Nicht gleich die ganze Lisa, bloß einen Kuss von ihr!«

»Und weil dem verwöhnten Luiserhofer Rasso die Rechnung nicht so aufgeht, wie er gemeint hat, ist er jetzt beleidigt wie ein kleiner Bub, dem man ein Spielzeug weggenommen hat. Ist es denn nicht so?«

Da musste er doch herzhaft lachen. Er nahm sie bei den Schultern und rüttelte sie, dass sie auch ins Lachen kam.

»Du bist schon ein seltsames Frauenzimmer! So was ist mir noch nie untergekommen!«

»In deiner Praxis, meinst?«

Ihre Schlagfertigkeit verblüffte ihn. »Ja sag einmal, wofür hältst denn du mich?«

Sie sah ihn lange an, als überlegte sie, ob sie es sagen solle.

»Bis heute hab ich schon auch gedacht, dass du so bist, wie man dich nennt.«

»Du machst mich neugierig, Dirndl. Wie nennt man mich denn?«

»Den Casanova vom Simssee!«

Nun war der Lammblick fällig, dieser unschuldsvolle, Mitleid heischende Augenaufschlag, dieses Dulderhafte, das selten seine Wirkung verfehlte.

»Du plapperst halt auch nur nach, was andere sagen.«

Als ob es der Lisa Leid täte, es gesagt zu haben, nahm nun sie seine Hand.

»Das tu ich nicht, Rasso. Ich bilde mir mein Urteil über einen Menschen schon selber.«

»Hoffentlich hast du an mir nicht allzu viel auszusetzen.«

»Bis jetzt nicht.«

Nun hielt es Rasso an der Zeit mit der Süßholzrasplerei aufzuhören, zumal er längst gemerkt hatte, dass er bei diesem Mädchen damit nicht weiterkam. Er nahm sie also ohne weitere Einleitung an Nacken und Kinn und wollte sie küssen. Im letzten Augenblick aber war ihre Hand dazwischen. Ernüchtert ließ er sie los.

»Ach so, man will nicht?«

»So ohne weiteres nicht.«

»Das wird dich noch einmal reuen, Lisa.«

»Bist du aber von dir eingenommen! Und jetzt muss ich schaun, dass ich heimkomm.«

»Also gut«, sagte er und tat so, als sei die Sache für ihn bereits endgültig erledigt. Er nahm das Fahrrad, klappte den Ständer hoch und ging voraus. Im Wald war es stockfinster und die Lisa hatte Mühe dem dunklen Schatten vor sich zu folgen. Aber dann wurde der Weg breiter, sie ließen die Bäume zurück und über den Wiesen lag mildes Sternenlicht.

Rasso wollte eigentlich nicht mehr viel reden, konnte es vielleicht auch gar nicht, denn in seinem Innern war etwas Merkwürdiges aufgeblüht, etwas Fremdes, das er bisher noch nicht gekannt hatte. Dieses schweigende Dahintappen aber war nun wieder nicht im Sinne des Mädchens. Sie legte die Hand neben die seine auf die Lenkstange.

»Du bist jetzt enttäuscht, gell?«

»Ja.«

»Ich weiß zwar nicht, was du dir erwartet hast, aber so seid ihr Mannsbilder: Wenn nicht gleich alles nach eurem Schädel geht, dann spielt ihr die Beleidigten!«

»Ich bin nicht beleidigt, Lisa.«

»Warum redest dann nichts mehr?«

»Weil du mir ja doch nichts glaubst. Und überhaupt – wegen so einem einzigen Bussl hättest du dich nicht so anstellen brauchen, als ob ich dich fressen möcht. Das erste Mal wär's ja wohl auch nicht gewesen.«

»Mit dir schon«, gab sie freimütig zu.

Rasso blieb einen Augenblick stehen und horchte in sich hinein, was denn das nun sei, das sich da in ihm regte und aufbäumte. War das Neid oder Eifersucht? Von beidem hatte er bisher noch nichts gewusst und war nun ein wenig betroffen. Der Gedanke, dass ein anderer diesen blühenden Mund schon geküsst hatte, war schmerzlich für ihn.

Rasso, Rasso, fragte er sich, was ist denn mit dir auf einmal los? Laut aber sagte er:

»Dann bist du also gar nicht mehr frei?«

»Das hab ich nicht gesagt. Und so, wie ich dich kenne, wirst du jetzt schon nachfragen.«

»Worauf du dich verlassen kannst!«

Kaum merklich strich nun ihre Hand über die seine hin. Es ging ein wenig bergauf, beide atmeten schwerer, aber da sah man bereits die Umrisse des Harlanderhofes. Nirgends brannte Licht und die Lisa sagte:

»Die Eltern sind schon im Bett und meine beiden Brüder werden beim Wirt sein.«

Er lehnte das Rad gegen die Hausmauer, stand dann neben ihr und schaute zur Höhe hinauf.

»Schau nur grad, wie viele Sterne.«

»Und wie sie funkeln, gell?«

Wenn ich jetzt gehe, dachte er, dann nehme ich eigentlich gar nichts mit, was mich erinnern könnte, höchstens dass ich ihr wie ein gutmütiger Narr das Fahrrad geschoben habe. Und er überlegte, wie er sich einen möglichst günstigen Abgang verschaffen könnte. Weiter von den Sternen zu reden hatte wohl nicht viel Zweck. Er trat ein wenig von der Hauswand weg und sah über den Balkon hinauf, wo sich hinter blühenden Geranienstöcken die Fenster verbargen.

»Welches ist denn dein Fenster?«, fragte er.

»Da oben gar keines. Ich schlaf herunten.«

»Jetzt so was! Dann würden sie es hören, wenn ich einmal bei dir anklopfte?«

»Die Mutter hat einen leichten Schlaf. Und überhaupt – bei uns braucht keiner am Fenster zu klopfen. Wenn es ehrlich gemeint ist, kann einer jederzeit auch zur Haustür reingehen.«

»Das ist zwar praktischer«, spöttelte Rasso, »aber weniger romantisch.«

»Deine Romantik ist ja bekannt. O mei, Rasso! Mit deinem Namenspatron hast du schon gar nichts gemein! Der heilige Rasso hat so viel Gutes getan für die Menschheit und war ein leuchtendes Beispiel an Tugend!«

»Ja, das ist aber schon lange her und ich kann auch keine Wunder wirken wie er. Sonst tät ich dich nämlich verzaubern. So – und jetzt mach ich mich auf den Heimweg.«

»Und du denkst dir wahrscheinlich, der Herweg hat sich nicht gelohnt.«

Sie stieß sich von der Haustür ab und trat zu ihm hin. Im Brunnentrog spiegelten sich ein paar Sterne. Aus den offenen Stallfenstern hörte man das leise Wiederkäuen der Rinder und einmal rasselte auch eine Kette.

Langsam hob Lisa die Arme und legte sie auf seine Schultern. Dann neigte sich ihr Gesicht dem seinen zu. Rasso machte sich schon bereit. Der werd ich jetzt zeigen, was ein Kuss ist, dachte er. Aber sie berührte mit ihrem Mund nur seine Wangen, einmal links und einmal rechts. Sofort trat sie dann zurück.

»Komm wieder einmal«, sagte sie noch von der Haustür her. Dann verschwand sie dahinter, drehte den Schlüssel im Schloss und ging langsam die Stiege hinauf in ihre Kammer – denn natürlich schlief sie nicht unten neben der Elternkammer, wie sie behauptet hatte, sondern oben hinter dem zweiten Fenster neben der Balkontür.

»Komm wieder einmal«, waren ihre letzten Worte gewesen. Er aber dachte: Du siehst mich so schnell nicht wieder …

Dann ging er ganz langsam durch die Nacht davon.

Lisa stand am offenen Fenster und lauschte auf seine Schritte, bis sie sich in der Ferne verloren. Wäre es Tag gewesen, sie hätte ihn zurückgerufen, so aufgewühlt war sie. Und sie wusste genau: Wenn sie jetzt noch länger da unten gestanden hätten – sie hätte den Panzer, mit dem sie sich umgeben hatte, abwerfen müssen, damit der Mann es erlebt hätte, dass sie nicht kalt und gefühllos war, sondern ein leidenschaftliches Geschöpf, in dem das Herz jetzt voll Unruhe schlug, ein Herz, das jetzt angefüllt war mit Sehnsucht und einer leisen Trauer, weil eine große Stunde ungenutzt vorübergegangen war durch ihre Schuld.

Durch ihre Schuld? Nein, durch ihren Willen, den Rasso an sich zu fesseln, und das konnte nur dann sein, wenn sie sich zurückhielt, wenn sie seinem ungestümen Draufgängertum widerstand und es ihm nicht gar zu leicht machte. Ihr Gefühl, das sie nur ganz selten trog, sagte ihr, dass dieser Mensch erst aus der Leichtfertigkeit herausfinden musste um zu einer wirklichen Liebe fähig zu sein. Sie war gewillt die Sonne in sein Leben zu bringen, aber er musste die Sonne auch sehen und nicht die Wolken herbeiwünschen, die alles Glänzen wieder verdeckten.

Ja, so dachte es sich die Lisa Harlander in dieser Nacht, in der, wie ihr schien, die Sterne heller geschimmert hatten als je zuvor. Sie legte sich schlafen und lächelte beglückt vor sich hin, denn am Morgen dieses Tages hatte sie von alledem noch nichts gewusst. Es war die Wahrheit, dass sie sich zuweilen gewünscht hatte, dem Luiserhofer Rasso wieder einmal irgendwo zu begegnen. Auf einer Hochzeit vielleicht oder auf dem Herbstfest in Rosenheim. Und nun war es ganz zufällig geschehen.

Sie konnte lange nicht einschlafen und dachte nach, ob sie nicht doch etwas verkehrt gemacht hätte, horchte in sich hinein und ging den Weg mit ihm noch einmal durch den Wald bis zu der Bank, hinter der nun im Buchenstamm ihre Initialen neben den seinen standen, was für sie zu großer Bedeutung kommen könnte, bei ihm aber sicherlich nur gedankenlose Spielerei gewesen war.

Es stimmte schon, dass diese Begegnung sie aufgewühlt hatte. Ihr ganzes Sinnen kreiste nun um den Rasso. Lisa Harlander hatte noch nie so viele Gedanken an einen Mann verschwendet wie jetzt an den Rasso, den sie nun sogar mit in ihren Traum hineinnahm.

Währenddessen stampfte Rasso verdrossen durch die sternschöne Nacht. Das hatte er noch nicht erlebt. Auf die Wangen hatte sie ihn geküsst, so wie sich die feinen Leute voneinander verabschieden! Und ehe er sich's versah, war sie weggehuscht!

Wenn er auch bei sich gesagt hatte »du siehst mich so schnell nimmer«, so wusste er doch bereits jetzt, dass er spätestens am nächsten Samstag zu ihr gehen würde. Bei der muss ich eben mehr Geduld haben, sinnierte er vor sich hin und vor lauter Sinnieren war er vom Weg abgekommen und stand auf einmal vor einem kleinen Bauerngütl, das längst nicht mehr bewohnt war. Ein Onkel seiner Mutter hatte dieses Anwesen der Luiserin vererbt. Etwa zwanzig Tagwerk waren dabei, darunter ein paar Moorwiesen, ein bisschen Wald und ein Bergbuckel, der sich gleich hinter dem Haus emporhob. Die Luiserhofer bewirtschafteten das Grundstück mit, holten auch einmal ein paar Fuhren Kies aus dem Buckel für die Löcher in den Feldstraßen, stachen jedes Jahr auch ihren Torf heraus, aber sonst war das Anwesen nicht viel wert. Man konnte es nicht einmal verkaufen, weil niemand in dieses Schattenloch wollte. Mit der Zeit würden das Haus und der kleine Stall halt einmal zusammenfallen, weil der Luiser in den zwanzig Jahren, seit es geerbt worden war, noch nie etwas daran gerichtet hatte.

Vor diesem Haus im Schattenloch also stand Rasso jetzt, setzte sich auf die Bank davor, zündete sich eine Zigarette an und dachte schon wieder an das sonderbare Mädchen. Die Lisa beschäftigte seine Sinne doch mehr, als er zugeben wollte. Vor allem wurmte es ihn, dass sie ihn nicht ganz ernst zu nehmen schien, und er spürte geradezu das Verlangen ihr zu beweisen, dass er doch anders war, als sie ihn einschätzte.

Unter dem Dreiviertelmond, der heraufgekommen war, zogen ein paar dünne Schleierwolken hin. Aber selbst der Mond gönnte diesem Schattenloch nur wenig von seinem Silberlicht. Er stand hinter der Kuppe und würde wahrscheinlich erst gegen Morgen so weit gewandert sein, dass durch die Bäume noch etwas Licht von ihm hereinfiel in diesen toten Winkel.

Rasso stand nun auf und dachte, dass es doch schon sehr spät sein müsse, denn als er über den Hügel gekommen war, hatte er von nirgendwoher noch ein Licht schimmern sehen. Dunkel und verschwiegen lag der Sandnerhof auf seinem Weg. Da blieb er stehen und schaute zu einem gewissen Fenster hinauf. Er wollte sich schon nach ein paar Steinchen bücken. Das Annerl hatte einen leichten Schlaf, wie er wusste. Doch dann ließ er die Hand wieder sinken und fragte die Knöpfe an seinem Hemd: »Soll ich, soll ich nicht?« Nein, sagte das Orakel, und wenn das schon so eindeutig entschied, wollte er nichts erzwingen. Er musste sich über sich selbst wundern und fragte sich, ob die Lisa etwa eine leise Gewalt über ihn ausübe, mit der sie ihn künftig bewahren wollte vor jeder Unüberlegtheit und vor jedem leichtsinnigen Abenteuer. Doch dann schob er diesen Gedanken rasch beiseite und wollte es nicht gelten lassen, dass jemand ihn auf solche Weise beeinflussen konnte.

Wie verträumt lag die Kegelbahn beim Kuglerwirt unter den Kastanienbäumen. In der Wirtschaft war längst Feierabend.

»Tät mich jetzt grad interessieren …«, sagte Rasso leise für sich hin, ging auf Zehenspitzen am Haus entlang und drückte vorsichtig auf die Klinke der hinteren Tür. Die Tür ging tatsächlich auf, das Mondlicht fiel in den dunklen Flur und auf die ersten Treppenstufen.

Zufrieden nickte Rasso. Na also!

»Sei gescheit, Rasso, es hat doch keinen Sinn«, hatte die Moni gesagt, um nun doch die Tür für ihn offen zu halten.

»Du hast Recht, Moni«, lächelte er für sich hin. »Es hat jetzt wirklich keinen Sinn mehr.« Er zog die Haustür leise zu und ging nun endgültig nach Haus mit dem stolzen Bewusstsein, standhaft gewesen zu sein.

Weich wehte der Nachtwind über die Wiesen und rauschte fein im kniehohen Roggen. Fern schlug eine Kirchenuhr vier helle Schläge und Rasso wartete, was darauf folgte. Es war nur ein einzelner Schlag: eine Stunde nach Mitternacht schon.

Eins schon?, staunte er und bedauerte die nutzlos vertrödelten Stunden. Wär gescheiter gewesen, ich hätt mich schlafen gelegt.

Die Umrisse des Luiserhofes wirkten im Dunkeln noch wuchtiger als sonst. Das Mondlicht schimmerte über den blühenden Geranien an den Fensterstöcken und auf dem Balkon und erzeugte einen zauberhaften Schimmer in dem fünffarbigen Oberfenster der doppelten Haustür, zu der drei Steintreppen hinaufführten. Eins der Oberfenster war offen, dahinter hing der Hausschlüssel.

Rasso wusste, dass die dritte und die siebte Stufe der Treppe knarrten, darum überstieg er sie und öffnete dann geräuschlos die Tür der Schlafkammer, die er mit dem Martin teilte.

Martin hatte meist einen tiefen Schlaf, heute aber vernahm er das leise Geräusch, drehte das Licht an und schaute sogleich auf den Wecker.

»Eins schon«, sagte er und blinzelte zum Bruder hin, der gerade aus dem Hemd schlüpfte. »Dass dich der Schlaf nicht reut!«

»Heut reut er mich tatsächlich«, antwortete Rasso und öffnete den Gürtel. Dann setzte er sich aufs Bett und begann die Schuhe aufzuschnüren.

»Was war denn das für eine heut?«, fragte Martin weiter und Rasso wunderte sich; denn sonst pflegte Martin nie zu fragen.

Der eine Schuh polterte zu Boden. Hinterher ein leiser Seufzer.

»Das war eine ganz Stolze.«

»War sie nicht vom Harlander von Puring?«

»Wenn du es weißt, was fragst du mich dann«, antwortete Rasso, schob den zweiten Schuh unters Bett und schlüpfte aus den Jeans.

»Man wird doch noch fragen dürfen. Sonst bist du ja auch nicht so wortkarg, wenn du eine neue Eroberung machst.«

Rasso sah eine Weile zum Fenster hinaus und war überhaupt ganz anders als sonst. Mit einer gewissen Verdrossenheit antwortete er:

»Mit einer Eroberung hat es bei der schlecht ausgeschaut. Ich hab dir ja schon gesagt, die ist eine ganz Stolze, die Lisa.«

»So, so, Lisa heißt sie. Ist sie die einzige Tochter?«

»Das weiß ich nicht. Sie hat bloß von zwei Brüdern geredet. Von einer Schwester ist mir nichts bekannt.«

Eine Weile war Schweigen. Eine fette Fleischfliege surrte um die Lampe. Dann ließ Martin sich zu der Frage verleiten:

»Was war denn dann überhaupt los?«

Rasso, sonst darauf angesprochen, hatte nie mit seiner erotischen Berichterstattung geknausert. Aber heute sagte er nichts. Irgendetwas verbot ihm geschwätzig zu sein.

Ein paar Mal klopfte er auf die Zudecke, drehte sich um und war auch gleich eingeschlafen.

Eine Wachtel sang ihren Achterschlag im Kornfeld hinter dem Haus.

Davon erwachte Matthias Luiser, hob den Kopf und lauschte hingebungsvoll diesem herrlichen Vogelruf. Kurz darauf begann auch eine Amsel im Hollerstrauch zu singen, und was so wehmütig dazwischenschlug, das war wohl eine Nachtigall.

Der Luiser verschränkte die Hände hinter dem Kopf und schaute zur Decke hinauf, an der sich das Licht des jungen Morgens schon spiegelte. Dann sah er zu seiner Frau hinüber, die gerade gähnte.

»Hörst die Wachtel schlagen?«, fragte der Bauer.

»Und wie schön die Amsel singt«, sagte sie und lauschte auch. Dann fragte sie: »Hast du den Rasso heimkommen hören?«

»Um ein Uhr herum ist er gekommen.«

»Wo sich der Bub nur grad immer umeinandertreibt! Wird denn der gar nimmer gescheiter?«

»Lass ihn doch«, brummte der Bauer gutmütig.

»Eines schönen Tages wird er sich die Hörndl schon abgestoßen haben.«

»Zeit wär es schön langsam«, klagte die Luiserin. »Und wenn ich daran denk, dass man ihn einmal den ›Casanova vom Simssee‹ genannt hat – man könnt sich schier schämen.«

Der Luiser schwang nun die Beine aus dem Bett, ließ eine Weile die Zehen auf dem Lammfell spielen, das als Bettvorlage diente, und meinte dann: »In letzter Zeit hört man das ja nicht mehr.« Er stand nun auf und streckte die Arme über den Kopf. Dabei berührte er mit den Fingerspitzen genau die Decke, so groß war er. Das graue Haar stand struppig empor. Sein Gesicht hatte eine gesunde Röte, sein kurz gestutzter Schnurrbart war weiß wie die dichten Brauen über den dunklen Augen. Er schlüpfte in die Hose und knöpfte die Hosenträger ein.

»In Gottes Namen, packen wir es halt wieder!«

Ächzend erhob sich nun auch die Luiserin, blieb aber noch auf dem Bett sitzen und begann ihr Haar zu bürsten, das nur wenige graue Strähnen aufwies. Trotz ihrer bald sechzig Jahre sah man noch kaum Falten in ihrem Gesicht, nur um die Augen ein paar dünne Striche und in den Wangen zwei schmale Einbuchtungen. Das mochten früher die Grübchen gewesen sein, wie der Rasso sie hatte, wenn er lachte.

»Das Gescheiteste wär's ja, wenn er bald einmal eine finden tät, der Rasso, die er heiraten könnte. Gar so lustig ist es auch grad nicht, wenn man in meinem Alter noch anschieben muss wie eine Junge.« Sie sagte das etwas missmutig – nicht etwa, weil sie der Arbeit aus dem Weg gehen wollte, sondern weil sie nicht mehr so ganz gesund war. Nach einer schweren Unterleibsoperation hatte sie sich nie mehr richtig erholt. Bald zwickte es da, bald dort, und manchmal stand sie am

Morgen müder auf, als sie sich am Abend schlafen gelegt hatte. Auch der Luiser war nicht darauf erpicht, Bauer zu sein bis in die Grube hinein. Er gehörte zu jener seltenen Sorte von Bauern, die abtreten können, bevor der Tod mit der Sense winkt. Er wusste genau, dass es keinem Jungen passte, wenn er bis in die hohen Dreißig hinein auf dem Hof nichts weiter sein durfte als ein besserer Knecht. Nein, der Luiser wäre jederzeit bereit gewesen in den Austrag zu gehen um mit seiner Elisabeth noch ein paar schöne Jahre in Ruhe zu erleben. Der Rasso müsste nur bald einmal ein richtiges Mädel bringen, müsste aufhören umherzuschwirren wie ein Schmetterling von Blume zu Blume.

Manchmal hatten er und seine Elisabeth auch schon erwogen, ob nicht besser der Martin den Hof übernehmen sollte. Mit diesem gewichtigen Argument im Rücken würde der vielleicht eher ein Mädel finden. Der Rasso mit seinem geschliffenen Mundwerk und seiner Tüchtigkeit könnte dagegen leichter in einen anderen Hof einheiraten. Aber da war noch so ein altes Versprechen da, gewissermaßen ein Gelübde dem alten Luiser gegenüber, dem Großvater des Rasso, der erst vor acht Jahren gestorben war und an seinem Enkel Rasso einen Narren gefressen hatte.

»Den Hof musst dem Rasso übergeben, Matthias«, hatte er am Sterbebett verlangt. »Der Rasso wird ein richtiger Bauer.«

Womit zwar nicht gesagt sein sollte, dass dem Martin die Eignung zu einem guten Bauern abzusprechen gewesen wäre. In gewisser Hinsicht war er sogar bedächtiger, abwägender, mitunter aber zaudernd und ängstlich. Ihm fehlte das rasche Zupacken des Rasso, er war langsamer im Begreifen aller Dinge. Bei einer neuen Maschine zum Beispiel schaute der Rasso nur ein paar Mal hin, dann wusste er, wie er damit umzugehen hatte.

Er hatte geradezu einen sechsten Sinn für technische Geräte. Dem Martin machte das alles viel mehr Mühe.

Über die Stiege hörte man jetzt einen tappenden Schritt herunterkommen. Das war Eva, die junge Magd, die seit ihrem vierzehnten Lebensjahr bereits auf dem Hof war. In der Küche schepperten jetzt die Herdringe, dann hörte man Wasser in den Ausguss laufen.

Unmittelbar darauf kamen auch die Buben herunter. Während der Martin in den Stall ging, öffnete der Rasso das Scheunentor und wollte zum Kleeacker hinunter. Der Luiser trat gerade aus der Haustür, ein Handtuch über den Arm gehängt, nach dem Wetter blinzelnd.

»Guten Morgen, Vater.«

«Morgen«, brummte der Luiser und hängte das Handtuch über das Brunnenrohr. »Du hast natürlich wieder nicht ausgeschlafen?«

»Möcht ich gar nicht sagen. Besser kurz schlafen und gut, als lang und schlecht.«

Der Alte nickte. »Um Ausreden bist du doch nie verlegen. Die dritte und siebte Stufe knarrt übrigens nimmer. Du kannst also ruhig normal hinaufgehen, wenn du nach Mitternacht heimkommst, so wie gestern.«

»Es war genau ein Uhr«, sagte Rasso.

»Ja, ich weiß.« Der Luiser beugte sich über den Brunnenrand, warf sich ein paar Hände voll Wasser ins Gesicht und griff nach dem Handtuch. »Du fährst dann heut Silo mähen, drunten auf der Enterwiesen. Und bevor du mittags heimkommst, nimmst du beim Kuglerwirt ein Tragl Bier mit.«

Rasso nickte. Er öffnete die Kabinentür des Traktors und wollte sich gerade auf den Sitz schwingen, als ihm noch einfiel: »Kennst du eigentlich den Harlander von Puring, Vater?«

»Den Harlander? Natürlich kenn ich den. Was ist mit ihm?«

»Ich hab gestern seine Tochter kennen gelernt.«

»Aha! Und warum erzählst du mir das?«

Rasso lachte, warf die Kabinentür wieder zu und setzte sich auf das Trittbrett. Er zuckte die Schultern. »Weiß es selber nicht. Aber wenn ich nichts sag, heißt es, ich bin verstockt, und wenn ich was sag, dann heißt es, warum erzählst du mir das.«

»Ich denk, dass das schon einen Grund haben wird?«

»Vielleicht. Nix Genaues kann ich noch nicht sagen. Ich mein bloß, weil du schon oft gesagt hast, wenn ich einmal die Richtige auftreiben tät, mit dem Heiraten bräucht ich dann nicht lang warten.«

»Ja, das hab ich gesagt. Bloß scheint es bei dir noch nie die Richtige gewesen zu sein.«

»Das könnte sich ja geändert haben.«

»So? Mir sollt es recht sein.« Der Luiser zog einen Kamm aus der Hosentasche, stellte sich vor das Stubenfenster und kämmte sich. »Da möcht ich dir aber schon noch was dazu sagen, Rasso. Mit dem Harlander steh ich mich besonders gut. Wir waren in der Schule Klassenkameraden. Und wenn du meinst, du könntest seine Tochter an der Nase rumführen wie andere, dann kann ich dich nur warnen!«

Rasso horchte unwillkürlich auf, hielt den Kopf ein wenig vorgeneigt, als wittere er etwas. Die Eva kam aus der Milchkammer und holte ein paar Milchkübel, die auf einer Stellage nebeneinander standen. Auch die Stimme des Martin war vernehmbar, der gerade einer Kuh die Zitzenbecher anlegte.

»Das hat sie mir nicht gesagt, die Lisa, dass ihr Vater und du alte Spezln seid.«

»So, so, Lisa heißt sie. Wir sind in den letzten Jahren nur noch wenig zusammengekommen. Ich hab ihm einmal eine Kuh abgekauft, die war dann bloß auf drei Strich melkbar und das hat mir ein bissel gestunken.

Aber verfeindet sind wir deswegen natürlich noch lange nicht.«

»Das tät mir auch Leid«, meinte Rasso.

»Also doch was Ernsteres?«

»Könnt sein. Ich muss noch ein bissel abwarten. Sag aber der Mutter vorerst nichts, die meint dann gleich immer, ich wollt morgen schon heiraten.«

Pfeifend schwang sich Rasso nun auf den Sitz des Traktors und startete den Diesel. Er pfiff die Nummer eins der Hitparade und es war ihm so pumperlwohl zumute wie immer. Silberner Tau lag über dem Kleeacker, der Diesel brummte monoton und hinter ihm erklang das rhythmische Klappern des Ladewagens.

Und doch war es heute ein anderer Rasso, vor dem die grüne Mauer mit den lila Kleeblüten unter dem Kreiselmäher zusammenfiel. Sinnend starrte er auf die lange grüne Motorhaube und jedes Mal schreckte er auf, wenn es wieder an der Zeit war zu wenden. Einmal war ihm, als stehe am anderen Ende des Kleefeldes die Lisa unter den jungen Birken und winke ihm zu. Die Morgensonne flimmerte in ihrem Haar, wartend stand sie da, umflossen vom klaren Licht der Morgensonne. Rasso wischte sich über die Augen. Der Spuk war zerflossen. In der Tiefe lag der See, das jenseitige Ufer war von feinen Nebeln noch verhüllt, aber auch in die stieß die steigende Sonne nun hinein und riss alles auf. Kristallklar drangen die Klänge der Morgenglocken zu ihm herüber.

Hinter dem Kleeacker riefen die Frösche in dem kleinen Weiher, der zum Luiserhof gehörte. Aus dem Wald kam das Gurren der Wildtauben und dazwischen der Ruf eines Kuckucks. Die Morgenstunde war erfüllt von Geräuschen, von Zirpen und hellem Vogelsang, und Rasso hatte das Gefühl, als sei ihm die Herrlichkeit eines Sommermorgens noch nie so bewusst gewesen. Ganz feierlich war ihm ums Herz. Versonnen lächelte er vor sich hin, die Grübchen in seinen Wangen spielten und nicht ohne Befriedigung stellte er fest:

»Rasso, Rasso, jetzt, glaub ich, hat es dich erwischt!«

Später kam dann der Martin mit dem zweiten Ladewagen. Der alte Eicher-Bulldog, der ihn zog, hatte kein Mähwerk und so kuppelten sie die Traktoren um. Als der Eicher schließlich vor die volle Fuhre gespannt war, zündeten sich die Zwillinge eine Zigarette an. Rasso bewunderte Martins Hartnäckigkeit, mit der er ihn auszuquetschen versuchte.

»Lass dir doch nicht jedes Wort rausbetteln!«, drängte der Bruder. »Wie alt ist sie denn?«

»Aber Martin, man fragt doch ein Mädel nicht gleich, wie alt sie ist.«

»Du schon, weil dir keine was übel nimmt.«

»Die Lisa hab ich jedenfalls nicht gefragt.«

Rasso setzte sich auf das Vorderrad. Der Klee war vom Tau noch so nass, dass es links und rechts vom Wagen heruntertropfte. Auf einmal standen auch ein paar Lerchen über dem Gespann und schraubten sich trillernd in die Höhe. In der Ferne hörte man das Rattern eines Zuges. Es musste der Frühschnellzug nach Salzburg sein.

»Hast du sie geküsst?«, bohrte Martin weiter.

Rasso schämte sich, dass ihm gerade dies gestern misslungen war. Er lächelte daher nur vieldeutig und antwortete: »Was du nicht alles wissen möchtest!«

»Na ja, sonst bist du viel gesprächiger.«

Stimmte genau. Aber von Lisa wollte und konnte er nichts sagen. Sie war ihm ja selber noch ein Buch mit sieben Siegeln.

»Dann lässt du es halt bleiben«, sagte Martin resigniert und kletterte auf den Eicher. Der alte Traktor hatte seine Mühe mit dem schweren Fuhrwerk. Rasso wartete, bis der Bruder den Feldweg erreicht hatte. Dann kletterte er wieder in seinen Sitz um die nächste Fuhre aufzuladen.

Als er zum Hof zurückkehrte, wartete die Eva schon vor der Stalltür auf den Klee.

Wenn man die Eva so dastehen sah, in Jeans, Turnschuhen und der Leinenbluse ohne Ärmel, hätte man sie eher für einen Gast aus der Stadt halten können, denn für eine Bauernmagd. So zierlich war sie gewachsen und doch steckte eine zähe Kraft in ihr. Das flachshelle Haar war um diese frühe Morgenstunde nur ganz lose im Nacken zusammengebunden. Der Mund war groß und voll, dahinter sah man zwei Reihen blendend weißer Zähne, wenn sie lachte.

Und sie lachte gern, die kleine neunzehnjährige Eva Binder. Sie gehörte noch zu den seltenen jungen Geschöpfen, die jede Arbeit mit Freude anpackten und die über einen Stein im Wege lachen konnten. Die Eva lächelte auch dann noch, wenn ihr bitterschwer ums Herz war. Manchmal glühten ihre Augen in einem sonderbaren Licht, aber niemand wäre darauf gekommen, dass ihr junges Herz sich in einer hoffnungslosen Liebe verzehrte. Und diese verzweifelte Liebe galt dem Hofsohn Rasso.

Rasso hatte keine Ahnung davon. Er scherzte mit Eva, manchmal machte er sie sogar zu seiner Vertrauten, wenn er wieder einmal einen Streich geliefert hatte, denn Eva war verschwiegen. Im Übrigen aber hielt er sich streng an die Ordnung, die der Vater von ihm gefordert hatte.

»Das merke dir nur recht gut, Rasso«, hatte der Vater gesagt. »Was im Haus ist, davon lass die Finger. Ob das nun ein Sommergast ist, oder sonst wer. Im Haus will ich Sauberkeit haben.«

Und Rasso hatte es sich gemerkt und würde es sich auch weiterhin merken. Auswärts blühten auch schöne Blumen. Übrigens war Eva keine so bestechende Schönheit, dass sie ein Männerherz auf den ersten Blick hätte verwirren können. Sie stammte von einem Kleinhäusler aus Halfing und war das siebente von neun Geschwistern. Wenn sie sich selbst die Frage gestellt hätte, zu welcher Zeit sie ihre Liebe zu Rasso erkannte, so hätte sie etwa den Frühling vor zwei Jahren nennen müssen, als sie gerade siebzehn geworden und schwer krank gewesen war. Die Luiser hatten sich gesorgt um sie, als wäre sie ihr eigenes Kind. Am meisten aber Rasso. Jeden Abend hatte er eine Weile an ihrem Bett gesessen, hatte ihr den Schweiß von der Stirn gewischt und ihr kleine Geschichten erzählt.

Es konnte aber auch sein, dass es im Herbst jenes Jahres begonnen hatte, als Rasso ihr eine große Puppe geschenkt hatte, die er beim Herbstfest an einer Schießbude mit fünf wohl gezielten Schüssen herausgeschossen hatte.

Ach, sie wusste es ja selber nicht. Es war ganz einfach über sie hereingebrochen wie ein Frühlingssturm über junge Birken. Es war da und klang immerzu in ihrem Herzen, verstummte nur manchmal, wenn sie fühlte, dass sein Herz wieder auf Wanderschaft war.

An diesem Morgen spürte Eva es bis in das letzte Nervenbündel hinein, dass Rasso wieder einmal von etwas erfasst worden war. Und diesmal musste es etwas sein, das ihn tiefer bewegte als sonst. Er tat zwar so wie sonst, pfiff leise vor sich hin, aber er hatte etwas Nachdenkliches in seinem Blick. Sie kannte ihn doch wie ihr zweites Ich. Unauffällig ließ sie ihren Blick über sein Gesicht gehen, das verschlossener war als sonst. Es fehlte das Verspielte um seine Mundwinkel und auf seiner Stirn zeigten sich strichdünne Sorgenfalten. Er griff heute immer wieder mit Daumen und Zeigefinger seine Nase und strich daran herunter, wie stets, wenn ihn etwas stark bewegte.

Diese dünnen Falten verloren sich erst gegen Mittag, als er mit dem Traktor beim Kuglerwirt vorfuhr um das Tragl Bier zu holen. Die Moni war gerade auf der Terrasse, deckte die Tische und reagierte auffallend sauer, als er sie leicht tätschelte.

»Wie hätten wir's denn!«, tat sie empört und hatte eine Falte zwischen den Brauen. »Klopf du bei anderen hin, aber nicht bei mir.«

»Auweh zwick«, lachte Rasso. »Das gnädige Fräulein ist heut mit dem linken Fuß zuerst aus dem Bett, mein ich. Sei doch nicht so grantig, Moni! Schau, es ist mir halt gestern nicht mehr hinausgegangen mit der Zeit, sonst hätt ich dir schon noch Gute Nacht gewünscht.«

Wie von einer Tarantel gestochen fuhr sie herum und fauchte: »Ja, glaubst denn du vielleicht gleich gar, dass ich für dich die hintere Haustür offen gelassen hätte?«

»Ach so? Du hast nicht offen gelassen?«

»Nein, ich hab nicht offen gelassen. Schaust du mich vielleicht für blöd an?«

»Nein, im Gegenteil, für ein recht gescheites Muckerl sogar, das immer weiß, was es will«, lachte er. Dann lud er das Tragl Bier auf, bezahlte und fuhr heim.

Beim Harlander saßen sie gerade beim Abendessen, als das Tuckern eines schweren Motorrades zu vernehmen war. Stefan, der jüngere der beiden Harlanderbuben, neigte horchend den Kopf zur Seite und stellte sachkundig fest: »Eine BMW, dem Schlag nach.«

Ferdinand, der ältere, schaute zum Fenster hinaus, wer da das Sträßchen herauffuhr, und sagte dann verwundert: »Ich glaub gleich gar, es ist der Luiser Rasso! Was will denn der heut noch bei uns?«

Ein kaum merkliches Lächeln huschte um den Mund der Lisa. Dann stand sie auf, straffte sich und ging hinaus.

»O la la, jetzt kenn ich mich aus!«, sagte Stefan wie in einer Erleuchtung.

»Hast du vielleicht gar gemeint, er käm deinetwegen?«, fragte Ferdinand und schob den letzten Brocken schwarzen Presssack hinter die Zähne, Brot hinterher und ließ sich einfallen: »Darum geht die Lisa seit drei Tagen schon umeinander, als wenn sie im Lotto gewonnen hätte! Schau, schau, der Casanova vom Simssee kommt heut noch zu uns.«

»Wer kommt?«, fragte die Harlanderin, die schwerhörig war und eine Brille mit Nickelrändern trug.

»Von den Luiser Zwillingen ist es einer«, erklärte der Harlander, wischte sein Messer an der Hose ab und steckte es ein.

»Von den Luiserbuben einer? Was möcht er denn? Der hat sich sicher verfahren.«

»Das glaube ich weniger«, antwortete der Harlander. Er stand auf, zog seine Weste über den umfangreichen Leib und strich sich die Bartenden aus den feuchten Mundwinkeln.

Im Gegensatz zum Luiser war der Harlander klein und dick. Das dünne Haar war nur mehr mit ein paar Strähnen quer über die Glatze gelegt, damit es noch nach etwas aussehen sollte. Die Nase war ein dicker roter Knollen und der Mund stand ein bisschen schief.

Auch die zwei Buben waren stämmige, stiernackige Burschen. Nur die Lisa stach in ihrer Schlankheit auffallend ab, wie das Kind einer fremden Rasse. Sie sah der Mutter gleich, die in ihrer Jugend auch schön gewesen sein musste.

Rasso hatte unterdessen sein Motorrad beim Pflanzgarten abgestellt. Er war ganz ruhig und hatte es sich den ganzen Nachmittag lang überlegt und vorgestellt, wie alles sein würde. Er würde eintreten und geradewegs fragen, ob er Lisa sprechen könne. Als er sie dann aber aus dem Haus treten sah, hörte er den Stein förmlich poltern, der ihm vom Herzen fiel. Mit federndem Schritt kam sie über den Hof auf ihn zu und reichte ihm die Hand, als hätte sie ihn erwartet.

»Guten Abend, Rasso.«

»Guten Abend, Lisa. Ich hab das letzte Mal was vergessen, darum bin ich heut hergekommen.«

Ein leichtes Verwundern in ihren Augen. Ihre Hand hielt die seine immer noch fest.

»Was denn, Rasso?«

»Ich hab vergessen, welche Farbe deine Augen haben.«

»Oh, das ist aber eine billige Ausrede, Rasso!«

»Auf Ehr und Seligkeit, ich hab nimmer gewusst, wie sie ausschauen.«

»Jetzt siehst du sie«, lachte die Lisa und neigte ihr Gesicht ein wenig zu dem seinen hin, damit er es besser sehen könne.

»Tatsächlich, sie sind blau. Wie Flieder.« Ganz hingegeben betrachtete er sie, als hätte er aus ihren Augen etwas herauslesen können. Endlich unterbrach Lisa sein stummes Schauen und sagte:

»Ich freu mich, Rasso, dass du gekommen bist.«

»Weil ich es bis zum Samstag einfach nicht mehr ausgehalten hätte.«

Wieder das kurze Aufleuchten in ihren Augen. Ihre Hand griff in den Fliederbusch hinter sich und brach ein weißes Zweiglein ab.

»Ist das auch wirklich wahr, Rasso?«

»Ja, Lisa. Lach mich nicht aus – aber ich glaube, jetzt hat es mich erwischt. Ich kann kaum mehr an was anderes denken als an dich.« Dabei sah er sie offen und ehrlich an und wunderte sich, dass er seine Augen nicht eine Sekunde niederschlagen musste unter ihrem forschenden Blick. Sie musste ihm einfach glauben und brauchte sich auch zu der Freimütigkeit nicht zu zwingen, mit der sie dann bekannte:

»Mir ist es nicht anders ergangen, Rasso. Bei mir war aber auch noch die Angst dabei, du hättest schon alles vergessen und kämst vielleicht nie.«

Er nahm ihr das Fliederzweiglein aus der Hand und roch daran.

»Warum hast du das geglaubt, Lisa?«

Eine leichte Röte huschte über ihre Stirn.

»Ich war – am Sonntag vielleicht nicht so, wie du es erwartet hast.«

Rasso spürte in diesem Augenblick eine solche Verliebtheit, dass er sie auf der Stelle hätte umhalsen mögen. In diesem Augenblick aber traten der Harlander und die Brüder unter die Tür und setzten sich auf die Hausbank.

»Komm«, sagte Lisa entschlossen. »Ich mach dich bekannt mit ihnen.« Sie fasste ihn bei der Hand und führte ihn über den Hof. »Das ist mein Vater, das der Stefan und das der Ferdl.«

»Vom Sehen her kennen wir uns«, meinte Rasso.

Die Brüder nickten. Nur der Harlander fixierte ihn eingehend und meinte dann:

»Ich nicht. Gehört hab ich zwar schon allerhand von dir.«

»Hoffentlich nichts Schlechtes?«, fragte Rasso und zeigte liebenswürdig seine Grübchen.

»Wie man's nimmt«, sagte der Bauer, zündete seine lange Pfeife an und deutete auf die Hausbank. »Hock dich her zu uns.«

Das Prüfen war beendet, der Harlander rückte ein bisschen und wurde ganz Bauer.

»Habt ihr mit dem Heuen schon angefangen?«

»Fürs Silo haben wir eingegrast. Am nächsten Montag wollen wir mit dem Heuen anfangen, wenn das Wetter hält.«

»Meinem Haxen nach schlägt es bald um«, antwortete der Harlander und griff sich an sein rechtes Knie.

»Wie bist du denn zufrieden mit deiner Maschine?«, fragte der Ferdl.

»Du kannst sie mir abkaufen. Ich hab mir einen Golf GTI bestellt.«

Das war in keiner Weise überheblich oder prahlerisch gesagt. Trotzdem klang der Einwurf des Harlanders wie Neid.

»Ihr müsst viel Geld haben?«

»Wie Heu, bloß nicht so lang«, lachte Rasso.

Der Abend sank immer mehr. Aber es wollte nicht kühler werden. Auf der Kampenwand, der Hochries und dem Kranzhorn lag das Abendrot, aber über dem See war der Himmel mit grauen Schleierwolken bedeckt.

Blau und in kleinen Ringeln stieg der Rauch aus der Pfeife des Harlanders. Ein Dutzend Gänse watschelten hinter der Tennbrücke hervor und verschwanden in der offenen Stalltür. Tauben gurrten unter dem Dach des Querstadels und hinter dem Haus rauschte eine Quelle ihr nimmermüdes Lied. Es war ein schönes Feierabendbild, wie Leibl es nicht schöner hätte malen können. Die Männer auf der Bank, nach der erfüllten Pflicht des Tages. Und doch lag irgendetwas Bedrückendes über dem Bild des Feierabends. Etwas, das man nicht beim Namen nennen konnte. Es war ganz einfach da, und wenn auch die Lisa den Rasso noch so verliebt anschaute und der Rasso sich ganz unbefangen gab, dieses Unbehagliche ließ sich einfach nicht verscheuchen …

Und dann war es plötzlich da in der Gestalt der

Harlanderin, von der eine Welle von Düsterkeit ausging. Sie war unter die Tür getreten, lehnte eine Weile am Türstock und musterte den Rasso durch ihre Brillengläser, als sei er ein Fremder, der um Herberge gebeten hatte, und sie sich noch überlegen müsste, ob man sie ihm gewähren könnte. Rasso spürte das Unbehagen fast körperlich und ihm war, als hätte ihn ein eiskalter Wind angeweht. Dann aber gab er sich einen Ruck und sagte sich: »Was ihr seid, bin ich auch. Und alte Weiber hab ich noch nie gefürchtet.«

»Du bist also vom Luiser?«, fragte die Harlanderin, setzte sich auf das äußerste Ende der Bank und zog wie im Schmerz die Stirn kraus, als Rasso die vorwitzige Antwort gab:

»Jawohl, ich bin so frei.«

»Was für einer denn? Der Ältere oder der Jüngere?«

»Der um zwei Stunden ältere.«

»Dann kriegst also du einmal den Hof?«

»Bis jetzt hab ich noch nie was anderes gehört. Und es lebt sich nicht schlecht auf dem Luiserhof. Eine Bäuerin ist dort noch was wert.«

»Dass ich nicht lach!« Die Harlanderin lachte wirklich, auf eine sonderbare, abfällige Art, und wieder spürte Rasso den Hauch der Kälte, der von ihr ausging. »Was hat denn eine Bäuerin schon vom Leben? Arbeit von früh bis in die Nacht hinein, Sommer wie Winter, und keinen Dank!«

»Unsere Mutter sagt immer, der Boden dankt uns tausendfach alle Müh und Plag.«

Die Harlanderin neigte sich vor und fragte:

»Was für ein Tag?«

»Die Mutter hört ein bissel schlecht, weißt«, erklärte Lisa. Und weil sie schlecht hörte, konnte sich Stefan erlauben einzuflechten:

»Was sie nicht hören soll, das hört sie schon!«

Der Harlander versuchte nun das Gespräch wieder in die alte Richtung zu bringen, als wäre er außer Lisa der Einzige, der sich Rassos Besuch zu deuten wusste.

»Dann kriegt dein Bruder einmal das andere Anwesen? Ihr habt doch noch ein zweites?«

Rasso schüttelte den Kopf und streichelte dabei Lisas Hand, sodass alle es sehen konnten. Jawohl, sie sollten es nur sehen und begreifen lernen, warum er eigentlich gekommen war und was er wollte.

»Das Anwesen im Schattenloch meinst? Mit dem ist nicht mehr viel los. Da könnte einer nicht mehr existieren. Ein paar Ackerstreifen und drei Tagwerk gute Wiesen. Das andere ist saurer Moorgrund. Im Notfall könnte einer dort drei Kühe füttern. Nein, der Martin wird schon woanders unterkommen. Gibt ja Höf genug, wo ein junger Bauer fehlt. Und mit leeren Händen kommt er ja auch nicht.«

»Ja, ich weiß, ihr habt viel Wald.«

»Hundertzwanzig Tagwerk.«

Die Harlanderin sagte nichts mehr, hatte nur den Kopf ein wenig zur Seite geneigt um wenigstens etwas zu verstehen. Dann lehnte sie sich zurück, sah in die wachsende Dämmerung und drehte die Daumen. Rasso warf zuweilen einen kurzen Blick auf sie und formte sich ein Bild von ihr. Wie eine Bäuerin sah sie wirklich nicht aus, trotz ihrer bäuerlichen Kleidung – wenn er dabei an seine Mutter dachte … Die Harlanderin sah eher aus wie eine alte Lehrerin, die verdrossen ihr Dasein betrachtete, weil sie keinen Mann erwischt hatte und ihre Pension nicht ausreichte für eine Weltreise.

Der Harlander griff wieder einmal nach seinem Knie, sog an der erkalteten Pfeife und stand schließlich auf. Er ging hinter die Tenne, kam nach einer Weile zurück und sagte:

»Im Westen hat es ganz zugemacht. Morgen regnet

es. Ich hab's ja gesagt. Auf mein Knie kann ich mich verlassen. Spürt der Luiser noch nichts vom Rheumatischen?«

»Unser Vater ist noch so pumperlgesund, dass er Bäum ausreißen könnte.«

»Das ist auch kein Rheuma bei dir, sondern Arthritis«, sagte die Harlanderin und stand nun auch auf.

Hoffentlich gehen sie jetzt, dachte Rasso und hätte am liebsten gleich Gute Nacht gesagt. Aber die Harlanderin trat jetzt noch ein bisschen vor und sagte zu ihrer Tochter recht unliebenswürdig:

»Sei gescheit, Lisa, und glaub nicht alles, was er sagt!«

Lisa bekam einen roten Kopf und Rasso biss sich auf die Lippen. Er musste sich geradezu beherrschen auf diesen groben Klotz keinen noch gröberen Keil zu setzen. Er fühlte Lisas Hand über die seine streicheln, sodass er seinen Groll hinunterschluckte und nur der Form halber noch eine Frage stellte, damit die Harlanderin nicht meinte, er habe Angst vor ihr oder sie könnte ihn mit ihrer Ungezogenheit beleidigen.

»Wie lang darf ich dann dableiben, Harlanderin? Es ist bloß, weil ich dann meine Uhr noch richten muss, die geht immer nach.«

Er sah, wie es über ihr Gesicht zuckte, sah auch, wie der Harlander schmunzelte und die Brüder sich kichernd anstießen. Antwort bekam er keine mehr, die Harlanderin drehte sich um und ging ins Haus. Der Harlander hinter ihr her, und als der Ferdl meinte: »Ihr werdet uns ja nicht mehr brauchen?«, antwortete Rasso gemütlich:

»Eigentlich nicht.«

Dann waren sie endlich allein und Lisa tat einen tiefen Seufzer. Rasso aber stellte fest:

»Die Harlanderin mag mich nicht.«

»Die Mutter war zu Fremden immer schon ein bissel

komisch. Aber du bist doch wahrscheinlich nicht ihretwegen hergekommen?«

»Ganz gewiss nicht! Können wir da überhaupt sitzen bleiben, meinst?«

Lisa schüttelte den Kopf. »Die Schlafkammerfenster stehen offen.«

»Aber sie hört doch schlecht?«

»Mir wär's lieber, wir gingen ein bissel spazieren.«

Damit kam sie Rassos Wunsch nur entgegen. Er legte den Arm um ihre Schultern und sie schmiegte sich eng an ihn. Eine ganz und gar verwandelte Lisa war das heute. Kaum waren sie unter der Tennbrücke durchgegangen, nahm sie ihn um den Hals und küsste ihn.

»Ich hab dich narrisch gern, Rasso!«

Er versicherte ihr, dass es ihm genauso erginge und dass er sich durch die Unfreundlichkeit der Harlanderin nicht irremachen lassen werde. Es käme jetzt nur auf sie, die Lisa, an, wie sie sich zu seinem ernsthaften Wunsch stelle.

Sie saßen hinter dem Hof auf dem Bankerl, auf dem jeden Morgen die vollen Milchkübel abgestellt wurden zum Abholen. Die Nacht wurde immer schwärzer und kein Stern wollte heute kommen. Aber für alles, was in dieser Nacht gesagt sein wollte, brauchten sie keine Sterne, sie brauchten nur sich selber und die Gewissheit, dass nichts ins Leere geredet wurde, dass alles schon einen tieferen Sinn hatte, und der Kehrreim allen Denkens und Redens war, dass man die Absicht hatte, fürs Leben zusammenzukommen.

»Übergibt denn dein Vater schon?«, fragte Lisa.

»Wenn ich die Richtige bringe, sagt er immer, kann ich morgen schon den Hof haben.«

»Jetzt fragt sich bloß, ob ich die Richtige bin?«

»Das muss doch ich am besten wissen, Lisa. Es wird am gescheitesten sein, du kommst schon nächsten

Sonntag oder spätestens in vierzehn Tagen zu uns, damit die Mutter dich sieht und der Vater.«

»Und dein Bruder.«

»Der ist nicht so wichtig, der Martin. Wie werden sich denn deine Leute dazu stellen, Lisa?«

»Dem Vater wird es wohl recht sein. Aber die Mutter, weißt, die hat da eine merkwürdige Ansicht. Wenn es nach ihr ginge, dürfte ich bloß einen Beamten heiraten. Ein Lehrer wär ihr am liebsten. Bloß keinen Bauern, sagt sie immer. Ich hänge aber an Grund und Boden.«

»So arg wie früher ist es ja bei uns Bauern jetzt auch nicht mehr. Ist ja schon für fast alles eine Maschine da.«

Und so sprachen sie über ihre gemeinsame Zukunft, küssten sich zwischenhinein, bis Rasso plötzlich meinte: »Ich glaub, ich müsst jetzt heimfahren. Muss doch schon bald Mitternacht sein!«

»Wann kommst du wieder, Rasso?«

»Am Samstag auf alle Fälle. Am liebsten tät ich ja morgen schon wieder da sein.«

»Wenn das Wetter einigermaßen schön ist, geh ich dir am Samstag entgegen«, versprach sie, ging dann mit ihm bis zum Pflanzgarten, wo sie noch lange stehen blieben.

Dann fing es plötzlich zu regnen an. Rasso setzte den Helm auf und hob das Motorrad vom Ständer. Er schaltete das Licht an und ließ die Maschine den Berg hinunterrollen ohne den Motor zu starten. Schließlich sollte niemand im Hause aufgeweckt werden. Trotzdem wusste die Harlanderin am nächsten Morgen genau die Minute, in der Rasso fortgefahren war.

Lisa Harlander, bisher immer als stolz verschrien, als eine, der keiner der Bauernburschen gut genug war, gewann erheblich an Achtung bei den Bauernmenschen ringsum, als bekannt wurde, dass sie jetzt mit dem

Rasso vom Luiserhof ein Verhältnis hätte, denn es war in der Gegend nicht üblich, von Verlobten zu sprechen. Es wurde ihr hoch angerechnet, dass sie in der Bauernwelt bleiben wollte, aus der ihre Mutter, die Harlanderin, sie in eitler Einfältigkeit hatte herausholen wollen um sie mit einem Beamten zu verheiraten, von dem sie zwar selber keine rechte Vorstellung hatte. Auf alle Fälle war es für die Harlanderin schmerzlich, ihre Wunschträume dahingehen zu sehen, denn am Anfang hatte sie gemeint, es müsse zumindest ein Regierungsrat sein, dann wäre sie auch mit einem Oberinspektor zufrieden gewesen und zum Schluss hätte es sogar ein Postschaffner sein dürfen – wenn es nur ein Beamter war mit Pensionsberechtigung.

Stattdessen kam nun dieser Rasso, so unbekümmert und frech, und ließ sich durch ihre spitzen Bemerkungen nicht aus der Ruhe bringen. Er legte eine Herzlichkeit an den Tag, von der sie nicht wusste, ob sie ehrlich war oder nur gespielt. Er saß in der Stube, erzählte schnurrige Geschichten und konnte dann liebenswürdig fragen, ob die Harlanderin jetzt nicht doch lieber ins Bett gehen wolle, weil es schon zehn Uhr sei und die Lisa mit ihren einundzwanzig Jahren doch kein Wachhunderl mehr brauche.

Der Harlander brauchte nur einen Teil seiner Bauernschläue anzuwenden um zu erkennen, welch gute Partie seine Lisa machte. Es gab nicht viel dagegen zu reden, zumal er erkannte, dass bei Lisa und Rasso in allen Fragen bereits Einigkeit erzielt war.

Es ließ sich dann nicht mehr hinausschieben, dass Lisa auf dem Luiserhof den Antrittsbesuch machte. Dazu war der Peter-und-Paul-Tag bestimmt worden, der zwar schon lange kein gesetzlicher Feiertag mehr war, in jener Gegend aber immer noch in Ehren gehalten wurde. Natürlich konnte sie nicht allein kommen und so fuhr Rasso gegen zwei Uhr mit dem Familien-Mercedes nach Puring um die Lisa und ihre Eltern abzuholen. Der Harlander nahm das ein bisschen feierlich, die Harlanderin war voll lauernder Spannung. Sie trug statt der Nickelbrille heute eine mit dunkler Hornumrandung und sah beinahe vornehm aus. Sie saß bolzensteif neben Rasso auf dem Beifahrersitz, weil sie behauptete, hinten würde ihr schlecht.

Einmal nahm Rasso den Fuß vom Gas – schnell durfte er sowieso nicht fahren, weil die Harlanderin sagte, sie wolle noch länger leben – und deutete mit dem Arm durch das herabgelassene Fenster.

»Da gehen unsere Gründ an.«

»Und der Wald da drüben?«

»Gehört auch uns. Hinter dem Wald liegt das Anwesen, das wir geerbt haben.«

Das Korn stand schon recht hoch. Silbern wogten die jungen Ähren im Wind. Eigentlich hatte Rasso beim Kuglerwirt vorbeifahren wollen, wo er heute seine Spezeln auf der Kegelbahn wusste. Aber dann machte er einen Bogen darum und fuhr gleich das steile Sträßlein zum Hof hinauf.

Beim Luiser wartete man bereits. Der Luiser und die Luiserin standen auf der Gred. Die Eva hantierte in der Küche und der Martin stand droben auf dem Balkon und rauchte bedächtig ein Zigarillo.

Dann hielt der Wagen vor der Gred. Rasso sprang heraus, öffnete auf der anderen Seite den Schlag und reichte der Harlanderin die Hand zum Aussteigen. »Bitt schön, Harlanderin! Nur Obacht geben, dass du dir das Köpferl nicht anrennst!« Dann fasste er Lisa an der Hand und sagte:

»So, Vater und Mutter, das ist also die Lisa.«

»Grüß Gott«, sagte Lisa ohne jede Verlegenheit und reichte den beiden die Hand.

Mit der allgemeinen Begrüßung war man bis zur Haustür gekommen. Die Harlanderin hob schnuppernd die Nase.

»Da riecht es gut nach Kaffee!«

»Bei dem schönen Wetter können wir eigentlich auch heraußen Kaffee trinken«, meinte der Luiser. »Komm, Rasso, hilf mir gschwind den Tisch vom Flur heraustragen.«

Dann erst begann die allgemeine Unterhaltung.

»Du hast aber eine ganz nette Wampen, Friedl«, sagte der Luiser und ließ seinen Blick über die üppige Wölbung des Harlanders hingehen.

»Der Bauch hat auch viel Geld gekostet«, meinte der Harlander, zog gleich seine Joppe aus und legte sie auf die Hausbank.

»Und du bist allweil gesund, Matthias?«

»Könnt nicht klagen«, antwortete der Luiser. »Höchstens, wenn ich einmal ein bissel übern Durst trink, hab ich am andern Tag Schädelweh.«

»Trinken soll ich überhaupt nichts mehr, wegen der Leber. Hauptsächlich Schnaps ist mir verboten. – Dein Korn hab ich im Herfahren gesehen, steht gut.«

»Hoffentlich kommt nichts mehr drüber.«

Die Frauen hielten ihren Diskurs über andere Themen.

»Ah, ihr habt auch die perlfarbenen Hühner«, stellte die Harlanderin fest. »Schön sind sie schon, aber wie schaut's denn mit dem Legen aus?«

»Ich bin recht zufrieden. Sie brüten nicht so viel wie die Rhodeländer. Und bei dem heutigen Eierpreis, ob ich da ein paar mehr oder weniger hab, das macht nicht viel aus.«

»Wie verkaufst sie denn du?«

»Die letzten hab ich um siebzehn Pfennig hergegeben. Voriges Jahr noch um zwanzig. Bringen ja vom

Ausland so viel rein. Mit der EU mein ich, da pratzeln sie uns ganz schön.«

»Ich versteh davon zu wenig«, gab die Harlanderin zu. »Aber mein Alter schimpft auch allweil über die EU. Nein, der Kaffee, man riecht ihn bis da raus! Wo kaufst du denn den?«

»Den lassen wir uns direkt von Bremen schicken.« Die Luiserin drehte sich um und rief in den Flur: »Eva! Ist der Kaffee bald so weit? Wir trinken heraußen! Nimm eine Tischdecke mit.«

»Habt ihr auch ein Dirndl?«, staunte die Harlanderin. »Das hab ich gar nicht gewusst.«

»Nein, die Eva ist unsere Magd. Wir halten sie aber, als wär sie vom Haus.«

»Muss man heutzutags schon, sonst kriegt man ja niemand mehr. Mir ist heut schon Angst und Bang, wenn ich eine brauch, falls die Lisa wirklich heiratet.«

Einer Antwort wurde die Luiserin enthoben, weil die Eva mit der Kaffeekanne aus dem Haus kam, sie zunächst auf die Bank stellte um ein weißes Tuch über den Tisch zu breiten. Als sie aufblickte, begegnete sie Lisas Blick und spürte, dass es ihr einen Stich im Herzen gab. Sie wusste sofort, dass Rasso von diesem Mädchen nicht mehr loskommen werde. Sie sah auch das kurze Aufleuchten in seinen Augen, als wolle er fragen: Was sagst du nun zu der, Eva?

Sie sagte nichts und würde auch nie etwas sagen. Wo die andere den Stolz und ihre Schönheit so offen zeigte, konnte sie sich nur stumm abfinden und für immer entsagen. Immerhin gab die Lisa ihr jetzt auch die Hand und sagte:

»Es tut mir Leid, dass du so viel Arbeit mit uns hast.«

»Ist nicht der Rede wert«, antwortete Eva und eilte davon um Tassen und Kuchen zu holen.

»Bohnenkaffee sollt ich eigentlich auch nicht trinken«, jammerte der Harlander. »Es ist schon ein rechtes Kreuz.«

»Hättest du früher nicht so gesoffen«, sagte die Harlanderin ohne zu bedenken, dass sie unter fremden Leuten saßen. Dem Mann lief auch die Stirn rot an und er antwortete:

»Es fragt sich, warum man manchmal mehr trinkt, als einem gut tut. Der Durst allein war es nicht immer.«

»Jetzt trinkst ja auch nimmer«, nickte die Harlanderin, die ihn wieder einmal nicht verstanden hatte. Dann nahm sie einen Schluck Kaffee. »Der ist so gut, wie er riecht. Musst mir die Adresse aufschreiben, Luiserin. Und der Kuchen! Selber gebacken?«

»Nein, die Eva.«

»Die Kleine von vorhin? So was muss man sich warm halten!«

Die Sonne schien auf die Gred, die Schwalben flitzten über den Dachfirst und hoch droben schwebte ein Segelflieger dahin, verschwand hinter einer weißen Wolke und kam wieder.

»Wo steckt denn eigentlich der Martin?«, fragte der Luiser und griff bereits nach dem zweiten Stück Kuchen.

In diesem Augenblick trat der schon aus dem Haus, das halb gerauchte Zigarillo zwischen den Fingern, hemdsärmlig und barfuß in den Pantoffeln. Die Harlanderin schaute ganz verdutzt drein, blickte von Rasso auf Martin und von dem wieder zu Rasso. Dann sah sie die Narbe auf der Wange des Martin und stellte fest:

»An der Narbe kann man euch unterscheiden. Sonst aber schon gar nicht.«

»Doch«, sagte der Luiser. »Der Martin ist ruhiger.«

»Und vielleicht nicht so frech wie der andere. Sagt der zu mir glatt: ›Du darfst jetzt ins Bett gehen, Harlanderin, sonst geht dir der Schlaf ab.‹«

Der Luiser lachte, dass es ihn schüttelte.

»Ja, das sagt der Rasso schon! Da kennt der nichts! Wo er das bloß her hat?«

»Du warst mit dem Mundwerk auch immer schnell bei der Hand«, erinnerte sich der Harlander.

Martin war so gehemmt von Lisas Anblick, dass er kaum ein Wort herausbrachte, und was er sagte, klang ziemlich einfallslos.

»So, so, dann hast du einmal nachgeschaut bei uns. Ich hab dich bisher noch nicht gekannt.«

»Dafür lernst du sie jetzt umso besser kennen«, lachte Rasso. »Wenn du ihr Schwager wirst, darfst du ihr auch ein Bussl geben.«

Damit stieß Rasso nicht bloß den Bruder vor den Kopf, sondern alle, denn von einer Heirat war bis jetzt nicht die Rede gewesen. Der Rasso hatte schon einmal eine hergebracht, die Lindinger Martina von Frasdorf, und dann war doch nichts daraus geworden.

»Warum geht denn die Eva nicht raus zum Kaffeetrinken?«, fragte der Luiser. »Rasso, schau einmal, wo sie steckt.«

Eva saß in der Küche vor einer vollen Tasse Kaffee und starrte vor sich hin. Rasso fragte nicht, warum sie hier so allein sitze, sondern:

»Was sagst zu ihr, Eva?«

Sie sah ihn wie abwesend an und fragte: »Was soll ich schon sagen?«

»Sie ist doch bildsauber, oder?«

»Ja, schön ist sie.«

»Mit der bin ich ganz verrückt, Eva.«

»Das warst du schon öfters mit einer, Rasso.«

»Ja, aber diesmal ist es ganz anders. Wie soll ich es dir erklären, Eva?«

»Lieber gar nicht, Rasso. Mich geht es ja auch nichts an. Du musst ja wissen, was du willst.«

»Ja, jetzt weiß ich es. Jetzt ist Schluss mit meinem Luderleben! Keine andere kann mir jetzt noch ins Gehege kommen. Und jetzt komm, Eva, setz dich zu uns. Du gehörst doch zur Familie.«

»Nein, lass mich hier, Rasso.«

Verdutzt horchte er auf den traurigen Klang ihrer Stimme. Aber er war viel zu sehr erfüllt von seinem Gefühl für Lisa, als dass er dem eine Bedeutung beigemessen hätte.

»Wie du willst, Eva. Ist dir heut was übers Leberl gelaufen? Du bist doch sonst nicht so. Es schaut ja grad aus, als ob du mir mein Glück nicht gönnen möchtest.«

Sie sah ihn mit weiten Augen an. Dann senkte sie den Blick.

»Du müsstest eigentlich wissen, Rasso, dass ich für dich immer alles Gute wünsche.«

»Ja, ich weiß, Eva. Wie eine gute Schwester bist du mir. Komm, trink deinen Kaffee jetzt und dann setz dich zu uns.«

Sie kam aber nicht, verließ vielmehr durch die hintere Stalltür das Haus, streunte ziellos durch den Jungwald, saß dann zwischen den mannshohen Himbeerstauden und weinte bitterlich vor sich hin wie ein Kind, dem etwas Kostbares zerbrochen ist und das weiß, dass es dafür bestraft wird.

Eva war auch bestraft worden. Sie hatte etwas begehrt, das doch unerreichbar für sie bleiben musste. Aus herrlichen Träumen hatte man sie herausgerissen. Natürlich war sie nicht so schön wie die Lisa, nicht so stolz und nicht so schlank gewachsen. Es fragte sich nur, ob in der ein guter Kern war. Und gerade das glaubte Eva nicht. Mit ihren einfachen Sinnen hatte sie sofort erfasst, dass hinter diesem dunklen Samtblick etwas lauerte wie Habgier und das bestimmte: Ich will!

So weinte die Magd unter den Himbeerbüschen in

ihrem Leid und begriff nicht, wie unsinnig es war, denn sie konnte doch nicht verloren haben, was sie nie besessen hatte. Aber sie konnte sich einfach nicht helfen.

Währenddessen kam das Gespräch auf dem Luiserhof in Fluss und dem eigentlichen Sinn nah, wie es sich nun einmal nicht mehr umgehen ließ, da der Zweck dieses Besuches klar ausgesprochen worden war. Es schickte sich so, dass der Luiser mit den Harlanderischen durch die Ställe ging und die Luiserin mit der Lisa ins Haus um ihr zu zeigen, was hergezeigt werden musste um dem anderen Teil einen Einblick zu geben in den gediegenen Reichtum, der hier herrschte. In der Küche staunte Lisa zum ersten Mal. Sie war ringsum bis zur Decke hinauf gefliest. Der große gemauerte Küchenherd stand in der Mitte und die Luiserin erklärte nicht ohne Stolz, dass dieser nur zur Zierde und zu ihrer Freude dastehe, während man für Warmwasser und Heizung natürlich die Zentralheizung habe, die neben den Wohnräumen auch die vier Fremdenzimmer oben beheizen könne, die alle mit eigener Nasszelle ausgestattet seien. Die Türen zu den Fremdenzimmern wurden nur aufgestoßen. Lisa konnte sehen, dass über den Betten grünseidene Daunendecken lagen, dass die Zimmer geräumig und gediegen möbliert waren, sodass ein Zimmerpreis von siebzig Mark mit Frühstück sehr wohl berechtigt war.

»Fürs Doppelzimmer?«, fragte Lisa.

»Natürlich fürs Doppelzimmer. Was nehmt denn ihr?«

»Wir vermieten eigentlich nicht«, gestand Lisa. »Aber wenn schon, dann können wir höchstens vierzig Mark verlangen. Wir haben ja auch nur Waschbecken in den Zimmern.«

Nun wurde auch die Bubenkammer vorgezeigt. Die Luiserin nahm eine Joppe, die unordentlich auf dem

Bett lag, und hängte sie über einen Kleiderbügel in den Kasten.

»Der Martin ist ein bissel ein Schlamper«, sagte sie dabei. »Der Rasso räumt sein Sach eher auf. Dafür hat er andere Untugenden.«

»So? Ich hab noch keine gemerkt an ihm.«

Die Luiserin strich das Deckbett glatt und sah das Mädchen an.

»Weil du wahrscheinlich verliebt bist. Da sieht man nicht einmal die Hälfte von dem, was man sonst sieht.«

»Ich mag ihn so, wie er ist«, platzte die Lisa heraus und gestand anschließend: »Jetzt kann ich dir's ja sagen: Angst hab ich schon ein bissel gehabt, wie wir hergefahren sind. Der Rasso hat mir zwar nur das Beste von seinen Leuten erzählt, aber es ist halt doch nicht so einfach, wenn man nicht weiß, wie man aufgenommen wird.«

Die Luiserin lachte. »Meinst, dass mir anders ums Herz war, wie ich vor dreißig Jahren mit meinem Vater zum ersten Mal dahergekommen bin? Da war ich auch furchtbar aufgeregt. Und dann ist alles recht geworden.«

Sie traten auf den Balkon hinaus und sahen den Harlander und den Luiser zwischen Querstadel und Remise in die Tiefe des Obstgartens hineingehen, während Rasso mit der Harlanderin den Gemüsegarten besichtigte.

»Wie ist es denn mit dir?«, fragte der Luiser und blieb stehen. »Gibst du das Heft schon aus der Hand?«

»Wenn der Rasso ernstliche Absichten hat, zieh ich mich zurück. Soll ich werkeln, meinst, bis der Totengräber mir die Schaufel naufhaut? Zunächst weiß ich ja noch gar nicht, ob dem Rasso in allem ernst ist.«

»Du wärst ja nett! Meinst du, dass unser Dirndl sich zum Narren halten lässt?«

»So schaut sie mir nicht aus«, antwortete der Luiser, griff nach einer Stütze und spreizte sie unter einen Ast, der voll von Jakobiäpfeln hing. »Zu mir hat er allerdings noch nichts gesagt, dass er heiraten möcht.«

»Aber bei uns hat er davon geredet.«

»Na ja, ich hab nichts dagegen. Aber weil wir schon davon reden – das Mädel gefällt mir, und – wie schaut es sonst aus?«

»Hundertfünfzigtausend.«

»Und eine Kuh?«

»Auf die geht's auch nimmer zusammen.«

»Nicht, weil wir sie brauchten, aber weil es halt der Brauch ist. Und ein Kammerwagen auch.«

»Das ist den Weibern ihr Sach. Um das bekümmer ich mich nicht. Trägt der Obstbau überhaupt noch was?«

»Zwetschgen schon, weil ich Schnaps davon brennen kann. Aber Äpfel und Birnen gehen bei weitem nicht mehr so. Sie werfen ja zu viel ausländisches Obst rein. Und es wird gekauft, obwohl unsere Äpfel nicht schlechter, aber billiger werden. Wir haben schon eine verrückte Zeit, wenn man es so betrachtet. Und wenn man bedenkt …«

»Das Denken hab ich mir abgewöhnt«, brummte der Harlander. »Da kommst du auf keinen grünen Zweig. Denken tut für mich meine Alte.«

»Ja, das hab ich auch schon gemerkt.«

»Da kommt man am besten durchs Leben, wenn man die das machen lässt.«

Das war zwar nicht nach dem Sinn des Luisers, aber er wollte nicht widersprechen. Bei ihm war es immer noch so, dass er für alle dachte, nach seinem Willen wurde hier regiert, und wenn nun tatsächlich die Zeit herankam, dass der Rasso regieren wollte, dann sollte er auch an alles denken, was auf so einem Hof zu geschehen oder nicht zu geschehen hatte. Und wenn er die Harlander Lisa heiraten wollte, ihm, dem Alten, gefiel sie recht gut. Er kannte die Marotten ihrer Mutter, und dass die Junge am Bauernstand festhalten wollte, rang ihm Respekt ab.

Die Lisa aber saß unterdessen allein mit dem Martin auf der Hausbank, nachdem sie das Kaffeegeschirr abgeräumt hatte. Dies hatte Rasso vom Pflanzgarten her genau beobachtet, buchte es auf die Plusseite und sagte zur Harlanderin:

»Die Lisa fühlt sich hier schon ganz daheim.«

Er musste den Satz wiederholen, weil die Harlanderin ihn nicht verstanden hatte. Jetzt erst nickte sie und gab dem Rasso zu wissen:

»Wenn du sie nicht gut hältst, sie kann jederzeit zu uns heimkommen. Mir ist es immer noch nicht recht. Ein Beamter wär mir tausendmal lieber. Aber das hast du mir verdorben.«

Bei so viel Schonungslosigkeit verlor sogar Rasso etwas von seiner Geduld und er nahm nun auch kein Blatt mehr vor den Mund.

»Dann hättest sie in einen Glasschrank sperren müssen und warten, bis ein Beamter kommt. Aber jetzt bin einfach ich gekommen, die Lisa mag mich und wir werden heiraten, ob dir das passt oder nicht. Ich kann bloß hoffen, dass sie nicht später in deine zuwidere Art verfällt, sondern so bleibt, wie sie ist.«

Das hatte er so laut geschrien – so laut schreien müssen, damit sie ihn verstand, und als sie ihn verstanden hatte, wechselte sie die Farbe und zürnte:

»Wie redest denn du mit mir!«

»Damit endlich einmal Klarheit herrscht, Harlanderin! Wenn ich in der letzten Zeit zu euch hinübergekommen bin, hab ich von dir so manches schlucken müssen. Du glaubst vielleicht, weil du deine Mannsbilder dumm anreden kannst, muss ich mir's auch gefallen lassen. Da bist du aber verkehrt gewickelt!«

Das war zu viel für die Harlanderin. Sie erkannte jetzt, dass sie einen vor sich hatte, dem sie den Schneid nicht abkaufen konnte, und in solchen Fällen gab sie immer klein bei oder tat so, als ob sie nicht verstanden hätte. Sie bückte sich nieder zu den Salatpflanzen und sagte:

»Wie schön bei euch der Salat schon steht! Muss halt doch ein wärmeres Klima sein bei euch«

»Ja, bei uns ist ein gutes Klima«, antwortete Rasso zweideutig. »Und da lassen wir uns gar nichts dreinkommen.«

Es steht zwar nirgends geschrieben, wie man mit einer künftigen Schwiegermutter zu reden hat, wenn sie störrisch ist, aber Rasso war überzeugt, dass er schon den richtigen Ton gefunden hatte. Und da er von sich aus versöhnlich war, bückte er sich, pflückte ein paar von den Nelken ab und überreichte sie ihr.

Da sah er die Harlanderin zum ersten Mal lachen.

Währenddessen unterhielten sich Lisa und Martin recht gut miteinander. Das heißt, den Anfang hatte Lisa machen müssen, denn der Martin starrte sie nur immerzu an, bis Lisa fragte:

»Gefällt dir was nicht an mir, Martin?«

»Ich wüsst gar nicht, was mir an dir am besten gefällt. Hat der Rasso wieder einmal Glück. Mehr Glück als Verstand.«

»Meinst du, Martin?«

Er schluckte ein paar Mal, dann verschränkte er die Arme ineinander und sah geradeaus, als ob er hinter den grünen Wälderbogen etwas suche. Dann sprach er vor sich hin:

»Als du aus dem Wagen gestiegen bist, da war ich auf dem Balkon droben und hab mir gedacht, wie es nur kommt, dass es allweil der Rasso ist, der das Beste findet.«

Lisa runzelte die Stirne.

»Sind vor mir schon mehr hergekommen auf euren Hof?«

»Du bist die Erste, bei der er vom Heiraten spricht.«

»Dann ist's schon recht!« Lisa rückte vertraulich ein wenig näher hin. »Und wie steht es denn mit dir, Martin? Was für eine hast denn du dir ...«

»Noch gar keine«, unterbrach er sie. »Mir liegt das nicht so wie dem Rasso. Außerdem wird ja er einmal der Bauer hier.«

»Geh, es gibt doch Mädel genug, Martin!«

Langsam drehte er den Kopf und sah sie wieder an, so treuherzig, fast ein wenig traurig.

»Aber keine wie du. An dir ist doch alles dran, was man sich wünschen kann.«

»Sag das nicht! Ich hab wahrscheinlich auch meine Mucken.«

»Die wären leicht zu ertragen, wenn du einem gehören tätst.«

Leichte Röte huschte über Lisas Stirn. Ihr schien das Gespräch doch ein wenig verfänglich. Und auf einmal schoss ihr ein Gedanke durch den Kopf. Rasso hatte ihr schon erzählt, dass sein Bruder Martin etwas unbeholfen war in Bezug auf Mädchen. Und wenn einer so hilflos war, musste man ihm doch helfen. Auch Rasso hatte das einmal gemeint und ihm die Dorner Stefanie zuschanzen wollen, eine Bauerntochter aus der Rotter Gegend. Aber Martin hatte ihm stur erklärt: »Deine Ableger mag ich nicht.«

»Ich wüsste dir eine«, spann jetzt Lisa ihren Gedanken laut aus.

»Aber keine wie du«, antwortete er hartnäckig.

»Aber eine gute Partie wäre es. Die Tallhammer

Agnes. Zwischen Greinbach und Törwang liegt der Hof. Es sind keine Buben da und das Anwesen ist nicht schlecht. So an die hundertzwanzig Tagwerk.«

»Die wird grad auf mich warten!«

»Vielleicht. Sie ist meine Freundin. Soll ich einmal ein gutes Wörtl für dich einlegen?«

»Schaden könnte es nicht«, meinte Martin und wusste selber nicht recht, was mit ihm los war. Noch nie hatte ihm ein Mädel so gut gefallen wie die Lisa. Zum ersten Mal spürte er etwas wie Neid auf seinen Bruder. Immer hatte er im Schatten gestanden und der andere im Licht.

»Ein Nachteil ist es immer«, seufzte er dann, »wenn man nichts hinter sich hat, so wie der Rasso.«

»Wie meinst du denn das, Martin?«

»Der Rasso hat den Hof hinter sich. Der kann was aufweisen, der kann sagen, das und das hab ich zu bieten.«

»Das kannst du auch sagen. Mit leeren Händen kämst du ja auch zu niemandem. Ich glaub eher, Martin, dir fehlt es an Selbstvertrauen oder du hast Minderwertigkeitskomplexe. Brauchtest du aber gar nicht zu haben. Du bist vom Luiser und das allein hat schon Gewicht.«

»Wenn ich dich so reden hör, Lisa, dann wird mir ganz leicht ums Herz.«

»Es wird schon recht werden, Martin. Ich werd es schon in die Wege leiten, dass du die Agnes treffen kannst. Ich brauch sie bloß einmal zu mir einladen, dann kommst du wie zufällig zu uns und das andere wirst dann schon selber deichseln können. Am guten Zureden meinerseits soll es nicht fehlen.«

Sie unterbrachen jetzt das Gespräch, weil der Rasso mit der Harlanderin auf das Haus zukam.

»Na, ihr zwei?«, lachte Rasso. »Habt ihr euch gut unterhalten?«

»Er ist ein recht lieber Kerl«, sagte die Lisa. Es war höchste Zeit, dass ich ihn einmal kennen gelernt hab.«

Die beiden Bauern kamen vom Obstgarten her und dann saßen sie alle wieder einträchtig auf der Hausbank. Der Luiser wollte, dass man auch seinen Wein probiere, sodass selbst die Harlanderin etwas aufgelockerter wurde und meinte:

»Da kann man halt nichts machen. Wenn sie groß sind, die Töchter, dann heiraten sie weg, nehmen hunderttausend Mark mit und man ist allein.«

»Hundertfünfzig hab ich zugesagt«, ermannte sich der Harlander zu sagen.

»Ja, ja, du nimmst das Maul allweil ein bissel voll! Hundert wären auch schon ein schöner Batzen.«

»Unser Ferdl wird schon eine ins Haus holen, die brav mitbringt. Der Wein schmeckt mir. Schenk mir noch mal ein, Matthias. Daheim krieg ich das ganze Jahr keinen!«

Hernach, so gegen sechs Uhr, standen alle bis auf den Martin noch um das Auto herum. Abmachung und Zusage wurde noch mal gegenseitig versichert, dann fuhr Rasso die Gäste zurück nach Puring auf den Harlanderhof.

Von diesem Tag an fügte sich die Harlanderin in ihr »Schicksal«, wie sie es nannte. Sie begrub ihren Traum vom Beamten, nicht ohne vorher Lisa noch mal in verlockenden Farben darzustellen, was sie in ihren Augen versäumte: das regelmäßige Einkommen, die sichere Pension. Sie könne jedes Jahr in Urlaub gehen und sei dann eben jemand. Eine Frau Justizinspektor oder so was.

Lisa aber wollte »so was« nicht sein. Sie wollte Bäuerin auf dem Luiserhof werden. Sie liebte den Rasso von Tag zu Tag mehr. Ihr ganzes Sinnen und Trachten rankte sich um den schönen Hof auf der Höhe. Immer wieder ging sie in Gedanken mit der Luiserin durch alle Räume des Hauses, vom Keller bis hinauf zum Speicher, von wo man über die Wiesen und Felder schauen konnte.

Sie wollte dort Bäuerin sein von ganzem Herzen, wollte Rasso helfen das Erbe seiner Väter zu mehren, wollte dem Hof Kinder schenken, mit Rasso für ein starkes Geschlecht sorgen, das ins nächste Jahrhundert hineinwuchs, stolz und stark, wie sie und der Rasso es waren.

Das sagte sie ihrer Mutter in einer letzten Aussprache und die Harlanderin musste sich nun damit abfinden. Und seltsamerweise schien sie es auch zu tun, denn jetzt bekamen die Nachbarn nicht mehr zu hören: »Meine Lisa wird einen Beamten heiraten.« Jetzt hieß es: »Meine Lisa wird Luiserin«, und alle würden staunen, welch einen »Kammerwagen« die Lisa mitbekommen würde.

Auf einen Auftrag für den Kammerwagen würde freilich jeder Schreiner in der Umgebung vergebens warten, denn man dachte an ein Schlafzimmer in Weiß, Schleiflack natürlich, so, wie man es in großen Möbelhandlungen ausgestellt sah. Wenn schon, denn schon! Für eine Beamtenwohnung wäre es auch so gedacht gewesen. Warum nicht für den Luiserhof, in dem doch auch sonst alles spiegelte vor Sauberkeit und den neuesten Dingen.

So reifte der Sommer seiner Höhe entgegen. Ein begnadeter Sommer mit kurzen, heftigen Gewittern, bei denen man nicht wusste, was sie brachten. Dann tauchten die Hagelflieger in die eisschweren Wolgen und sprühten Silberjodid um den Hagel abzuwehren.

Das Korn neigte bereits seine Ähren, nur der Weizen stand noch aufrecht und beugte sich nur ein wenig, wenn der Abendwind heftiger blies.

Um den See herum waren Sommergäste eingezogen. Auch beim Luiser hatten sie die vom Vorjahr wieder. Zwei Ehepaare aus Karlsruhe, nette Leute, die tagsüber beim Baden waren und abends mit den Luisers auf der Hausbank saßen. Im August wollte dann die Familie Baumbach aus Köln noch auf vier Wochen kommen. Zum zehnten Mal schon. Sie hatten bereits eine Art Hausrecht im Luiserhof und wahrscheinlich würde es auch ihnen gleich auffallen, dass der Rasso nicht mehr der Rasso des vergangenen Sommers war, der noch zu jeder Narrheit bereit gewesen und nun so sehr viel ernster geworden war. Das habe die Liebe zuwegegebracht, sagte man und die Sommerfrischler bekamen das Mädchen zu sehen, das es verstanden hatte dem Rasso ein Zaumzeug anzulegen, das aus dem ungestümen Traber einen lammfrommen Ackergaul gemacht hatte.

Ja, Lisa kam fast jede Woche auf den Luiserhof, und als die Luiserin einmal krank wurde, blieb Lisa vom Montag bis zum nächsten Sonntag, stand in der Küche am Herd, war schon ganz daheim und nahm so in ganz unaufdringlicher Weise Besitz von allem, was ihr über kurz oder lang doch einmal gehören würde. Sie versuchte auch die Herzen der Menschen dort zu gewinnen, was ihr bei den beiden Alten leicht gelang. Nur der Martin wurde immer verräterisch rot, wenn sie ihm ein lobendes Wort spendete, und mit der Eva kannte sie sich überhaupt nicht aus. Die verschloss ihr Herz vor jedem gut gemeinten Wort und manchmal glühte etwas Dunkles in ihren Augen, das wie heimliche Angst aussah oder wie ein verborgener Zorn, der nicht zum Ausbruch kommen konnte. Einmal fragte Lisa:

»Sag, Eva, kannst du mich nicht leiden?«

Wieder dieser merkwürdige Blick und eine gewisse Ratlosigkeit. Es war für Eva doch recht schwer, die Antwort so zu geben, wie sie in ihrem Herzen brannte.

Sie hätte auch wirklich nicht antworten können: »Nein, ich kann dich nicht leiden«. Denn in irgendeiner Weise war sie der schönen, stolzen Lisa zugetan. Sie hätte auch nicht sagen können: »Du hast mir einen schönen Traum zerstört«, weil sie inzwischen begriffen hatte, dass das Leben nicht aus Träumen besteht.

Lisa aber bohrte weiter: »Kannst du dich nicht damit abfinden, Eva, dass ich im nächsten Jahr Bäuerin sein werde?«

»Muss ich wohl«, antwortete Eva ein wenig störrisch.

»An mir soll es nicht liegen, Eva. Meinetwegen soll alles so bleiben, wie es ist. Es täte mir Leid, wenn du nicht mehr bleiben möchtest.«

»Muss ja wohl!« Wieder die gleiche Antwort und gleich darauf die sonderbare Frage: »Wie ist das eigentlich? Geht es dir um den Rasso oder um den Hof?«

Befremdet blickte Lisa auf. »Was soll denn diese Frage?«

»Du kannst sie also nicht beantworten?«

Lisa überlegte. Trotz wollte sie überkommen. Wer war denn diese Kleine, dass sie solche Fragen stellen durfte? Mit welchem Recht?

»Hör einmal, Eva. Wenn es nach meiner Mutter gegangen wäre, hätte ich einen Beamten heiraten müssen. Aber dann kam Rasso. Und da ist der Hof. Es ist doch gar nicht so schwer, sich vorzustellen, dass beides zusammengehört.«

»Aha«, sagte Eva. Nicht mehr. Sie hätte wahrscheinlich eine andere Antwort gegeben. Rasso ist alles, der Hof ist nichts, ging es ihr durch den Sinn. Diese Antwort hätte sie erwartet. Aber da für Lisa beides gleich viel wert zu sein schien, blieb bei Eva ein Stein des Anstoßes zurück und sie sagte bei sich: Armer Rasso!

Mit Martin war es ein wenig anders, nachdem Lisa

ihn mit ihrer Freundin, der Tallhammer Agnes, bekannt gemacht hatte. Ein strammes Bauernmädel, sogar recht hübsch, wenn auch mit Lisa nicht zu vergleichen. Von Natur aus schon ein bisschen gehemmt ging Martin mit Missmut an die Sache heran. Er war nicht zu entflammen. Er fuhr nach Törwang, weil Lisa es wünschte, kam sich vor wie ein Opferlamm und wurde den Verdacht nicht los, dass Lisa ihn aus dem Haus haben wollte, wenn sie hier einmal einzog als Bäuerin.

Er wurde noch stiller und nachdenklicher in dieser Zeit. Manchmal, wenn er sich unbeobachtet wusste, schaute er mit brennenden Augen hinter der Lisa her, bemitleidete sich selber und seufzte.

So waren also zwei Menschen auf dem Hof, von denen jeder auf seine Weise durch Lisas Auftauchen in tiefe Verwirrung gestürzt worden war, in der sie nun erschrocken und hilflos taumelten ohne recht zu wissen, wie das alles noch enden sollte, wenn die Lisa erst einmal ganz im Haus war.

Rasso hatte von alldem keine Ahnung. Er war im siebenten Himmel und wirklich zum ersten Mal in seinem Leben ernsthaft verliebt. Hatte er das Leben immer schon von der schönsten Seite her betrachtet, so meinte er jetzt im Paradies zu sein. Stolz schwellte seine Brust, er ersann immer Neues, tauchte mit Lisa da und dort auf, konnte sich gar nicht genugtun sie herzuzeigen und fühlte eine satte Befriedigung, wenn er den Neid der anderen Burschen spürte und die heimlichen Blicke sah, mit denen sie Lisa verschlingen wollten.

Um der Wahrheit die Ehre zu geben: Sie waren wirklich ein selten schönes Paar.

In der Bauernmeinung war es freilich unmännlich, wenn man das Mädchen bei der Hand führte. Rasso aber tat es. Er kümmerte sich um die Meinung anderer nicht. Wenn er sonntags einmal das Auto nicht haben konnte, weil es Martin für die weite Strecke nach Törwang brauchte, dann strolchte Rasso mit Lisa durch die Gegend. Sie gingen die stillen Wege am See entlang. Einmal saßen sie auch dort unten im Schattenloch auf der Bank vor dem alten Haus, an dem schon der Verputz abbröckelte und die Fensterläden schief hingen. Es war kühl hier und darum angenehm, weil die Sonne an diesem Sonntag brennend über der Landschaft stand.

Regungslos standen die Fichtenwipfel ringsum, eine stille, schweigsame Welt, in der nur der schmale Feldweg den Trost bot, dass er aus dem düsteren Schatten hinausführte in die weite, sonnenumflutete Hügellandschaft.

»Wie wäre es, wenn wir hier leben müssten, Lisa?«, fragte Rasso, der seinen Kopf an ihre Schulter gebettet hatte und von ihrem Arm umschlungen war.

»Das wäre trostlos«, antwortete sie. »Dieser mächtige Buckel dort nimmt doch alles Licht weg.«

»Aber erst um zehn Uhr vormittags. Wenn die Sonne aufgeht, liegt hier alles im warmen Licht.«

»Wenn sie schon scheint, die Sonne, dann sind vier Stunden ihres Lichts am Tag zu wenig.«

»Wenn in uns selber Licht ist, muss es reichen.«

Sie küsste ihn. »Manchmal redest du aber wunderliches Zeug, Rasso.«

»Mag schon sein. Aber dann ist es die Liebe, die mich so wunderlich werden lässt.«

»Das hast du schon einmal gesagt, Rasso. Allmählich fange ich an zu glauben, dass ich wirklich deine erste große Liebe bin.«

»Bist du auch. Das muss ich doch wissen. Und du sollst mich auch glauben lassen, Lisa, dass es umgekehrt genauso ist.«

»Wahrscheinlich ist es genauso, Rasso, weil vor dir

auf diesem Gebiet nichts von Bedeutung in meinem Leben gewesen ist.«

»Also gut«, philosophierte er weiter. »Dann muss also unsere Liebe ohne Ende sein. Und wenn zwei Menschen so ganz erfüllt sind vom Glück, dann dürfte es eigentlich gar nichts ausmachen, ob sie nun hier im Schattenloch leben oder auf dem Luiserhof.«

Nachdenklich sah sie in sein Gesicht. Dann schüttelte sie den Kopf.

»Lieber schon am Luiserhof. Ach, Rasso, was hast du bloß manchmal für komische Gedanken!«

»Man muss alles ausdenken, wenn man ein neues Leben beginnt. Und wir zwei stehen ja am Anfang eines neuen Lebens, unseres Lebens.« Er richtete sich auf, nahm ihr Gesicht in die Hände und schaute sie aufmerksam an, als gäbe es noch etwas in diesem Gesicht, das er noch nicht erforscht hatte. »Weißt du, Lisa, was ich manchmal denke?«

»Was denn?«

»Wenn ich jetzt nur ein Kleinhäuslerbub wäre oder ein Holzknecht, ob du mich dann auch gern haben könntest?«

Die Frage kam so überraschend für sie, dass sie nicht gleich antworten konnte. Als müsse die Antwort genau überlegt werden. Und dann war sie doch nicht genau überlegt. Rasso schien sie zumindest des Nachdenkens wert zu sein.

»Du bist kein Häuslerbub«, sagte Lisa, »und kein Holzknecht. Du bist der Rasso vom Luiserhof, der mich schon so viel bei den Leuten herumgezeigt hat als seine zukünftige Bäuerin, dass wir gar nicht mehr auseinander kommen können und dürfen, ohne dass es eine Blamage wäre.«

Eine seltsame Antwort, folgerichtig von ihr aus gesehen, er aber hätte lieber gehört, wenn sie gesagt hätte:

»Es ist mir ganz gleichgültig, Rasso, was du bist. Ich hab dich nur um deinetwillen so gern …«

Eine leise Verstimmung wollte ihn ergreifen, aber da sprang Lisa auf, fasste ihn an der Hand und zog ihn mit fort. Sie rannten wie Kinder durch den Wald, küssten sich und strolchten durch die Landschaft in einer solchen Fröhlichkeit, als wollten sie jedem Strauch und jeder Blume mitteilen: Seht her, so sehr lieben wir uns und so sehr gehören wir bereits zusammen für unser ganzes Leben!

Acht Tage bevor die Familie Baumann aus Köln kommen sollte, schrieben sie, dass sie wegen Erkrankung des Herrn Baumann heuer in ein Bad mit Thermalquellen reisen müssten. Außerdem falle auch die Hochzeit ihres Sohnes Helmut in diese Urlaubszeit. Man hoffe aber, sich im nächsten Jahr gesund wieder sehen zu können.

»Macht auch nichts«, sagte die Luiserin und betrachtete nachdenklich ihre Hände, die in letzter Zeit, besonders nachts, recht oft schmerzten. »Mir wird es sowieso ein bissel zu viel und es soll mir nur recht sein, wenn der Rasso im Herbst heiratet und eine junge Kraft ins Haus kommt.«

Dem Helmut Baumann, der als Bub schon hier in Ferien gewesen und Rechtsanwalt geworden war, musste man jedenfalls ein Hochzeitsgeschenk schicken und der Luiser schlug einen Zinnteller vor, in den man eingravieren lassen wollte: »Alle guten Wünsche vom Luiserhof.«

Dabei waren sie gerade bei der Ernte. Nur mehr ein Spiel gegen früher. Nicht mehr das ermüdende Mähen mit der Sense die ganze Ackerlänge hin, nicht mehr das qualvolle Niederbeugen zum Garbenbinden in glühender Hitze. Mit leisem Brummen zog der Mähdrescher seine Bahn, die Garben wurden gleich gebunden, Korn und Weizen rieselten gleich in die Säcke und brauchten von Martin nur mehr auf den angehängten Wagen geworfen zu werden.

Ja, die zwei Buben konnten die Ernte allein bewältigen. Eva brauchte nur mehr die losen Halme zusammenzurechen.

An einem einzigen Nachmittag wurde eine riesige Ackerfläche bewältigt, wozu man früher drei Tage und zu den eigenen Leuten noch ein halbes Dutzend Erntehelfer gebraucht hatte. Die Technik war eingebrochen in das alte Bauernland und ließ sich nicht mehr aufhalten. Es konnten sich ihrer zwar noch nicht alle so bedienen wie der Luiser, der reich genug war seinen eigenen Mähdrescher anzuschaffen. Denn wo die anderen noch mit Misstrauen auf alles Neue geblickt hatten, hatte der Luiser bereits mit nüchternem Verstand alle Vorteile erwogen. Man konnte den Mähdrescher samt dem Rasso auch ausleihen, für gutes Geld natürlich. Nur dem Harlander konnte man jetzt nicht gut etwas abverlangen, weil man doch mit ihm verwandt wurde.

Der Luiser stand an diesem ersten Erntenachmittag am oberen Rain der großen Roggenfläche und maß mit schmalen Augen die Breite des Mähdreschers, die er auf einer Fahrt nahm, sodass hinter seiner Spur bloß noch die Stoppeln blieben. Er nickte zufrieden vor sich hin. Der Hitze wegen trug er einen weitrandigen Strohhut, der sein braunes Gesicht beschattete. Es war das erste Mal, dass er zur Ernte nicht benötigt wurde. Er empfand dies mit einer satten Zufriedenheit, denn er hatte sich diese Stille in seinem Leben nicht erbettelt, sondern durch tausendfache Plagerei erschunden. Er konnte ruhig dastehen, abwägen und rechnen. Und für den Fall, dass die Arbeit der leuchtend rot lackierten Maschine durch eine technische Störung unterbrochen wurde, hatte er die Betriebsanleitung im Latz seines blauen Schabers stecken um die Sache in Ordnung zu bringen. Doch meist konnte es der Rasso mit ein paar Handgriffen ohne Betriebsanleitung besser.

Er war schon ein pfiffiger Kerl, der Rasso! Richtig stolz war der Luiser auf diesen Sohn. Und nun brachte er auch noch eine Schwiegertochter ins Haus, wie die Luiser sie sich besser gar nicht wünschen konnten.

Leichter Staub stieg hinter dem Mäher auf. Hoch darüber flogen die Schwalben. Langsam ging der Luiser den Hügel hinan und konnte dann auf einen Teil des Sees hinuntersehen. Dort herrschte Badebetrieb und ein paar Boote strebten dem Ufer zu, wo auf einer Gaststättenterrasse rote Sonnenschirme leuchteten.

Dann kam er zur Straße hinauf und überlegte gerade, dass eigentlich gar nichts dagegen spräche, wenn er sich beim Kuglerwirt auf eine Maß Bier in den schattigen Kastaniengarten setzen würde. Er wurde auf dem Acker nicht mehr gebraucht und wenn er es genau bedachte, könnte er auch mit seiner Bäuerin einmal in ein Bad reisen, damit sie ihr gichtartiges Leiden losbrächte.

Da kam die Straße entlang ein großer Wagen gefahren, bremste und hielt vor dem Luiser. Am Steuer saß ein beleibter Herr mit einer Sonnenbrille und weißer Baseballmütze. Neben ihm eine hagere Frau, braun gebrannt, ebenfalls mit Sonnenbrille und einem Seidenschal um den Hals, und auf dem Rücksitz saß ein junges, auffallend hübsches Mädchen mit flachsblonden, langen Haaren.

»Entschuldigen Sie«, sagte der Herr durch das versenkte Seitenfenster. »Wir fahren schon bald um den ganzen See herum und finden keine Unterkunft. Alles belegt. Könnten Sie mir vielleicht einen Tipp geben, wo wir auf vier Wochen unterkommen könnten?«

Der Luiser schob seinen Strohhut aus der Stirn.

»Fragen Sie doch einmal im Büro des Verkehrsvereins. Oder waren Sie dort auch schon?«

»Nein da waren wir noch nicht«, sagte die Frau in unverkennbar hanseatischem Tonfall.

»Wo ist denn das?«

Der Luiser holte weit mit der Hand aus, beschrieb einen Bogen und sagte ein paar Mal: »Dann links und wieder rechts und dann sind Sie da.«

»Wir wären am liebsten in einem dieser urbayerischen Bauernhöfe untergekommen«, wurde dem Luiser versichert. »Da hat man dann die Milch gleich von der Quelle. Nicht wahr, Engelchen, du möchtest doch am liebsten immer warme Kuhmilch!

Das »Engelchen« hieß Melanie, warf den Kopf jetzt ruckartig vor, dass die Haare flatterten, und bestätigte der lieben Mama, dass sie immer schon für warme Kuhmilch geschwärmt habe. Denn gefährlich könne Rohmilch nur für kleine Kinder werden, und für Erwachsene bestehe kaum mehr Gefahr, wenn man die Milch gleich warm von der Kuh weg trinke.

Der Fratz weiß für sein Alter schon eine ganze Menge, dachte der Luiser, meinte aber:

»Das ist Geschmacksache. Ich mag die Milch nur, wenn sie abgekocht ist. Aber wie gesagt, jeder so, wie er's mag. Die Katz frisst die Maus samt dem Fell, ich möcht sie nicht einmal ohne. Also, noch mal: zweimal links, dann rechts und wieder rechts.«

»Vielen herzlichen Dank. Vielleicht haben wir doch noch Glück.«

»Wünsch ich Ihnen«, sagte der Luiser und sah dem großen Wagen nach, der fast lautlos wegfuhr. »Jaguar« stand in Chromlettern unter der Kofferraumhaube.

Hätte ich nicht doch vielleicht sagen sollen, dass wir was frei hätten, dachte der Luiser weiter. Aber dann fiel ihm ein, was seine Bäuerin gesagt hatte, und dass man ja selber auch wegfahren wolle. Nein, heuer wollte man nicht mehr vermieten. Obwohl die Herrschaften recht nett zu sein schienen. Nun, seine Sache war das nie gewesen. Um das hatte sich immer die Elisabeth, seine Bäuerin, gekümmert. Das war neben den Eiern sozusagen ihr Taschengeld.

Der Luiser verspürte jetzt wirklich mächtigen Durst, zog seinen Strohhut wieder in die Stirn und schlenderte auf einem Feldweg zum Kastaniengarten des Kuglerwirts. Dort traf er einen Rosenheimer Viehhändler und den Stelzer von Moos. Er hatte sich kaum niedergelassen, da stellte ihm die Moni schon eine frische, schäumende Maß auf den Tisch, und sofort kam das Gespräch auf den Mähdrescher. Der Luiser aber nahm, bevor er erschöpfend Auskunft gab, den Krug zur Hand, blies den Schaum weg und nahm einen tiefen Schluck.

Währenddessen war der Jaguar nach zweimal links, einmal rechts und durch eine Bahnunterführung glücklich dorthin gekommen, wohin der Luiser ihn beordert hatte.

Unter bunten Sonnenschirmen saßen ein paar Dutzend Kaffeegäste. An einem freien Tisch ließ sich auch die Familie Elsner nieder und bestellte Kaffee und Kuchen. Das Engelchen studierte gleich die Speisenkarte und rief entzückt:

»Ach, sieh doch, Mami! Hier gibt es Gockerl im Korb!«

»Hab ich noch nie gehört«, sagte die Mama.

»Hahn im Korb eher«, meinte der Papa und fragte die Bedienung, wo das Verkehrsbüro sei. Das Mädchen deutete auf einen kleinen Kiosk, hinter dessen Glasscheibe ein Mann saß und etwas schrieb. Das sei der Herr Wirt und zugleich der Vorstand.

Ob man ihn einmal sprechen könne? Natürlich

konnte man das. Dafür sei der Vorstand des Verkehrsvereins schließlich da.

»Elsner. Oberregierungsrat Elsner aus Pirmasens.«

Der Wirt sagte, dass ihn das freue, und worum es denn gehe.

»Wir suchen eine Bleibe auf vier Wochen und Sie, mein Gutester, sollen uns dazu verhelfen. Sie sind doch hier der Direktor des Verkehrsvereins?«

Der Wirt ließ seine blauen Augen über das Dreigestirn schweifen, sah dann himmelwärts, wie immer, wenn er nachdachte, und sagte:

»Des wern ma glei ham.«

Er hatte es aber nicht gleich, sondern suchte in seiner Liste angestrengt, ließ sich auch nicht drausbringen, als die Frau Oberregierungsrat sagte, dass es womöglich ein schöner Bauernhof sein solle, und schüttelte dann den Kopf.

»Bei uns im Haus ist leider nichts mehr frei. Und beim Schurer – die haben das Häusl noch am Flur.«

»Was ist im Flur?«, wollte die Mama wissen und das Engelchen kicherte: »Aber Mami! Der Herr meint doch die Toilette!«

»Ja, die ist beim Schurer noch im Flur. Aber warten Sie einmal.« Er ging zu einem Fenster unterm Balkon und rief hinein: »Du, Bawett, hast du nicht gestern gesagt, dass beim Luiser die Leut aus Köln heuer nicht kommen?«

Kaffee und Erdbeerkuchen wurden gebracht, aber das Engelchen sagte, sie wolle ein Gockerl im Korb.

»Aber doch nicht jetzt, nachmittags um drei!«, verwies die Mutter sie und blickte auf den Wirt, der langsam mit einem Zettel wieder herankam.

»Sie haben Glück. Beim Luiser bleibt heuer eine Gästefamilie aus. Ich hab Ihnen hier die Adresse aufgeschrieben. Da fragen Sie einmal.«

»Danke schön. Und wo liegt das?«

»Sind Sie mit dem Wagen da? Also, dann fahren Sie zunächst rechts, dann durch die Unterführung, wieder links, dann geradeaus, dann wieder links. Da kommt dann ein Wirtshaus, das ist beim Kuglerwirt. Da fahren Sie dann hinter der Kegelbahn vorbei ein bissel bergauf und der erste Hof, der dann hergeht, das ist der Luiserhof. Sie können gar nicht fehlgehen. Drei Stufen führen zur Haustür hinauf und die Haustür ist oben mit fünffarbigen Glasscheiben ausgelegt.«

»Das ist ja genau die Richtung, aus der wir kommen«, meinte Herr Elsner, fragte dann gleich, wo und wie man eine Anglerkarte bekommen könne, während die Frau die Erdbeertorte lobte und die Tochter fragte, ob sie dann nicht wenigstens morgen ein Gockerl im Körbchen haben könne.

Nach einer Stunde machten sie sich wieder auf den Weg, fanden auch glücklich den Luiserhof und sagten, dass sie vom Vorstand des Verkehrsvereins geschickt worden seien.

Die Luiserin war eigentlich gar nicht so entzückt davon und sagte: »Eigentlich wollten wir heuer niemand mehr nehmen.«

»Na bitte«, sagte Herr Elsner sehr von oben herab und seine Frau meinte: »Denen geht es schon zu gut, dass sie nicht mehr vermieten brauchen.« Da reckte sich die Melanie, trat vor die Luiserin, verdrehte die Augen ein wenig und flötete mit ihrer etwas rauhen Stimme:

»Bitte, gute Frau, überlegen Sie sich's doch noch mal. Können Sie es denn verantworten, wenn wir nicht wissen, wohin wir unsere müden Häupter heute Nacht legen sollen?«

»Ich bin heute schon über vierhundert Kilometer gefahren«, sagte der Papa. »Ich fahre keinen Kilometer mehr.«

»Na, in Gottes Namen dann«, entschloss sich die Luiserin, obwohl sie immer noch nicht begeistert war. »Wollen Sie die Zimmer anschaun?«

Selbst wenn die Zimmer nicht so gediegen und sonnig-hell gewesen wären, man hätte sie sofort genommen, zumal Frau Elsner gleich gesehen hatte, dass das »Häusl« nicht auf dem Flur war, sondern in der Nasszelle. Um den Preis brauchte nicht gefeilscht zu werden, zumal man es äußerst preiswert fand. Das Engelchen bekam ein Doppelzimmer, obwohl die Luiserin meinte, man könne für das Fräulein vielleicht die Couch aufbetten. Aber das Fräulein wehrte sich sogleich heftig dagegen und sagte, dass sie da nicht schlafen wolle, weil der Papa so schnarche, und daheim habe sie doch auch ihr Zimmer allein für sich.

Nach etwa einer Stunde kam der Luiser heim und staunte nicht schlecht, als er die drei Leute am Tisch unterm Sonnenschirm sitzen sah. Auch die Elsners erkannten ihn sogleich wieder und der Herr Oberregierungsrat, recht mild gestimmt, weil er endlich so gemütlich saß, scherzte:

»Zweimal links, einmal rechts, wieder links, ein bisschen im Kreis herum und da sind wir nun glücklich hier gelandet! Das hätten Sie uns aber auch gleich sagen können, mein Gutester.«

»Hätte ich, jawohl«, gab der Luiser zu. »Aber erstens sind Zimmer nicht meine Sache und zweitens wollten wir heuer nicht mehr vermieten.«

»Auf alle Fälle sind wir froh, dass wir untergekommen sind«, sagte die Frau, ließ die langen Augenlider ein bisschen flattern und wollte dem Bauern, der so selbstbewusst, fast ein wenig herrisch dastand, imponieren, indem sie erläuterte: »Oberregierungsrat ist mein Mann.«

»So so? Ein so hohes Viech ist der Herr?« Der Luiser

lachte und strich sich mit dem Zeigefinger über seine Haarbürste. »Einmal haben wir sogar schon einen Staatssekretär gehabt. Der hat was vertragen können! Sechs Maß hat er einmal an einem Abend gesoffen!«

»Bier?«, fragte das Engelchen, das dasaß und das Kinn in die Hand gestützt hatte, wie die Engelchen auf den Adventskalendern.

»Ja, natürlich Bier«, antwortete der Luiser. »Von zehn Liter Wein wär er ja eine Leich gewesen.«

»Das wäre für dich nichts, Papi. Du trinkst bloß immer ein Achtel Bier.«

»Melanie, sei nicht so vorlaut«, verwies die Mutter sie. »Und setz dich anständig hin! Wir sind hier nicht in der Stadt und du kannst morgen ruhig richtige Hosen anziehen!«

Melanie trug eine neonfarbene Radlerhose und darüber ein T-Shirt. Man konnte ihre strammen Beine sehen. Sie war überhaupt für ihre vierzehn Jahre prächtig entwickelt, konnte wie ihre Mama die überlangen Wimpern vibrieren lassen und so von unten heraufblicken, dass man meinte, ihre Augen seien aus dunklem Samt.

»Wie ist es dann, Frau ...«

»Oberregierungsrat«, half ihm Frau Elsner aus.

»Nein, das ist ja wohl Ihr Mann, denk ich. Den andern Namen hätte ich gerne gewusst.«

»Elsner«, sagte Melanie. »Und ich heiße Melanie.«

»Also, wie ist es dann, Frau Elsner? Bei uns gibt es bloß Zimmer mit Frühstück. Abends könnten Sie notfalls was Kaltes haben, aber mittags müssen Sie irgendwo auswärts essen.«

»Wir waren gerade da in dem Verkehrsbüro ...«

»Ah ja, am Weinberg. Da isst man anständig und gut«, bestätigte der Luiser. Dann ging er ins Haus.

»Ein arroganter Kerl«, sagte Frau Elsner. Herr Elsner hingegen meinte: »Der Mann ist sich seiner Würde bewusst, Heike. Das ist ein guter Schlag.« Und Melanie lachte fröhlich und bekannte: »Ich finde ihn einfach himmlisch in seiner Art.«

Drinnen aber sagte der Luiser zu seiner Bäuerin: »Da, mein ich, hast du dir wieder ein Kreuz aufgetan, Mutter.«

»Was hätte ich denn machen sollen, wenn sie nirgends ein Unterkommen finden!«

»Er geht ja. Aber sie gibt an, dass man meint, sie wär dem Kaiser von China seine Kusine. Die Netteste von den dreien ist noch das Dirndl!«

Damit war das Gespräch um die neuen Gäste abgetan. Es wollte auch schon Abend werden. Über die Gred fielen bereits die Schatten des Querstadels. Nur die drei Steinstufen zur Haustür hinauf lagen noch im warmen Licht. Auf der unteren Stufe lag ein schwarzweißgescheckter Kater und streckte wohlig die Beine von sich, bis ihn die Melanie streichelte.

Hinter dem Pflanzgarten floss ein kleiner Bach, der einen Weiher speiste, der von dichten Haselnussstauden umgeben war und vom Haus aus nicht zu sehen war. Der Luiser besaß das Fischrecht für den Bach auf sechs Kilometer Länge und hatte auch einmal Forellen und Karpfen im Weiher angesetzt. Aber er und seine Buben hatten nicht die Ruhe und die Geduld sich mit einer Angel hinzusetzen und zu warten, bis etwas anbiss. Fisch kam sowieso bloß am Aschermittwoch und am Karfreitag auf den Tisch.

Gerade Geduld aber war es, was der Regierungsrat Elsner im Überfluss hatte. Er wollte im Gras sitzen, fischen und die Ruhe genießen – sehr zum Verdruss seiner lebenslustigen Gattin, die im Urlaub alles erleben wollte, was die Gegend bot. Sie hatte es darauf angelegt, das Bäuchlein des Gatten im Urlaub abzutrainieren und lag ihm dauernd in den Ohren, dass man viel wandern müsse, bergsteigen und Morgengymnastik betreiben. Die Morgengymnastik machte er an ihrer Seite vor dem offenen Fenster zur Hälfte mit. Dann wollte er frühstücken, und zwar ausgiebig, mit Butter und zwei weich gekochten Eiern, die man ja hier direkt von der Quelle bekam. Dann las er die Zeitung bis in den halben Vormittag hinein, ging dreimal, die Hände hinter dem Rücken verschränkt, um den Hof herum und war dann des Wanderns müde.

Eines Abends nun, es war der dritte oder vierte Tag, als die Luisers mit ihren Hausgästen gemütlich auf der Hausbank saßen, erkundigte sich Frau Elsner nach der Route, die man zu gehen habe, wenn man auf die Kampenwand wolle.

»Mein Mann muss unbedingt etwas für seine Gesundheit tun«, klagte sie. »Er sitzt in seinem Beruf schon zu viel und hier sitzt er auch den ganzen Tag herum.«

»Aber hier habe ich die gute Luft mit sehr viel Sauerstoff«, verteidigte er sich, war aber gar nicht abgeneigt von der Kampenwand aus den schönen Ausblick zu genießen, zumal auch sein Töchterlein drängte.

»Ach ja, Papi, bloß einmal auf einen Berg!«

»Herr Luiser, Ihre Meinung?«, forderte Frau Heike. »Ist es eine sehr schwere Tour? Und wie lange geht man bis zum Gipfel?«

Der Luiser nahm seine halb gerauchte Zigarre aus dem Mund, tat so, als denke er nach, und antwortete dann zur Erleichterung des bedrängten Sommergastes:

»Früher, da bin ich auch gern auf die Berg gegangen. Auf die Kampenwand kommen Sie aber mit der Bahn ganz ohne Anstrengung und droben im Hotel kann man gut essen.«

Herr Elsner lächelte glückselig, faltete seine Hände über dem Bauch und schaute zufrieden zur Kampenwand hinauf. Er pries die gute Idee, dort eine Seilbahn zu bauen.

Frau Heike aber blickte sehr streng drein und fand das gar nicht so gut, weil sie um das Aussehen ihres Gatten besorgt war, der nicht so in die Breite gehen sollte wie sein Titel: Oberregierungsrat.

Nur die Melanie saß ganz unbeteiligt da. Anscheinend war sie ein braves Kind, das zu Recht von der Mutter »Engelchen« gerufen wurde. Sie war in diesen paar Tagen schon richtig braun gebrannt, war viel am See drunten, lag in der Sonne oder strolchte in der Umgebung umher, ganz frei und ungebunden, losgelöst von aller Strenge. Ihre unschuldsvollen Augen wanderten von einem zum anderen, lächelten die Eva an, als sei sie mit ihr schon am meisten verbunden, und blieben zuletzt auf Rasso haften, den wieder einmal der Hafer stach, sodass er so halblaut vor sich hin sang:

»Er gang so gern auf d' Kampenwand, wenn er mit seiner Wampen kannt …«

»Rasso!«, rief die Luiserin vorwurfsvoll, während der Luiser nur schmunzelte und Frau Heike ihm einen giftigen Blick zuwarf.

»Macht doch nichts«, lächelte Herr Elsner, der sich im Übrigen gleich am zweiten Tag verbeten hatte, dass man ihn hier mit seinem Amtstitel anredete.

Kaum merklich ging die Dämmerung über in eine weiche, warme Dunkelheit.

Eins nach dem anderen stand nun auf und verschwand im Haus.

»Engelchen, du gehst jetzt auch ins Bett«, befahl Frau Heike. »Und lies nicht mehr zu lange.«

Auf Melanies Nachttisch lag ein Stapel von »Wendy«-Heftchen und er lag gut dort. Melanie hatte sie alle schon gelesen und lächelte über die Meinung der Mutter, ihr Engelchen würde sich ihr Weltbild aus diesen belanglosen Pferdegeschichten bilden. Melanie aber hatte längst andere Interessen und las zur Zeit »Die Abenteuer der Fanny Hill«. Sie hatte das Buch von ihrer Freundin Kathrin ausgeliehen und fand es einfach hinreißend. Ihre Mutter wäre wahrscheinlich in Ohnmacht gefallen, wenn sie davon gewusst hätte. Melanie hatte den Erotik-Klassiker unter der Matratze versteckt und holte ihn nur abends heraus.

Auch jetzt las sie wieder und versank dabei in eine betäubende Welt, schuf sich in ihrer Fantasie Bilder des Sehnens und bettete alles in das heiße Wünschen, nur einmal, ein einziges Mal nur ein Zehntel dessen erleben zu dürfen, was diese Fanny Hill in so reichem Maße an sich riss.

Ihre Mutter aber nannte sie ein Engelchen, das nicht aus seinen Wolken genommen werden dürfe und dem man streng über den Mund zu fahren hatte, wenn es mit dem Wunsch um ein wenig Aufklärung kam.

»Das erfährst du noch früh genug«, pflegte Frau Heike zu sagen. Oder: »Es ist früh genug, wenn du es erfährst, wenn du sechzehn bist.«

Also versuchte Melanie sich selber aufzuklären, indem sie Bücher las wie »Fanny Hill«. Sie spürte, dass verbotene Früchte am besten schmeckten, war deswegen aber keineswegs verrucht. Sie hatte vielleicht nur eine blühendere Fantasie. Deshalb schrieb sie auch nachts ein Tagebuch. »Nachts schreibt es sich besser als am Tage«, stand da zu lesen. »Da sind die Gedanken klarer, besser und kommen der Wahrheit näher.«

So saß sie denn auch an diesem späten Abend in ihrem Zimmer und schrieb: »Seit Rasso in mein Leben getreten ist, bin ich wie verzaubert. Etwas seltsam Betäubendes überkommt mich, wenn ich seine Stimme höre …«

Und draußen blühte die wundersame Nacht, ganz

warm mit vielen Sternen und einem Wind, der sich wie leises Harfenspiel anhörte.

Auf einmal meinte sie im Flur einen Schritt vorübergehen zu hören. Aber es wurde nirgends eine Tür geöffnet, die Schritte verloren sich irgendwo.

Melanie stand auf und trat ans Fenster, schaute auf den Balkon hinaus und gewahrte einen Schatten. Wie ein Glühwürmchen leuchtete es vor dem Gesicht auf und erhellte es für Sekunden.

Rasso stand da draußen, wie er öfter noch auf den Balkon hinausging vor dem Schlafengehen um die letzte der drei Zigaretten zu rauchen, die er sich für jeden Tag vorgenommen hatte. Er war kein starker Raucher und hielt sich streng in Zucht um niemals über dieses Maß hinauszukommen.

Sein Blick ging über die nächtlichen Hügel hin zu Lisa. Seine Gedanken kreisten um sie. Der Weg seines Lebens war ihm auf einmal so klar vorgezeichnet und es lag viel Licht auf diesem Weg, jenes Licht, das nur die wirkliche Liebe spenden konnte.

Er zog ein letztes Mal an seiner Zigarette, dann warf er sie in einem weiten Bogen auf den Hof hinunter, wo sie noch ein wenig sprühte, wie ein kleines Feuerwerk.

Auf einmal meinte er, den Atem eines Menschen neben sich zu spüren und erschrak, als er die Melanie in einem seidenen Pyjama neben sich stehen sah.

»Wo kommst denn du noch her, Engelchen?«

Dieses »Engelchen« hörte sich von ihm immer ein wenig spöttisch an.

Sie drehte sich um und lehnte sich mit dem Rücken gegen den Querbalken des Balkons. Links und rechts von ihrem schmalen Gesicht blühten weiße Hortensien, daneben fuchsrote Geranien.

»Ich habe nicht schlafen können und dann habe ich deinen Schritt gehört.«

»Und da kommst du so einfach hier heraus?«

»Ja, die Nacht ist so schön und – ist es denn verboten, dass ich herauskomme?«

»Verboten ist es nicht. Aber wenn dich – wenn uns jemand so stehen sieht? Du hast verdammt wenig an, Engelchen.«

»Bitte, nenne wenigstens du mich nicht Engelchen«, flüsterte sie, neigte den Kopf zur Seite und sah ihn an.

Die Sterne machten die Nacht gerade so hell, dass er ihr Gesicht genau betrachten konnte, noch dazu, da es ihm wie zum Beschauen dargeboten war.

Melanie hatte einen langen Hals. Er war weich und zart und ging in eine feine, schwingende Linie über. Ihr blondes Haar war gelöst und hing über die Schultern. Ihr schön geschwungener Mund leuchtete beim Lachen.

»Willst du mir einen Gefallen tun, Rasso?«

»Warum nicht?«

»Gib mir eine Zigarette.«

»Olala«, staunte er. »Seit wann rauchen denn Kinder schon?«

»Ich bin kein Kind mehr«, sagte sie ärgerlich, fuhr sich mit beiden Händen ins Haar und schleuderte es über die Schulter zurück.

Rasso kramte die Zigarettenschachtel aus seiner Hosentasche und reichte sie ihr hin.

»Nein, zünde du sie mir an, bitte.«

Er tat es, machte ein paar Züge und reichte ihr die Zigarette. Sie rauchte offenbar nicht zum ersten Mal, sodass er erstaunt feststellte:

»Du inhalierst ja! Sag einmal, Kindl, wie alt bist du denn eigentlich, weil du gar so erwachsen tust?«

Ein kurzes Zögern. Sie ließ den Rauch durch die gespitzten Lippen. »Sechzehn. Warum fragst du, Rasso?« Beim Aufflammen der Zigarettenglut sah sie das

Staunen in seinen Augen. Dann lächelte er ein wenig verlegen.

»Und ich hab gemeint, es hätte der Staatsanwalt die Hand noch über dir.«

»Wie meinst du denn das, Rasso?«

»Dass man dich zum Beispiel noch gar nicht küssen dürfte.«

Sie lehnte sich weit zurück, sodass ihre Brüste zur Geltung kamen. Ihre Augen waren jetzt ganz schmal.

»Warum, Rasso? Möchtest du mich küssen?«

Es flimmerte vor seinen Augen. Aber dann riss er den Kopf zurück. »Was dir nicht einfällt! Ich geh jetzt ins Bett, dass du es weißt!«

Er spürte ihre Hand auf seinem Arm.

»Bleib doch noch ein bisschen, Rasso. Die Nacht ist so warm und so voller Sterne.«

»Eben darum schickt es sich nicht, dass wir zwei hier sind. Was glaubst du, dass deine Mutter sagen würde zu ihrem Engelchen, das nun dasteht wie ein kleines Teufelchen?«

Sie lachte gedämpft und ließ seinen Arm nicht los.

»Teufelchen ist gut. Das ist megageil, Rasso! So sollst du mich immer nennen, wenn wir allein sind.«

»Wir werden aber nicht allein sein, Teufelchen.«

»Das liegt an dir, Rasso. Aber eine andere Frage, Rasso. Gehst du schon mit einer anderen?«

Er sann einen Augenblick nach, sah ihren feuerfunkelnden Blick und antwortete gröber, als er wollte:

»Hätte ich vielleicht auf dich warten sollen?«

Sie war keineswegs verletzt. Nur ihr Gesicht umschattete sich ein wenig und dann antwortete sie mit einer Stimme, die ihn ganz eigentümlich berührte.

»Ja, Rasso. Du hättest auf mich warten sollen. Zieh doch bitte noch mal an meiner Zigarette. So – danke. Weißt du, dass dies so viel ist wie ein Kuss?«

»Da scheinst du mehr als ich zu wissen.«

Wieder der merkwürdig forschende Blick.

»Ist sie schön, Rasso?«

»Für mich ist sie die Schönste überhaupt.«

»Du solltest mir mehr von ihr erzählen. Ist sie gut im Bett?«

Seine Stirn furchte sich. Was fiel denn diesem Fratzen ein ihn so auszuhorchen?

»Jetzt machst aber einen Punkt!«, sagte er. »Ich leg mich jetzt schlafen und du sollst es auch tun. Auch Teufelchen müssen schlafen, damit sie am Tag wieder wie Engelchen aussehen.«

Das war eine deutliche Abfuhr. Melanie hörte ihn noch, wie er im Flur eine Tür öffnete und wieder schloss. Sie stand noch eine Weile auf dem Balkon und horchte in sich hinein. Und als begriffe sie jetzt erst, dass sie eine Niederlage erlitten hatte, spürte sie die Röte auf ihrer Stirn förmlich und deutete es dann mit erregter Empfindsamkeit so, dass sie verschmäht worden war. Und unbewusst öffnete sich eine neue Quelle in ihr, die ganz wild aufsprang und nichts anderes war als sprühender Hass gegen das fremde Mädchen, dem dieser Rasso gehörte. Oder hatte sie es verkehrt angefasst? War sie zu wenig schmeichlerisch gewesen oder zu wenig aggressiv? Ach, sie wusste es selber nicht, begann auf einmal bitterlich zu weinen aus Scham oder Trotz oder über ihre Liebe, die man nicht haben wollte. Erst nach einer Weile wurde ihr leichter und sie steigerte sich wieder in jenen Traumzustand hinein, der ihr vorgaukelte, dass alles anders gewesen wäre. Die Blüten verschenkten ihren Duft an die Nacht und sie stand mitten darin, kam sich wie eingehüllt in etwas vor, das sie gestreift hatte wie ein Wunder, in dem sie sich nun bewegen durfte. Sie schlich zurück in ihr Zimmer, beugte sich über ihr Tagebuch und schrieb:

»Als Rasso mir die Hand gab, durchzuckte es mich wie ein Strom. Die Nacht hatte ihre Tore ganz weit für uns zwei geöffnet. ›Teufelchen‹ nannte er mich, und als er mich küsste, da war mir, als fielen alle Sterne auf mich herab, mitten in mein Herz hinein. Oh, wenn Mama es wüsste, was mir geschieht. Oder Papa. Ob er überhaupt etwas weiß von heiß glühenden Nächten? Manchmal tut er mir Leid. Ich möchte ihm tausendmal danken, dass wir hierher fahren durften. Ich weiß nicht, wie sich mein Leben gestaltet hätte, wenn ich Rasso nie begegnet wäre. Er ist für mich eine Lichtgestalt, der Weg zu ihm ist sternenweit, aber ich werde ihn gehen, und wenn er mich ins Verderben führen würde. Man darf vor nichts zurückschrecken, wenn man fühlt, dass es zur Erfüllung führt ...«

Sie fühlte sich jetzt so erleichtert, als habe sie eine schwere, immer wieder aufgeschobene Arbeit endlich hinter sich gebracht. Noch im Einschlafen flüsterte sie Rassos Namen und fühlte sich glücklich.

Am Sonntag darauf war beim Kuglerwirt Tanz. Unter den Kastanienbäumen war ein Podium aufgeschlagen, Girlanden spannten sich quer über den Hof, und als um drei Uhr das große Hektoliterfass angestochen wurde, war der Garten über die Länge der Kegelbahn hinaus schon voller Menschen, Einheimische und Sommergäste bunt durcheinander. Die Aushilfskellnerinnen rannten mit den Maßkrügen hin und her und die Kapelle begann mit dem Schützenmarsch.

Um diese Zeit machte die Familie Elsner sich vom Luiserhof aus auch auf den Weg dorthin. Herr Elsner trug eine nagelneue kurze Hose aus grauem Wildleder, Wadlstrümpfe und gestickte Hosenträger dazu. Die Knie schimmerten so blendend weiß wie das Hemd und Herrn Elsner war ganz fröhlich ums Herz.

»Holdrio!«, schmetterte er vor sich hin und drehte sich dann zu seinen Damen um, um Lob zu spenden. »Sehen wir nicht aus wie eine echt bayerische Familie?«

Frau Elsner hatte für sich und Melanie in Rosenheim zwei Dirndlkleider erstanden, worin besonders Melanies weibliche Figur gut zur Geltung kam. Frau Heike trug wegen des Teints einen leichten Strohhut dazu, der freilich ebenso wenig passte wie die goldenen Armreifen und die fünf Ringe, die sie auf die Finger verteilt trug. Melanie hatte da mehr Geschmack und trug nur ein schwarzes Samtband mit einem silbernen Kreuzlein daran am Hals, so wie sie es bei Eva gesehen hatte.

»Eine richtiggehende bayerische Familie«, wiederholte Herr Elsner und fügte wieder »Holdrio« hinzu.

»Äußerlich vielleicht. Innerlich bitte ich dringendst Distanz zu halten. Das geht vor allem dich an, Engelchen. Du tust ja schon ganz so, als ob du hier aufgewachsen wärst. In vier Wochen wirst du völlig verbauert sein.«

»Manchmal, liebe Mama, kommt es mir vor, als wäre ich schon immer hier gewesen«, lachte Melanie über die Schulter zurück und sprang dann voraus und war voll hektischer Eile, denn sie wusste ja, dass auch Rasso da drunten war.

»Es trägt zur Erholung bei, wenn man sich ganz wie zu Hause fühlt«, bemerkte Herr Elsner.

»Ja, aber es muss alles seine Grenzen haben. Ich bin gestern zu Tode erschrocken, als ich merkte, dass du dich mit dem Luiser duzt.«

»Er hat mir's angeboten und er ist der Ältere.«

»Immerhin bist du Oberregierungsrat! Das darfst du nie vergessen.«

»Ich will es aber hier vergessen, verstehst du! Hier will ich einmal nichts anderes sein als Mensch unter Menschen. Und ich werde heute kein kleines Bier trinken, sondern unter Garantie eine oder zwei Maß. Ich sage dir das jetzt gleich, damit du hernach nicht wieder nörgelst.«

»Ich nörgle nicht. Immerhin halte ich es für meine Pflicht auf Abstand zu sehen. Ich möchte es gar nicht so weit kommen lassen, dass man mich auch duzt. Und noch was, Erich, weil die Kleine gerade außer Hörweite ist. Ich habe heute früh im letzten Moment noch verhindern können, dass unser Engelchen Zeugin eines unerhörten Vorganges geworden wäre.«

»Du machst mich neugierig. Unerhört, sagtest du?«

»Führt da der kleine Trampel, die Eva oder wie sie heißt, eine Kuh aus dem Stall und der Martin hinterher einen Bullen. Ich stehe gerade auf dem Balkon und plötzlich steht auch Engelchen neben mir und fragt mich, was da unten geschieht. Ich konnte sie gerade noch zur Balkontür hineinschieben, bevor sie gemerkt hat, was da los ist. Als ob es keine künstliche Besamung gäbe! Wo leben die denn?«

»Wahrscheinlich gönnen die ihrem Vieh auch eine Freude«, meinte Herr Elsner erheitert. »Im Übrigen finde ich nichts dabei.«

»Erich! Wie sprichst du denn von diesen Dingen?«

»Wie man sprechen soll von allem, was natürlich ist. Du tust ja gerade, als ob da Unzucht mit Abhängigen getrieben worden wäre! Im Allgemeinen wird der Nachwuchs auf diesem Gebiet aus der Retorte bezogen. Warum es beim Luiser noch anders ist – ich werde ihn einmal fragen.«

»Da brauchst du gar nicht fragen. Es interessiert mich nicht.«

»Aber mich!«

Schon waren jetzt die Klänge der Musik zu vernehmen und Frau Heike geriet unwillkürlich in einen tänzerischen Schritt. Melanie stand an der Ecke bei der

Kegelbahn und schaute mit großen Augen in das Gewurl der Tanzenden. Auf einmal schien sie erspäht zu haben, was sie suchte, und ihre Augen wurden schmal.

Rasso tanzte da oben und das Mädchen, das er im Arm hielt, das musste wohl diejenige sein, von der er ihr sagte, dass es für ihn keine Schönere gäbe.

Und wieder empfand Melanie ein neues Gefühl. Bewunderung und Eifersucht zugleich. Zwei schöne Menschen, fast gleich groß und gleich stolz in der Haltung beim Tanz. Rasso lächelte und dieses Lächeln schnitt Melanie ins Herz.

Die Eltern kamen heran und sahen sich ein wenig ratlos um, weil sie keinen Platz finden konnten. Auf einmal stand Martin vor ihnen.

»Wir haben einen Platz für Sie aufgehoben.«

»Danke vielmals«, sagte Frau Heike, ließ ihre Armbänder ein wenig klingeln und nahm dann auf der Bank Platz, die auf dem Grasboden gar nicht eben stand. Die Eva saß auch da und dann kam auch Rasso mit seiner Tänzerin heran, als die Musik aufgehört hatte.

»Seid ihr schon da?«, lachte er, wischte sich mit dem Handrücken den Schweiß von der Stirn und schob dann Lisa in den Vordergrund. »Das sind unsere Sommergäste und das ist die Lisa, meine zukünftige Bäuerin!«

Frau Heike streckte sehr vornehm die Hand hin, Herr Elsner sagte, dass es ihn freue, und das war ihm durchaus zu glauben. Nur Melanie starrte aus großen Augen auf Lisa.

Bier wurde gebracht, in großen Krügen. Herr Elsner umfasste den seinen gleich liebevoll mit beiden Händen, und nachdem Rasso seinen Krug dagegengestoßen hatte, tat Herr Elsner gleich einen tiefen Zug. Frau Heike lehnte es ab und fragte, ob man denn kein Mineralwasser haben könnte.

»Oder Wein«, meinte Melanie. Sie war entschlossen sich zu betrinken um dadurch vielleicht dieses rasende Gefühl der Eifersucht loszuwerden.

Man einigte sich auf ein Weinschorle. Aber bevor das Getränk kam, reichte Rasso seinen Maßkrug herüber und fragte:

»Magst du auch einmal trinken, Melanie?«

Melanie fuhr wie aus tiefen Gedanken erschrocken auf. Sie hatte unentwegt Lisa betrachtet, jede Linie ihres Gesichtes studiert, um dann befriedigt festzustellen: Sie ist schön, aber ich bin schöner.

Sie nahm den Krug und trank genau dort, wo er vorher getrunken hatte, links, dicht neben dem Henkel. Ja, sie hatte es genau beobachtet.

»Engelchen«, klagte ihre Mutter.

Melanie hatte einen tiefen Schluck genommen und Rasso lachte:

»Lassen Sie sie doch, Frau Elsner. Wenn es ihr schmeckt.«

»Mit vierzehn Jahren trinkt man noch kein Bier«, tadelte die Mutter und übersah, dass Melanie die Farbe wechselte. Rasso hatte nämlich kurz die Augenbrauen hochgezogen und dann lächelte er auf seine Weise, ein bisschen spöttisch, herablassend und mitleidig zugleich.

Nein, Frau Heike fühlte sich hier nicht wohl. Noch nicht wenigstens. Die Sitten waren ihr zu rauh. Schrie da nicht drüben am anderen Tisch ein Bursch einem Mädchen am unteren Tischende zu:

»Was ist, Marei, pack ma's?«

Das Mädchen stand auf und ging mit dem Burschen zum Podium. So also forderte man hier zum Tanz auf. Wenn das ihr passieren würde …

Sie hatte es noch gar nicht zu Ende gedacht, da stand schon ein stämmiger Bauernbursch hinter ihr und sagte mit dröhnendem Bass:

»Geh weiter, schönes Weiberl! Drahn wir einen? Gestatten, der Herr Gemahl?«

Herr Elsner gestattete es freundlichst. Er hielt seinen Bierkrug immer noch mit beiden Händen umklammert, und nachdem jetzt der Martin mit ihm angestoßen hatte, stellte er fest, dass er seinen Krug bereits zur Hälfte geleert hatte.

Frau Heike hatte sich inzwischen von dem Schlag erholt, von einem fremden Menschen geduzt worden zu sein. Aber wie der Bursch sie jetzt im Tanz schwang, als wäre sie so leicht wie eine Feder, als sie die Umsicht und die Kraft spürte, mit der er sie führte, da wurde sie versöhnlicher gestimmt. Nur als er sie jetzt mit einer Hand ausdrehte und mit der anderen ihren Rock emporschlug, dass man ihre schlanken Beine bis hoch hinauf sah, fuhr sie erschrocken mit ihrer Hand herunter und entsetzte sich:

»Nein, das bitte nicht!«

»Geh! Warum denn nicht? Das gehört doch dazu! Und wann ein Mensch was Sauberes zum Herzeigen hat, sollen doch andere auch ihre Freud daran haben.«

»Das ist nun meine Ansicht ganz und gar nicht. Außerdem – ich kenne Sie doch gar nicht.«

»Das macht nichts. Ich bin der Sulter Christian von Aschau, wenn Sie grad einmal was hören von mir. Sie sind mir übrigens nicht ganz unbekannt. Waren Sie nicht am Sonntag beim Gockerlwirt?«

»Ja, wir essen dort täglich.« Zum ersten Mal sah Frau Heike voll in das braun gebrannte Männergesicht. »Ich glaube, ich kann mich jetzt erinnern. Saßen Sie nicht am Nebentisch?«

»Genau!«

Die Musik setzte aus und der Christian klatschte begeistert. Auch Frau Heike klatschte und bekundete damit, dass sie Geschmack gefunden hatte an dieser Art des Tanzens – und als er seinen starken Arm wieder um ihre Taille legte, lächelte sie ihn beglückt an.

»Hab mir denkt«, sprach der Christian eifrig weiter. »Schau nur grad, hab ich mir denkt, was der Gwamperte für eine bildschöne junge Frau hat. So was Feinboaniges, hab ich mir denkt.«

»Ein was, bitte?«

»So was Schlankes, Zierliches, mein ich.«

Mit leuchtenden Augen sah sie zu ihm auf.

»Danke für das Kompliment.«

»Ja, da kenn ich nichts«, lachte der Christian. »Ich sag's gleich pfeilgrad, wie ich mir's denk. Da bin ich so ein Mensch. Ehrlich bis in die Knochen hinein.«

»Und stark wie ein Baum«, schwärmte Frau Heike, als er sie mit einem Schwung fast wieder vom Boden hob.

»Was ist denn dein Mann?«, wollte Christian wissen.

»Oberregierungsrat«, antwortete Frau Heike in satter Zufriedenheit.

»Oh mei! Da derbarmst mich.«

»Wieso? Wie meinen Sie denn das?«

»Studierte sind viel zu lang Junggesellen, bis sie einmal heiraten können. Dann sind sie meistens Eigenbrötler und nörgeln an einer Frau dauernd herum. Wir haben einmal einen gehabt zur Sommerfrische, der hat seine Frau ständig drangsaliert.«

»Man darf da nichts verallgemeinern.«

»Ganz gewiss nicht«, beeilte Christian sich zu bestätigen. »Du scheinst ja einen guten Lappen erwischt zu haben. Die Dicken sind überhaupt gemütliche Menschen. Ein bissel behäbig halt und nicht mehr so stürmisch wie unsereiner.«

»Ihre Menschenkenntnis ist bewundernswert«, spöttelte sie.

»Ja, da kenn ich nichts. Ich sag's, wie es ist.«

Nun machte die Musik endgültig Pause und ließ sich nicht mehr erweichen, auch wenn der Christian und seine Partnerin noch so klatschten.

»Schad«, sagte der Christian. »Mit dir könnt ich stundenlang so forttanzen.«

Auf einmal störte Frau Heike jetzt das »Du« nicht mehr. Im Gegenteil, als der Christian sie fragte, ob er sie später noch mal zum Tanz holen dürfe, drückte sie fest seine Hand und lachte ihn an.

»Ja, komm nur, Christian, du tanzt einmalig gut!«

Einmalig gut fand diesen Nachmittag auch Herr Elsner, der mittlerweile schon bei der zweiten Maß angelangt und von der Urwüchsigkeit begeistert war, die sich rings um ihn her abspielte. Nur einmal noch so jung sein, dachte er und verlor sich in verwegenen Wünschen eins von den Bauernmädchen im Arm zu halten und noch mal ganz von vorne zu beginnen. Er konnte leider nicht tanzen, sah nur in den Trubel und wurde beinahe ein wenig melancholisch, sehnsüchtig nach seiner verlorenen Jugend und nach der Zeit, bevor die Hamburger Jurastudentin Heike ihm in Heidelberg über den Weg gelaufen war. Gewiss, sie hatte viel Geld in die Ehe gebracht und sich zu einer rechtschaffenen Frau entwickelt, die ihre Rechte und Pflichten kannte. Aber er musste da am Anfang gleich etwas übersehen haben. Denn sie herrschte über ihn, es hatte in der Familie alles nach ihrem Willen zu geschehen und es war sehr selten, dass sie einmal so viel Fröhlichkeit ausstrahlte wie an diesem Nachmittag, an dem dieser baumstarke Kerl aus Aschau sie nun schon zum dritten Mal zum Tanz holte. Nein, Frau Heike kam nicht zu kurz bei diesem Fest. Der Martin hatte schon getanzt mit ihr, der Rasso und nun wieder dieser Aschauer, der so unwiderstehlich zu fragen verstand:

»Gestatten, der Herr Gemahl?«

»Erich, trink nicht so viel«, sagte Frau Heike, bevor sie am Arm des Christian wegging, worauf Rasso seinen Krug herüberstieß und lachte:

»Prost, Herr Elsner! Komisch, dass die Weiber immer vom Trinken reden, aber vom Durst nie.«

»Hab ich schon einmal was gesagt?«, fragte Lisa ebenfalls lachend und boxte ihn leicht gegen die Schulter, worauf Rasso seinen Arm um ihre Hüfte legte und sie auf die Wange küsste.

»Ja, du! Du bist auch eine rühmliche Ausnahme. So was, wie du bist, lässt unser Herrgott nicht alle Tage wachsen.« Wieder ein Kuss, diesmal auf den Mund. Lisa gab den Kuss zurück, ganz unbekümmert und frei. Alle Welt konnte es sehen, wie vernarrt sie ineinander waren. Dann ließ Lisa sich von Rasso von der Bank hochziehen, weil er tanzen wollte.

»Genieren tut sich das Weibsbild überhaupt nicht«, zischelte Eva und schaute hinter den beiden her mit demselben traurigen Blick, wie ihn auch das Engelchen hatte, das nun auch ganz freimütig seine Meinung äußerte:

»So gut sieht sie auch wieder nicht aus, wie sie vielleicht meint.«

»Auf alle Fälle hat sie ein kaltes Herz«, stellte Eva fest, griff nach Martins Bierkrug und nahm einen tiefen Zug, als wolle sie ihren ganzen Kummer ertränken. Und als erfühle sie in dem Mädchen Melanie eine Leidensgefährtin, forderte sie diese auf: »Komm, trink auch. Wenn man ein bissel beschwipst ist, schaut sich alles leichter an.«

Kurz bevor Eva zur Stallarbeit heim musste, fiel es Rasso noch ein, dass er mit ihr noch nicht getanzt hatte. Es war, als stiege er von seinem Thron herab und huldige seinen Untertanen. Im Weggehen sagte er nämlich noch zu Melanie:

»Und hernach packen es wir zwei an, gell, Kindl?«

Sofort hellte sich Melanies verdüsterte Miene auf. Bevor es aber so weit kam, legten die Musikanten die große Pause ein, weil im Nebenzimmer für sie das Abendessen hergerichtet worden war.

In dieser großen Pause wurden von den Kellnerinnen Bratwürstl mit Kraut aufgetragen oder saftige Schweinsbraten mit Knödel und Salaten, je nach dem Appetit, den die vier Stunden Tanz bei den einzelnen Gästen erregt hatten.

Elsners aßen Schweinsbraten, Frau Heike sogar mit ausgezeichnetem Appetit und in fröhlicher Laune, aus der sie nur flüchtig einmal zu ihrer Korrektheit zurückfand, indem ihr einfiel:

»Wir werden dann gleich bezahlen, Erich, sonst wissen wir später nicht mehr, was wir gehabt haben.«

»Drei Essen, eine Schorle und vier Maß Bier«, rechnete Herr Elsner zusammen.

»Wie bitte? Vier Maß? Das glaubst du doch selber nicht!«, tat sie erschrocken.

»Es lässt sich aber nicht ändern, liebe Heike. Melanie hat auch ein paar Mal getrunken.«

»Wie kann man nur eine solche Menge Bier hinunterschütten?«

»Frag den Rasso, der hat mir gesagt, wie man es macht.«

Hoheitsvoll wandte Frau Heike das schwitzende Gesicht zum Rasso hinüber, der sie vertraulich anlachte:

»Ich hab ihm bloß gesagt, er soll die Zung auf die Seite legen, dann rinnt das Bier von allein runter.«

»Sie bringen ihm ja schöne Sachen bei!« Das klang aber schon nicht mehr so ungnädig. »Aber die Hauptsache ist, dass es hier so urwüchsig lustig zugeht. Nicht wahr, Engelchen?«

»Bis jetzt hab ich davon noch nicht viel abbekommen«, antwortete das Engelchen und schaute dabei den Rasso an, als wolle sie ihn fragen: Wirst du jetzt dann endlich mit mir tanzen?

Rasso hatte es nicht vergessen. Kaum kehrten die Musiker zurück, fasste er Melanie bei der Hand und zog sie mit sich aufs Podium.

Vielleicht machte es die kurze Rast aus oder der leichte, spritzige Wein, den der Kuglerwirt ihnen zum Essen hingestellt hatte, weil er nicht so müde machte wie das Bier – auf alle Fälle wechselten sie von der Volks- zur Popmusik und so kam Leben in die Menschen bis in den letzten Winkel des Biergartens hinein, über dem jetzt schon langsam die Dämmerung schwebte. Man freute sich auf die Nacht, die bald kommen musste und doch nie zu stockdunkler Nacht auswachsen konnte, denn erstens mussten bei so klarem Himmel die Sterne kommen und zweitens wurde die farbige Lichterkette angeschaltet. Blaue, rote, grüne und gelbe Glühbirnen, von denen man hoffte, dass nicht ein dummer Kurzschluss sie schlagartig zum Erlöschen bringen würde. Dies hofften inbrünstig der Kuglerwirt, sein Hausknecht und die Kellnerinnen, weil man aus Erfahrung wusste, dass bei derlei Unfällen dann eine ganz schöne Anzahl von Gästen in der Dunkelheit zu verschwinden pflegte ohne bezahlt zu haben.

Es gab aber auch Menschen, denen eine solche Panne durchaus recht gewesen wäre. Der Aschauer Christian zum Beispiel, der Frau Heike im Rock 'n' Roll herumwirbelte und beim folgenden Blues, noch heftig atmend, meinte:

»Die Lichter hätten wir gar nicht gebraucht.«

»Warum denn nicht?«, fragte sie und schmiegte sich ziemlich eng in seinen Arm. »Ich finde es wunderbar romantisch.«

»Romantisch hin, romantisch her. Ich halt es allweil noch lieber mit dem da oben«, schmuste der Christian und deutete mit dem Zeigefinger zum Venusstern hinauf, der schon ganz blank am Himmel stand. Frau Heike schaute auch hinauf, begriff dann schnell, was er meinte und wurde ganz zutraulich.

»Ach, du bist aber einer, Christian! Sogar in der Sternkunde kennt er sich aus. Und wie unverblümt du alles sagst!«

»Ja, da kenn ich nichts. Da bin ich so. Und wenn man ein so sauberes Weiberl im Arm hat – sacklzement, du kannst einem schon warm machen! Nicht leicht, dass mir eine einmal so warm gemacht hat. So jung kommst du mir vor.« Er blinzelte zum Rasso und der Melanie hin, die gerade vorübertanzten. »Man könnt meinen, ihr zwei wärt Schwestern.«

»Jetzt machst aber einen Punkt, Christian! Das Kind ist noch nicht ganz vierzehn! Schmeicheln ist schon recht, aber man darf es nicht übertreiben.«

»Gar nichts ist übertrieben«, schwärmte der Christian weiter. »So, wie ich mich kenne, werd ich heut Nacht wieder nicht schlafen können und allweil an dich denken.«

Frau Heike wich seiner schmeichelnden Wange nicht aus, die nahe gekommen war. Mit scherzhaft-drohendem Unterton flüsterte sie:

»Christian! Christian! Ich bin verheiratet!«

Ihr Geflüster ging natürlich unter im Lärm der Tanzenden, genau wie die Worte, die Rasso dem Engelchen ins Ohr flüsterte.

»Du tanzt wirklich wie ein Engel. Aber Engel lügen nicht.«

Sie wusste sofort, was er meinte, schlug aber die Augen voll und groß zu ihm auf.

»Wann hätte ich dich angelogen?«

»Sechzehn bist du, hast du mir erzählt.«

»Du bist mir doch nicht bös deswegen?«

»Ach woher denn! Wie oft meinst, dass ich schon geschwindelt hab! Übrigens hab ich es dir geglaubt. Und manche sieht mit sechzehn noch nicht so super aus wie du!«

Sie reichte ihm bis zum Hals. Nur wenn sie das Gesicht hob, bekam er ihren Atem zu spüren. Einmal stolperte sie, aber sein Arm hielt sie fest. Unwillkürlich drückte er sie dabei fester an sich und ließ es gut sein, dass sie mit einem verzückten Lächeln angeschmiegt blieb an seiner Brust, bis er ihr mit zwei Fingern unters Kinn griff und ihren Kopf zurückbog.

»Schlaf nur nicht ein, Engelchen.«

Ein tiefer Seufzer und ein Augenaufschlag, der ihn stutzig machte.

»Am liebsten möchte ich es schon – ganz nah bei dir einschlafen.« Dann beugte sie sich weit zurück, riss ihn im Kreis mit herum und schaute ihn immerzu an. »Ich will, Rasso, dass du mich ernst nimmst.«

»Warum?«

»Das müsstest du eigentlich selber spüren. Für dich möchte ich jedenfalls erwachsen sein.«

Seine Stirn furchte sich, als ob er über etwas Schmerzliches nachzudenken hätte. Dann sagte er:

»Das könnte sonst recht schmeichelhaft für mich sein. Aber schau, Melanie, du bist wirklich noch ein Kind. Und Kinder dürfen noch keine so abwegigen Wünsche haben. So, und jetzt bring ich dich wieder schön auf deinen Platz zurück.«

»Versprich mir zuerst noch, dass du noch mal mit mir tanzen wirst?«

»Wenn ich dazu komme, ja.«

Er kam aber nicht mehr dazu, sorgte vielmehr dafür, dass sie nicht mehr sitzen blieb. Der Martin musste mit ihr tanzen und alle seine Freunde forderte er dazu auf. Der Rasso wusste schon, wie er sich aus der Affäre ziehen konnte, wenn ihm etwas nicht gefiel. Nur merkte er nicht, dass die Melanie ihm aus dunklen, hasserfüllten Augen nachsah, als er mit Lisa eng umschlungen in die Nacht hineinging um sie heimzubegleiten.

Am nächsten Morgen klagte Herr Elsner über entsetzliches Kopfweh – das heißt, er klagte gar nicht laut, weil er die Vorwürfe genau kannte, mit denen Frau Heike am Frühstückstisch bereitstand. So stöhnte er nur so zwischendurch und hielt sich die Hand auf die Stirn.

Frau Heike aber wollte an diesem sonnigen Morgen gar keine Vorwürfe machen. Sie saß in dem Dirndlkleid von gestern da, ganz locker, mit entspanntem Gesicht, strich gegen sonstige Gewohnheit ihrem Mann ein Brötchen und fragte das Engelchen so nebenbei, wie es ihr denn gestern gefallen habe. »Ich habe gar nicht gewusst, dass du so tanzen kannst.«

»Wir büffeln im Internat ja nicht nur Englisch und Mathematik«, antwortete Melanie. »Tanz entspannt.«

»Ja, da hast du Recht, Engelchen.«

»Ich glaube, Mama, das hast du auch gemerkt?«

»Ich? Wieso? Ach ja.« Frau Heike köpfte ein Ei. »Man muss der Wahrheit die Ehre geben. Die Burschen hier haben einen Rhythmus.«

»Besonders Rasso.«

»So? Das weiß ich nicht. Mit mir hat er nicht getanzt. Martin ja, der hat gewusst, was sich gehört. Aber Rasso? Nein, Rasso nicht. Übrigens, Erich, wie gefällt dir seine Braut?«

»So genau hab ich sie mir nicht angesehen.«

»Oder du hast sie doppelt gesehen, mit deinen fünf Maß Bier! Bitte, Erich, ich mache dir keinen Vorwurf. Du musst es selbst aushalten.«

»Ich werde heute Mittag nichts essen und mich am Nachmittag in den Schatten legen. Bis morgen ist es vorbei.«

»Sicherlich, bis morgen. Ausgerechnet heute wäre ich aber gern nach Aschau gefahren. Es soll dort ein recht nettes Café geben. Aber so ist es. Du legst dich in den Schatten, Melanie wird, wie ich sie kenne, zum Baden gehen, und ich? Ich kann zusehen, wie ich mir den Tag vertreibe.«

»Geh doch auch zum Baden«, meinte der Papa, »oder fahre doch allein nach Aschau. Du bist doch daheim auch ständig allein unterwegs!«

»Ja daheim!« Frau Heike spielte die Unentschlossene, fragte aber dann doch überraschend schnell: »Ist noch genug Benzin im Tank?«

»Damit kommst du leicht nach München und zurück.«

»Nein, wenn schon, dann nur nach Aschau auf eine Tasse Kaffee. Melanie kann ja mitfahren.«

»Bitte nicht«, wehrte sich Melanie und niemand merkte den erleichterten Atemzug der Mama, der gar nicht zu ihrer trotzigen Haltung passen wollte.

»Na schön, dann fahr ich eben allein!«

Der Luiser kam aus dem Haus und lachte schallend, als er das bleiche, wehleidige Gesicht seines Sommergastes sah.

»Na, wie geht's dir denn heut? Saumäßig, wahrscheinlich.«

»Ich weiß nicht, es brummt mir so im Schädel und im Bauch krabbelt es auch so komisch.«

»Ja, ja, das kenn ich schon! Trink ich wirklich einmal übern Durst, bin ich am andern Tag beieinander wie eine gebrochene Mistleiter.« Er lachte wieder und sah zu den Bergen hinüber. Wie mit Seide verhangen standen sie da. Trotzdem traute der Luiser dem Wetter nicht recht. Die Luft war so drückend um diese Morgenstunde schon.

»Bis um fünf Uhr, mein ich, scheppert es heut.«

»Ein Gewitter?«, fragte Frau Heike. »Bei diesem klaren Himmel?«

»Das täuscht oft. Am Wind spür ich es und der Harlander tät sagen, an seinem Haxen.«

Martin fuhr mit dem Heuwender zur großen Hangbreite hinauf, wo Rasso Grummet mähte.

»Darf ich mit?«, fragte Melanie mehr den Luiser als ihre Eltern.

Sie eilte über den Hof, nahm sich einen Rechen und sprang behänd auf den alten Eicher-Traktor. Martin gab Gas und wummernd holperte der Traktor immer schneller den Feldweg hinunter um Anlauf zu nehmen, da es dann hinter dem Weiher bergauf ging.

»Das Dirndl hat sich schnell eingewöhnt bei uns«, lobte der Luiser und setzte sich an den Frühstückstisch. »Dass ich es nicht vergesse. Heute Mittag gibt es bei uns Schwammerlsuppe und Knödel. Meine Bäuerin lädt euch dazu ein, wenn ihr Lust habt.«

»Schwammerl?«, fragte Frau Heike. »Sind das hier zu Lande vielleicht Pilze?«

Der Luiser nickte. »Heut früh um vier Uhr war ich schon drüben im Pfarrerhölzl und hab einen Hut voll Steinpilzl gefunden. Einer schöner wie der andere.«

»Es sind doch hoffentlich keine giftigen dabei?«

Der Luiser lächelte mitleidig.

»Bei den Schwammerln macht mir keiner was vor!«

»Ich glaube, ich kann heute gar nichts essen«, klagte Herr Elsner und hielt wieder seinen Kopf.

»Ein Bismarckhering oder ein Rollmops wär halt recht«, fiel dem Luiser ein. »Warte, ich schau, ob wir nichts daheim haben.«

Er fand zwar keinen Bismarckhering und keinen

Rollmops. Aber die Luiserin richtete etwas schwarzen und weißen Presssack her, in Essig und Öl, mit viel Zwiebeln. Herr Elsner machte sich mit wahrer Gier darüber, dann ging er hinauf, legte sich nieder und schlief bis weit über den Mittag hinaus, indessen seine Gattin längst fortgefahren war und sich das Engelchen in der Schwüle des Nachmittags auf der großen Hangwiese abmühte mit dem Rechen die Halme einzufangen, die dem Heuwender entgangen waren. Ob Rasso ihr vielleicht ein Lob spendete?

Melanie verstand zwar nicht, warum man das am Morgen frisch gemähte Gras, nun, da es abgewelkt war, in säuberliche Reihen legte, und schon gar nicht, warum man, nachdem der Heuwender die Arbeit getan hatte, mit dem Rechen das feine Zeug zusammenrechte. Martin hatte ihr gezeigt, wie man den Rechen in die Hand nimmt. Martin und Eva hatten sie gelobt, weil sie sich nicht ungeschickt anstellte und diese Plage in der Sonnenhitze freiwillig auf sich nahm, wo sie doch drunten am Strand des Sees liegen und sich sonnen könnte. Aber Rasso, der einige Reihen entfernt nachrechte, verlor kein Wort an sie. Er kannte kein Mitleid mit ihr und schien überhaupt nicht zu fühlen, dass sie nur seinetwegen hier war, dass sie sich nur seinetwegen der Hitze aussetzte und um ein bisschen Mitleid und Erbarmen flehte. Aber er kannte nicht die Spur eines Mitleids, schien vergessen zu haben, dass er gestern noch mit ihr getanzt hatte. Heute tat er so, als wüsste er von allem nichts, ging so kalt an ihr vorbei, als wäre sie ein Taglöhnerkind, dem man am Ende der Woche ein paar Mark auszuhändigen hatte.

Aber sie konnte ihn nicht hassen deswegen, denn schließlich war ja sie es, die sich mit ihrer Fantasie in ein abwegiges Hoffen versetzt und die in der vergangenen Nacht noch in ihr ledergebundenes Büchlein geschrieben hatte: »Als Rasso mich heute beim Tanz in seinem Arm hielt, da spürte ich, dass auch er nach mir verlangte. Er nahm mich ganz nahe an seine Brust und ich hörte sein Herz schlagen. Ich weiß, dass die Stunde kommen wird, in der wir wie zwei Flammen zusammenfallen werden.«

Der Luiser kam mit einem Korb den Hang herauf, brachte Bier, Brot und Wurst. Im Schatten des Traktors ließen sie sich nieder und Melanie griff gierig nach einer Flasche.

»Zuerst einen Brocken Brot«, sagte der Luiser und nahm ihr die Bierflasche aus der Hand. »In die Hitz darf man nicht hineintrinken, weil das Lüngl erschrecken könnt.«

»Danke«, flüsterte Melanie mit rissigen Lippen, würgte einen Brocken Brot hinunter und trank dann.

»Sie war sehr fleißig«, sagte die Eva und der Martin bestätigte es.

»Ich hab es gesehen«, meinte der Luiser. »Aber wenn es dir zu schwer wird, hör ruhig auf, Mädl. Schließlich bist du ja zur Sommerfrische hier und nicht zur Grummeternte.«

»So, wie sie gewachsen ist, wird ihr das nicht viel ausmachen«, sagte Rasso, schnitt sich ein Stück von der Hartwurst ab und ließ es hinter seinen Zähnen verschwinden. »Was meinst du, Engelchen, wie gut du heut Nacht schlafen kannst!«

Melanie hörte den Spott heraus und verstand: So tief, dass sie nachts nicht mehr auf den Balkon kommen würde, wenn er seine letzte Zigarette rauchte. Aber es machte ihr nichts aus. Spotte du nur, dachte sie. Ich werde dich trotzdem lieb haben ...

Dann trank sie wieder und stellte dabei fest, dass sie noch nie aus einer Bierflasche getrunken hatte. Sie stellte sich die Gesichter ihrer Internatsfreundinnen vor, die jetzt Urlaub in den USA machten oder in Spanien. Jedenfalls nicht bloß auf einem bayerischen Bauernhof. »So trinken Maurer oder Müllkutscher«, hörte sie Elke von Böhnlein sprechen und Ingrid würde sagen: »Das sind Proletenmanieren!«

Ach, wie weit war das alles weg! So unendlich fern lag das alles. Nur das Gegenwärtige hatte Geltung und leuchtete. Sie saß mit dem Rücken an eins der großen Traktorenräder gelehnt und sah zwischen Evas und Martins Schultern in Rassos Gesicht. Jede Linie wollte sie sich einprägen und nichts davon vergessen.

Der Luiser stand etwas abseits und schaute gegen Westen, von wo sich graues Gewölk heraufschob. Er hatte einen Grashalm zwischen den Zähnen und die Hände auf dem Rücken verschränkt. Dann wandte er auf einmal den Kopf.

»Du musst heut noch Streu holen, Rasso. Es sind keine zwei Gabel mehr daheim. Am besten, du fährst gleich, weil in zwei Stunden das Gewitter da sein kann.«

Rasso nickte und in diesem Augenblick wurde Melanie von einem verwegenen Gedanken gepackt.

»Darf ich mitfahren?«

»Warum denn das?«, fragte Rasso fast grob.

»Nimm sie doch mit. Ein bissel Streu niedertreten kann sie schon. Tust dich doch leichter. Fahr nur mit, Melanie, es muss nicht sein, dass du dich hier abschindest.«

Melanie sah, wie Rasso nach Argumenten suchte und doch keine fand. Das verstärkte ihren Vorsatz erst recht, trotzig sah sie ihm in die Augen und um ihren Mund spielte ein spöttisches Lächeln.

»Von mir aus«, sagte Rasso schließlich. »Aber sein müsste es nicht.«

Dann ging er zum Traktor um den leeren Wagen zu holen, der am Rand der Wiese in einem offenen Stadel stand, und bis er sich umschaute, saß Melanie schon neben ihm auf dem seitlichen Sitz. Ganz brav saß sie da, recht gehorsam und doch voller Spannung. Die Sonne stach noch wie mit Nadeln herunter, aber von Westen her kam schon Windhauch und die Schwalben flogen jetzt so nieder, dass man meinte, sie müssten am Boden aufstoßen, wenn sie vor den Rädern des Traktors vorbeiflitzten.

Die Scheune, in der sie im Spätherbst die Streu eingelagert hatten, lag unmittelbar hinter dem Haus im Schattenloch in einer sumpfigen Wiese, auf der nichts stand als dürres Gras und Binsen und eine Menge junger Birken.

Rasso lud mit einer Gabel von der Scheune heraus die Streu auf den Wagen und Melanie trat die Büschel nieder. Jetzt war er eigentlich froh, dass sie dabei war, es erleichterte seine Arbeit. Er hätte sonst selber nach jeder Lage auf den Wagen steigen und das dürre Zeug niedertreten müssen.

»Ist eigentlich ganz gut, dass du mitgekommen bist«, lachte er versöhnlich zu ihr hinauf.

»Und du wolltest es zuerst gar nicht. Warum eigentlich?«

»Ja, warum eigentlich? Weiß es selber nicht.«

»Du merkst immer noch nicht, dass ich gerne bei dir sein mag.«

Er stieß die Gabel in den Haufen und sah sie nachdenklich an.

»Wenn ich es recht betrachte, bist du eigentlich ein lieber Kerl. Wenn du so bleiben tätst, ich glaub, du hättest dann einmal große Chancen.«

Nun war das graue Gewölk doch schneller heraufgezogen, als es vorher ausgesehen hatte. Auf einmal war es ganz still. Der Wind hatte sich gelegt, eine merkwürdige, schwüle Stille herrschte, in der man nicht einmal mehr einen Vogelruf vernahm. Zwischen den hohen Schilfstängeln sah man zum See hinaus. Die Segelboote hatten alle Kurs auf die Ufer genommen. Dann verschwand die Sonne hinter einer Wolke, die sich groß und grau auftürmte.

»Ich glaub, wir müssen uns jetzt tummeln, wenn wir noch trocken heimkommen wollen«, sagte Rasso und begann in wilder Hast Ballen um Ballen auf den Wagen zu werfen. Und die Melanie trat nieder, spürte das Stechen in den nackten Waden kaum und duckte sich nur einmal zusammen, als ein Feuerriss die graue Wolkendecke teilte.

Wie eine fauchende Welle brach der Sturm los, eiskalt und grob. Die jungen Birken begannen im Sturm zu schwanken, neigten sich, prallten wieder zurück. Eine fremde Luft, scharf und sauer, war auf einmal da. Der Blitz hatte in einen nahen Baumstrunk geschlagen.

Rasso warf die Gabel weg und sprang auf den Traktor. »Deck dich mit Streu zu!«, rief er Melanie zu. Aber dafür war es schon zu spät. Das Gewitter war mit unglaublicher Schnelligkeit losgebrochen und schien im Kreis bleiben zu wollen.

Das Gefährt schwankte auf das Häusl im Schattenloch zu. Rasso zog den Handbremshebel und stellte den Diesel ab. Er streckte die Arme aus und half Melanie vom Traktor herunter. Ein plötzliches Sausen war zu hören und Rasso schaute erschrocken hoch. Dann prasselten sie schon nieder, Hagelkörner in der Größe von Taubeneiern. Von einem Orkan getrieben schlugen sie in die Kronen der Bäume, rüttelten die Birken zum Erbarmen her. Die Natur ringsum war in Aufruhr geraten, Donner erschütterten die Luft, im Echo wiederkehrend, Blitze zuckten auf und wirkten mit dem prasselnden Hagelschlag wie der Lärm einer mörderischen Schlacht.

Unter dem Vordach des alten Hauses fanden Rasso und Melanie notdürftig Unterschlupf. Sie saßen auf der Türschwelle und Rasso hatte den Arm schützend um die Schultern des frierenden Mädchens gelegt. Die Hagelkörner hämmerten auf das Dach und spritzten vom Pflaster der Gred hoch.

Stöhnend barg sich Melanie in Rassos schützenden Arm. Einmal traf sie ein Hagelkorn auf die Stirn. Sie schrie auf, schloss dann die Augen und wurde ganz still.

Rasso bekam Angst, rüttelte sie an den Schultern.

»Melanie, Mädl! Was ist denn! Kind, du wirst mir doch keine Dummheiten machen! Melanie, hörst du mich?«

Keine Antwort, nur ein schwaches Stöhnen. Es war, als sei sie ohne Bewusstsein, ihr Köpfl sank wieder gegen seine Schulter hin.

»Hätt ich dich bloß nicht mitgenommen«, ärgerte sich Rasso. »Nichts wie Scherereien hat man mit so einem Kind!«

Melanie lächelte in die Dunkelheit seiner Armbeuge hinein. Dann lehnte sie sich etwas zurück. Ihr Mund lag dicht unter dem seinen, rot, jung und verführerisch. Er strich ihr mit der Hand über das nasse Haar.

»Melanie, hörst du mich?«

Ein leises Lächeln huschte um ihre Mundwinkel.

»Na, Gott sei Dank! Du kannst einem aber einen Schrecken einjagen!«

»Ach, Rasso, schimpf doch nicht.«

»Ich schimpfe nicht. Aber Angst hab ich gehabt.«

»Wie schön, Rasso. Angst um mich?«

»Was meinst du denn, was das für eine Schererei gäb, wenn dir was zugestoßen wäre!«

»Wenn du bei mir bist, kann mir doch nichts geschehen.« Sie nahm seine Hand und führte sie an die schmerzende Stelle an ihrer Stirn. »Ist da was, Rasso?«

»Nur eine Beule, vielleicht wird sie blau. Tut's weh?«

»Wenn deine Hand draufliegt, überhaupt nicht. Tu sie nicht weg, Rasso. Und lass deinen Arm so um mich. Das ist alles so wunderbar.«

»Dank schön, ich wüsst mir was Schöneres! Gut, dass die Ernte schon unter Dach ist. Da stünd kein Halm mehr auf dem Feld!« Er beugte sich vor und schaute über den Buckel hin. »Ich glaub, es lässt langsam nach.«

»Schade, ich möchte eine ganze Ewigkeit mit dir hier so sitzen.«

Der Hagel hatte tatsächlich nachgelassen, rauschte schon weiter weg. Nur der Regen war noch da, schwamm in wahren Sturzbächen nieder und das Haus stand wie eine friedliche Insel inmitten des Aufruhrs.

»Hast du keinen Schlüssel, Rasso, dass wir da hinein könnten?«

»Nein, aber wir werden jetzt heimfahren.«

»Schade. Wir hätten ein Feuer da drinnen machen und uns wärmen können. Ich werde wohl nie wieder Gelegenheit haben, mit dir so allein zu sein.«

»Worauf du Gift nehmen kannst.«

»Ist es dir denn so peinlich mit mir allein zu sein, Rasso?«

»Ja.«

»Warum bist du nur so eklig zu mir? Kann ich denn etwas dafür, dass dieses Wetter kam?«

»Nein, dafür kannst du nichts.«

»Ich kann doch auch nichts dafür – dass ich dich liebe, Rasso.«

Er nahm seinen Arm von ihrer Schulter, schluckte ein paar Mal und sah sie dann an.

»So etwas darfst du noch gar nicht sagen, Melanie.«

»Ich sage es aber trotzdem. Das kannst du mir nicht verbieten. Und vielleicht freut es dich sogar. Du willst es bloß nicht zugeben. Du siehst das Kind in mir und merkst gar nicht, dass ich schon erwacht bin.«

»Doch, schön langsam geht mir ein Licht auf, Teufelchen! Und jetzt glaube ich, lässt es wirklich nach.« Er stand auf, nahm Melanie auf die Arme wie ein Kind, schubste sie ein paar Mal und warf sie mit einem Schwung auf das Streufuder hinauf. »Jetzt deck dich zu mit Streu, dann kann dir der Regen nichts mehr anhaben!«

Der Diesel sprang an, das Gefährt setzte sich schaukelnd in Bewegung. Es regnete in Strömen. Das Wasser rann an Rasso nieder, aber er spürte es kaum mehr. Melanie aber, die sich droben auf dem Wagen schützend in die Streu hätte bergen können, saß aufrecht da und hielt das Gesicht dem Regen entgegen. Sie wollte das Gleiche erleiden wie Rasso es erlitt, dasselbe Klatschen der Regentropfen auf dem Körper spüren. In ihr Tagebuch aber würde sie über den Eintrag des heutigen Tages setzen: »Birken im Sturm«.

Im Osten dämmerte es. Nachdem es zwei Tage hinter dem Gewitter hergeregnet hatte, war die Sonne mit brennendem Abendrot untergegangen, was für den nächsten Tag wieder schönes Wetter verhieß.

Um vier Uhr früh, als die jungen Hähne auf dem Luiserhof um die Wette zu krähen begannen, ließ sich Melanie, nur mit Leggings und T-Shirt bekleidet, am Balkon herunter, sprang lautlos auf die Gred und stand eine Weile horchend.

Im Haus war es noch ganz still. Aber Melanie wusste, dass diese Stille nicht mehr lange dauern würde.

Sie sprang mit bloßen Füßen über die taunasse Wiese zum Weiher hinüber, streifte hinter den Haselnussbüschen Leggings und T-Shirt ab, stand einen Augenblick so, wie sie geschaffen war, streckte dann die Arme hoch und sprang mit einem leisen Schrei in das morgenkühle Wasser.

Zarte, schimmernde Fluten rötlichen Lichts bedeckten den Himmel. Mit starken Armen teilte Melanie das Wasser, schwamm über die ganze Breite hin und plätscherte dann sacht unter den Büschen des jenseitigen Ufers. Das blonde Haar schwamm wie ein goldener Mantel neben ihr her. Auf dem Rücken schwimmend sah sie im heller werdenden Firmament den Mondscherben blinken. Er sah ganz scharf auf sie herab, wie ein Warnzeichen.

Dann hielt sie inne und horchte. Sie hörte jenseits das leise Knacken von Ästen und dann sah sie Rasso am Ufer auftauchen. Er trug eine Badehose, bückte sich jetzt und warf sich mit den hohlen Händen das Wasser ins Gesicht und gegen die Brust.

Melanie in ihrem Lauschwinkel glaubte seine Zähne vor Kälte klappern zu hören. Dann sprang er hinein.

Melanie hatte mehrfach beobachtet, dass Rasso bei schönem Wetter täglich kurz nach vier Uhr im Teich zu schwimmen pflegte. Langsam teilten ihre Arme das Wasser, sie schwamm ihm entgegen.

Rasso glaubte zunächst, ein Spuk narre ihn oder ein altes Märchen sei wach geworden, in dem die Wassernixen zwischen Tau und Tag aus der Tiefe stiegen um die Männer zu verhexen.

Zuerst wollte er lachen, aber dann, als sie nahe gekommen war, sah er, dass sie nackt war, und er begriff, in welch peinliche Situation dieser Fratz ihn zu bringen gedachte. Mit ein paar Stößen wendete er und schrie ihr zornig zu:

»Du bist verrückt!«

Ein silberhelles Lachen klang über das Wasser.

»Aber warum denn? Darf ich denn nicht hier sein?«,

»Ja, aber nicht so«, schrie er weiter.

»Denk dir halt, ich sei nur eine Steinfigur, die ins Wasser gefallen ist.«

Zielbewusst strebte er wieder zum Ufer zurück.

»Rasso«, schrie sie hinter ihm her. »Wenn du mich jetzt allein lässt, werde ich untergehen und nie wieder auftauchen.«

»Dann ersauf meinetwegen!«

Er sprang aus dem Wasser und rannte über die Wiese zurück ins Haus. Das silberhelle Lachen klang hinter ihm her und neuer Zorn schüttelte ihn. Er war fest entschlossen mit Melanies Eltern zu reden. Das ging denn doch zu weit. Sie muss schon länger beobachtet haben, dass ich jeden Morgen zum Weiher gehe, dachte er. Und da meinten die guten Elsner, dass sie einen Engel großgezogen hätten!

Als er gegen neun Uhr mit einer Fuhre Silogras auf den Hof zurückkam, saß die Familie Elsner beim Frühstück. Sie saßen unter dem großen Sonnenschirm, ein ganz friedsames, einträchtiges Bild. Rasso stellte sich vor, wie er das Familienidyll zerbrechen könnte, wenn er jetzt sagen würde: »Eure Tochter, das wird so ein Früchterl sein. Treibt sich pudelnackt vor mir im Wasser herum!«

Gleichzeitig wusste er, dass er es nicht sagen würde. Er hatte noch nie jemanden verpetzt und er fürchtete auf einmal Melanies Augen, wie die ihn ansehen würde, wenn er es jetzt täte. Sie würde es wahrscheinlich nie verstehen und auch für ihn verlor es mehr und mehr den Stempel der Verruchtheit. Die ganze Begebenheit wurde in ein milderes Licht getaucht und zum Schluss war ihm so, als hätte er Melanies Nacktheit gar nicht gesehen, sondern nur den Körper eines Kindes.

Es ließ sich nicht anders einrichten, er musste am Sonnenschirm vorbei und stehen bleiben, wie sonst auch. Er schob seinen Hut aus der Stirn und fragte:

»Gut geschlafen?«

»Guten Morgen, Rasso«, sagte Melanie und schaute ihn mit so unschuldsvollen Augen an, dass er meinte, er hätte die Stunde des Sonnenaufgangs nur geträumt oder es habe ihn ein Spuk genarrt. Die blanke Reinheit strahlte ihn aus ihren Augen an, nur in den Winkeln nistete etwas wie leiser Spott.

»Jawohl«, dachte er hernach, »spotten kann sie jetzt auch noch über mich.« Erst gegen Mittag, als er Diesel in den Tank des Traktors füllte, stand sie plötzlich wieder neben ihm.

»Was machst du denn da, Rasso?«

Unbeirrt schüttete er aus der Kanne weiter, bis der Tank voll war. Dann drehte er sich um und sagte mit strengem Blick:

»Jetzt sag ich dir einmal was, Melanie: Wenn du noch einmal so was machst wie heut früh ...«

»Warum? Was hab ich denn gemacht?«, fragte sie unschuldig.

»Schämst du dich denn gar nicht? Pudelnackt schwimmst du da auf mich zu. Was soll ich denn da denken?«

Da sagte sie, indem sie alles Feuer in ihren Blick legte: »Dem Reinen ist alles rein.«

Verblüfft starrte er sie an. Nein, er konnte ihr einfach nicht böse sein. Er lachte sie jetzt sogar an.

»Um eine Ausrede bist du nie verlegen, scheint mir.«

»Ach«, sagte sie wegwerfend. »Was war denn schon dabei? Nimm doch irgendeine Illustrierte, da schaut dich auf jedem Bild die blanke Nacktheit an. Wir leben ja schließlich im zwanzigsten Jahrhundert.«

»Demnach lebe ich noch im achtzehnten Jahrhundert«, dachte er, fragte aber vorsichtshalber noch. »Was hättest du denn getan, wenn ich es deinen Eltern erzählt hätte?«

Mit großer Geste warf sie die blonde Haarmähne zurück.

»Wahrscheinlich hätten sie dir nicht geglaubt und außerdem wärst du nicht Rasso, wenn du gequatscht hättest.«

So, nun hatte er es! Resigniert stellte er fest, dass er ihrer Raffinesse nicht gewachsen war. Auf alle Fälle wollte er von jetzt an jede Gelegenheit vermeiden mit ihr in eine Situation zu kommen, die so zwielichtig war wie die am heutigen Morgen. Nur einmal probierte Melanie es noch, indem sie auf dem Heuboden auf eine Leiter stieg um dann jämmerlich um Hilfe zu schreien, weil sie sich angeblich nicht mehr weiter hinauf- und auch nicht mehr heruntergetraute.

Martin hörte es auch, aber Martin rannte nicht so schnell wie Rasso. Da stand sie nun droben auf den Sprossen, ein Bild des Jammers und der Angst.

»Ach, hilf mir doch, Rasso, ich stürze sonst!«

Was blieb ihm anders übrig. Er musste hinaufsteigen und sie herunterholen, musste es dulden, dass sie wie in Angst beide Arme um seinen Hals schlang, ihre Wange eng an seinen Hals schmiegte und ihn auch nicht loslassen wollte, als sie wieder herunten auf dem festen Boden standen.

»Das nächste Mal steigst nicht mehr nauf. Was wolltest du denn oben auf dem Heustock?«

»Nichts anderes, als dass du mich runterholst.«

»Also, du bist doch ein ganz abgefeimtes Teuferl! Du wirst schon recht, wenn du einmal tausend Wochen alt bist.«

»Wirst du denn manchmal noch an mich denken, Rasso?«

»Dich werde ich nie vergessen. Darauf kannst du dich verlassen.«

»Ich dich auch nicht«, versprach sie ihm und lächelte

hinter ihm her, als er mit festem Schritt über den Hof ging und dann im Haus verschwand.

Dann waren die dreieinhalb Wochen um und es hieß Abschied nehmen. Am letzten Abend saß man noch einmal gemütlich beisammen. Der Luiser stiftete ein paar Flaschen Wein und Frau Elsner versicherte, dass es ihr wider Erwarten so gut gefallen habe, dass man das Quartier fürs nächste Jahr wieder ins Auge fassen wolle.

Das Engelchen saß so unschuldsvoll dabei wie am ersten Tag und nichts in ihrem Verhalten deutete darauf hin, dass sie über die ganzen Wochen hin verwegene Absichten gehabt hatte.

Beim Abschied drückte sie Rasso noch heimlich ein Zettelchen in die Hand, auf dem geschrieben stand:

»Übers Jahr, wenn die jungen Birken wieder ihr schönes, helles Laubkleid tragen, wirst du mich wieder sehen. Ich werde wieder schwimmen gehen zwischen Tau und Tag. Und dann …???«

Dann werde ich bereits verheiratet sein, dachte Rasso und zerriss den Zettel in kleine Stücke.

Niemand hatte am Ausheiraten der Tochter Lisa auf einmal mehr Gefallen gefunden als die Harlanderin selber. Gerade sie, die den zukünftigen Schwiegersohn aufs Heftigste abgelehnt hatte, war ihm jetzt am meisten zugetan. Mit seiner Frechheit hatte er sie ganz einfach bezwungen und je länger sie ihn nun kannte, desto mehr schloss sie ihn ins Herz.

Dabei war die Hochzeit noch gar nicht festgelegt. Im Herbst sollte sie sein. Aber Herbst war auch im November noch,und das Einzige, worauf die Harlanderin jetzt bestand, war, dass die Hochzeit noch vor Kathrein, also am fünfundzwanzigsten November, stattzufinden habe, weil man später keine Hochzeitsfeier mehr mit allem Pomp veranstalten konnte, denn Kathrein stellt bekanntlich den Tanz ein, und es schickte sich nicht in der Adventszeit zu heiraten.

Gerade das Teuerste war ihr jetzt gut genug und alles sollte nach altem Herkommen ablaufen. So kaufte man die Wäsche nicht im Geschäft oder aus dem Katalog, sondern eine Näherin kam auf die Stör und säumte riesige Leinenstücke für Betttücher ein. Gestickte Tischdecken häuften sich und schließlich wurde auch für das Brautkleid selber Maß genommen. Ein Brautkleid im Trachtenschnitt natürlich, sündteuer. Lisa heiratete ja schließlich nicht irgendwen. Sie heiratete den Luiser Rasso, der ein Dutzend andere hätte haben können. Sie heiratete vor allem in einen Hof ein, wie man weit und breit keinen antraf. Man wusste, was man sich schuldig war. Ja, die Harlanderin war von einer hektischen Betriebsamkeit erfasst worden und sprach davon, dass von diesem Glanz auch auf alle Harlanders etwas abfiele. Das war im Hinblick auf den älteren Sohn Ferdinand hingesprochen. Wenn man eine Schwester hatte, die Luiserin geworden war, dann hob dies das Selbstbewusstsein.

Der Harlander sah allem mit Gleichmut zu, machte sich seine Gedanken und sagte dann einmal wie aus tiefem Sinnen heraus:

»Ich weiß nicht, was euch so pressiert. Hat der Rasso vielleicht den Termin der Hochzeit schon bekannt gegeben? Lachen müsst ich ja, wenn der sich's noch mal anders überlegen würde!«

»Das glaubst du doch selber nicht!«, antwortete Lisa und lachte siegessicher.

Die Harlanderin brauchte länger um diese Möglichkeit in der ganzen Tragweite auszudenken. Dann schoss ihr ein Geistesblitz zu.

»Das kann er ja gar nicht! Einen Rückzieher machen? Jetzt noch? Ich hab einmal gelesen, dass man dann so einen für alles haftbar machen könnt. Da müsst er für alle Auslagen aufkommen.«

»Regresspflichtig meinst?«

»Ich weiß nicht, wie man das heißt. Aber wenn einer einem Madl das Heiraten verspricht und es dann sitzen lässt – da tät ich kein Erbarmen kennen. Der müsst zahlen, dass ihm die Rippen krachen.«

»Jetzt aber Schluss mit dem Unsinn«, entschied Lisa. »Als ob sich da noch was ändern tät zwischen mir und dem Rasso.«

Ganz so leicht war ihr aber nicht ums Herz, wie sie sich den Anschein gab. Das Gespräch hatte sie nachdenklich gestimmt. Sie sah sich schon mit allen Gedanken als Bäuerin auf dem schönen Hof, beneidet von vielen. Ganz beruhigt war sie erst, als Rasso am Abend kam und sie herzlich auslachte, als sie ihm von dem Gespräch erzählte.

»Wie kommt ihr denn überhaupt auf den Gedanken?«, fragte er.

»Ich doch nicht! Der Vater ist draufgekommen! Ich hab dich doch noch nie mit einem Wort gedrängt, Rasso. Aber wenn man so reden hört, dann wird man unweigerlich nachdenklich. Und vorgekommen ist das schon öfter. Ich weiß einen Fall in unserer weiteren Verwandtschaft. Die waren schon aufgeboten, dann ist der Hochzeiter drei Tag vor der Hochzeit noch zurückgestanden.«

»Das kann schon sein, aber ich werd nicht zurückstehen. Da müsst ich ja ein Narr sein!« Er nahm sie in den Arm und küsste sie. Dann hob er scherzhaft die drei Schwurfinger in die Höhe. »Ich schwöre dir, Lisa, so wahr ich Rasso heiße, du und keine andere wird Luiserbäuerin werden. Und zwar bald. Ich werd gleich morgen mit dem Vater reden. Komm, lass uns reingehn jetzt und im Kalender nachschaun nach einem Termin.«

Die Harlanderin war auch dabei und suchte eifrig mit. Man einigte sich auf den zwölften Oktober. Als der Harlander dazukam, wurde es ihm von seiner Ehegattin gleich brühwarm serviert:

»Jetzt hast du es! Am zwölften Oktober wird jetzt die Hochzeit sein! Und der Rasso hat es grad auch noch beschworen, dass unsere Lisa Luiserbäuerin wird und sonst keine. Du mit deinen ewigen Zweifeln hättest uns heut bald alle gute Laune verdorben!«

Der Harlander lächelte nur aus seinen hellen Augen und milderte dadurch alles, was durch seine Zweifel zu einem Problem geworden war. Nun, ihm konnte es recht sein. Und Rasso trug alles dazu bei, dass niemand in dem weiten Hügelland und um den See herum im Zweifel sein konnte, dass Lisa zu ihm und er zu ihr gehörte.

Die Luiser waren mit dem Termin einverstanden. Es wäre nur wünschenswert, dass es bei allen jungen Leuten so glatt und reibungslos abginge. Nirgends ein Missklang, nirgends ein Schatten am Himmel des Glücks. Nur zuweilen noch dachte Rasso an das Sommermädchen Melanie, an das Engelchen, das ihn mit seinen naiven Verführungskünsten ins Stolpern hatte bringen wollen.

Der Herbst schlich sich schon in die Landschaft. Ganz scheu schlich er daher, streichelte die Acker, die vom Hagel zerschlagenen Birken, fuhr eilfertig durchs Ried und verweilte schmeichelnd bei den Herbstzeitlosen. Aber alles, was er anhauchte, verlor die saftige Frische des Sommers.

Am See wurde es märchenstill. In der Frühe behüteten ihn zarte Nebelschleier, und wenn die sich gegen Mittag hin verzogen, leuchteten die weißen Herbstwolken in dem klaren Wasser. Zwar kamen noch Tage, an denen die Sonne vom frühen Morgen bis zum späten

Abend wanderte ohne von einer Wolke verdeckt zu werden. Dann richteten sich alle Blümlein noch einmal auf, als wollten sie der Sonne danken für die Wärme. Die Schwalben aber waren schon fort, weggezogen über die Berge, die so dunstig dastanden, als seien sie nur ein Gebilde aus Schaum. Man hörte die Glocken der weidenden Rinder, und wenn man weder in die Zeitung noch in den Fernseher schaute, konnte man meinen, auf der ganzen Welt wäre so ein versöhnender Friede wie hier um den See herum.

Aber die Menschen wollen es gar nicht so friedsam. Besonders der Martin verkroch sich vor den Bildschirm und ließ sich mit den Katastrophenmeldungen aus aller Welt berieseln, die so gut zu seinem düsteren Gemütszustand passten. Dabei rauchte er seine Zigarillos und dachte mit stiller Wehmut daran, dass nun die Harlander Lisa bald hier einziehen würde. Zwar fuhr er nach wie vor nach Törwang zur Tallhammer Agnes, aber er war unentschlossen wie eh und je. Nur wenn Lisa auf Besuch kam, verschwand die düstere Falte auf seiner Stirn. Allein ihr Anblick machte ihn ebenso selig, wie er die Eva traurig stimmte.

Das Stift »Helenengarten«, ein privates Internat bei Meersburg am Bodensee, erwartete seine Zöglinge, die nun nach den großen Ferien, braun gebrannt und vollgepfropft mit Eindrücken, im Laufe des zehnten September wieder eintrafen.

Melanie teilte wieder mit ihren Freundinnen Elke und Ingrid das gleiche Zimmer wie in den Jahren zuvor und konnte es kaum erwarten ihre Erlebnisse loszuwerden.

Leiter und Besitzer des Heimes war Doktor Waldemar Heindrich, ein zwar konservativer, aber keineswegs intoleranter oder verständnisloser Mann. Er legte

Wert darauf, als »Herr Direktor« angesprochen zu werden, und unterrichtete Mathematik. Seine Frau Elfriede war Englischlehrerin, weitere vier Lehrkräfte teilten sich in die anderen Fächer.

Das Haus lag an einem Hang und man hatte von dort aus einen herrlichen Blick über den See zur Schweiz hinüber. Die Südzimmer hatten Balkons und auf einem davon saßen gleich am ersten Abend ihres Eintreffens die drei Freundinnen und konnten sich gar nicht genugtun ihre Ferienerlebnisse zu schildern. Dabei wurde es mit der Wahrheit nicht so ganz genau genommen.

Elke hatte mit ihren Eltern eine Reise durch Kalifornien unternommen und dort angeblich mit Marlon Brando getanzt und geflirtet. Ingrid dagegen war in Nizza gewesen und war jeden Tag mit einem leibhaftigen Grafen im Motorboot gefahren und hatte als Erinnerung einen kleinen goldenen Anker mitgebracht.

Melanie hatte bisher geschwiegen, denn wo schon so erlauchte Persönlichkeiten aufs Tablett gelegt wurden – wie hätte sie da mit Ferien auf einem bayerischen Bauernhof und einem Rasso Eindruck schinden können! Sie musste sich da noch etwas zurechtlegen, ein Sommermärchen erfinden, in dem alles von Rosen umkränzt war, in dem alles leuchtete und dem nichts von einem flüchtigen Ferienerlebnis anhaftete.

Als Marlon Brando und der Graf genügend ausgeschlachtet waren, fragte Elke:

»Und was war mit dir, Melanie? Wo bist du gewesen und was hast du erlebt?«

Melanie hatte die Hände um die aufgezogenen Knie geschlungen und schaute zum Mond hinauf, der voll und rund in einem blanken Himmel stand. Dann räusperte sie sich und sagte:

»Ich habe die große Liebe erlebt.«

»Erlebt oder gelebt?«, forschte Elke mit sachlicher Nüchternheit.

»Beides.«

»Du wirst doch nicht sagen wollen, Melanie, dass du mit einem Mann so richtig beisammen gewesen bist?«, wollte Ingrid wissen.

»Ich sage gar nichts, weil alles Einmalige seinen Zauber verliert, wenn man darüber spricht«, erklärte sie pathetisch.

»Wenn du schweigst, ist es die Bejahung meiner Frage«, sagte Ingrid und rückte vertraulich näher. »Erzähl schon, Melanie. Was ist er und wie heißt er?«

»Er ist ein wunderbarer Mensch und heißt Rasso.«

»Rasso? Welch ein komischer Name! Den hab ich noch nie gehört.«

Melanie starrte weiter zum Mond hinauf und dann über die spiegelnde Fläche des Sees hin. Ein hell erleuchtetes Schiff kam langsam vom anderen Ufer herüber und aus irgendeinem Restaurant in der Nähe war leise Musik zu vernehmen.

»Du wirst noch vieles nicht gehört haben und wirst noch vieles nicht wissen, was ich weiß«, sagte sie geheimnisvoll.

»Dann bist du also jetzt eine Wissende?«

Melanie neigte lässig und vornehm den Kopf, dass ihr die blonden Haare über die Schultern fielen.

»Ich möchte darüber nicht reden. Ihr würdet es vielleicht gar nicht glauben und meint sogar, ich schneide auf. Aber wartet.« Melanie stand auf, ging ins Zimmer zurück und holte ihr Büchlein. Dann rückte sie die Nachttischlampe ans Fensterbrett und kam wieder heraus.

»Hier habe ich alles aufgeschrieben und ihr könnt es lesen.«

Sie überreichte das Büchlein mit feierlicher Geste zuerst Elke und sagte dabei:

»Ich setze natürlich voraus, dass ihr schweigen könnt.«

Es wurde hoch und heilig versichert. Und die beiden hielten auch Wort. Sie waren zutiefst erfasst, aufgewühlt und erregt. Man musste sie um diesen Mann beneiden, der natürlich bei Melanie ein junger Gutsbesitzer war, der jeden Morgen auf einem Schimmel über die Hügel geritten war, und wenn er ihr begegnet war, hatte er sich niedergebeugt und sie zu sich auf den Sattel gehoben. Als Elke einmal zweifeln wollte, bekam Melanie ihren großen, bezwingenden Trauerblick und fragte:

»Habe ich euch jemals belogen?«

Nein, das hatte sie nicht. Also musste es die Wahrheit sein.

Dass es die Wahrheit sei, bekannte Melanie drei Tage später auch vor dem Herrn Direktor, zu dem sie gerufen worden war, weil eine der Lehrerinnen, der die Aufsicht über die Zimmer oblag, in Melanies Nachtkästchen das Büchlein gefunden hatte.

Melanie schwante sogleich Übles, als es beim Mittagessen hieß, sie habe um zwei Uhr im Direktoratszimmer zu erscheinen.

»Habt ihr gequatscht?«, zischte sie ihre beiden Freundinnen an.

Sie hatten auf Ehr und Seligkeit kein Wort gesagt. Melanie rannte hinauf ins Zimmer und kam kreidebleich wieder herunter.

»Mein Tagebuch ist weg! Das kann nur die Schramm geklaut und dem Direktor gegeben haben.«

»Du meine Güte!«, erschrak Elke und Ingrid sagte:

»Natürlich musst du es leugnen!«

»Was schwarz auf weiß geschrieben steht, kann man

nicht mehr leugnen. Und außerdem verrät ein Mensch nicht das Heiligste, das er in seinem Herzen trägt.«

Viel Pathos und große Worte – und eine wilde Entschlossenheit sich nicht zu blamieren.

Der Herr Direktor, den die Mädchen unter sich nur »Waldemar« nannten, hatte sein Mittagsschläfchen wie jeden Tag Punkt halb zwei zu Ende gebracht und betrat das etwas altmodische Wohnzimmer, wo seine Gattin Elfriede bereits auf ihn wartete. Sie saß am Tisch und las noch mal – zum sechsten Mal wohl schon – Melanies Aufzeichnungen. Dann schlug sie das Tagebuch zu und hob das spitze Kinn.

»So etwas von Verruchtheit habe ich selten gelesen.«

Waldemar strich sich sein blondes Bärtchen und meinte:

»Übertreib nur nicht, liebe Elfriede. Du darfst die Jugend von heute nicht mehr mit unserem Maß messen. Und Mädchen in dem Alter wie die Melanie übertreiben immer ein wenig. Sie sind frühreif und – bitte, ich brauch dir ja nichts zu erzählen – du kennst ja selber die Anweisung, dass es unsere Pflicht sei, auch in der Schule aufklärend zu wirken.«

»Aber solche Dinge kann man nicht schreiben, wenn man sie nicht erlebt hat.«

»Na ja, zugegeben – ich hätte es Melanie auch nicht zugetraut. Aber ich kann sie doch dafür nicht mit einer Strafe belegen oder deshalb von der Schule weisen.«

»Als abschreckendes Beispiel könnte man das wohl.«

»Ja, dann hättest du eben im Monat um zweitausend Mark weniger. Ich kann sie höchstens ermahnen und versuchen sie mit Güte wieder auf den rechten Weg zu bringen.«

»Du tust ja gerade so, als ob es dir peinlich wäre und es schon bereust, sie vorgeladen zu haben.«

Heindrich suchte nach seiner kurzen Pfeife, steckte

sie an und machte ein paar hastige Züge. »Da hast du eigentlich Recht. Im Internat hat sie sich doch nichts zuschulden kommen lassen. Wer gibt uns denn das Recht uns in private Dinge einzumischen?«

»Weißt du denn, ob sie das Buch nicht auch anderen gezeigt hat?«

»Das weiß ich nicht. Wir werden sie fragen. Weiß Frau Schramm Bescheid?«

»Sie wird sicher schon warten.«

Jawohl, Frau Schramm wartete bereits im Direktionszimmer. Sie stand an einem der hohen Fenster und betrachtete die Kakteen. Klein und hager von Gestalt war sie auch noch mit einer schiefen Schulter und einem dünnen, erbarmungswürdigen Haarschopf geschlagen. Dessen ungeachtet war sie eine ausgezeichnete Deutschlehrerin.

Der Herr Direktor nahm würdevoll hinter dem Schreibtisch Platz, ihm zur rechten Seite seine Gattin und links Frau Schramm. Der Vorsitzende also und zwei Beisitzer.

Punkt zwei Uhr klopfte es an die Tür, gar nicht schüchtern, sondern sehr energisch.

»Pünktlich ist sie wenigstens«, sagte Waldemar.

Ohne eine Spur von Angst trat Melanie ein. Sie trug ein buntes Sommerkleid mit Spaghettiträgern und sah mit ihrem offenen, langen Haar sehr erwachsen und gar nicht nach Schule aus. Sie sah das Buch in den Händen des Direktors und ihre Lippen verzogen sich spöttisch. Hauptsache, es war noch da, und sie hatte ein Recht es zurückzufordern.

Demut wäre besser gewesen, Zerknirschung noch besser. Melanie aber zeigte weder das eine noch das andere. Sechs Schritte waren es bis vor den Schreibtisch und genau einen Schritt davor blieb sie stehen.

»Sie haben mich rufen lassen, Herr Direktor?«

»Man hat dich hierher beordert«, sagte Frau Schramm mit zornigen Augen.

»Was so ziemlich das Gleiche sein dürfte«, erwiderte Melanie.

»Arrogant auch noch!«, tadelte Frau Heindrich und fügte unfreundlich hinzu: »Nimm Platz.«

»Danke, ich möchte stehen.« Melanie hatte das Gefühl, der Sache besser gewachsen zu sein, wenn sie stand und auf die anderen herunterschauen konnte.

»Wie du willst, Melanie«, sagte Waldemar und strich sein Bärtchen wieder. Er öffnete das Büchlein, betrachtete angelegentlich das Schloss daran und hob plötzlich den Kopf.

»Warum sperrt man das nicht ab?«

»Ich habe den Schlüssel verloren, außerdem hat man es mir gestohlen! Ich verlange mein Eigentum zurück!«

»Gewiss, mein Kind, aber wollen wir in Ruhe …«

»Natürlich! In aller Ruhe und in aller Form werden Sie mir mein Tagebuch zurückgeben! Woher haben Sie es überhaupt?«

»Frau Schramm hat es in deinem Nachtkästchen gefunden. War es, Frau Schramm, nicht so?«

»Gewiss, gewiss, Herr Direktor.«

Melanie wandte sich der Kleinen zu.

»Darf ich fragen, was Sie in meinem Nachtkästchen zu suchen haben?«

Frau Schramm wurde so rot im Gesicht wie ein Truthahn, dem die Henne wegläuft.

»Die Schublade stand offen und …«

»Dann hätten Sie sie eben schließen müssen und nicht mein Eigentum herausnehmen. Im umgekehrten Falle würde man mich des Diebstahls bezichtigen.«

»Das ist doch unerhört! Eine bodenlose Frechheit!«, schrien die beiden Frauen durcheinander, bis Waldemar die Hand hob und Ruhe gebot.

»Ruhe, bitte. Das alles lässt sich in Ruhe bereinigen. Sag einmal, mein Kind …«

»Bitte, nennen Sie mich nicht immer Kind! Ich bin nicht Ihr Kind!«

Nun verlor Direktor Heindrich doch ein wenig von seiner väterlichen Geduld, zog die Brauen hart zusammen und sagte:

»Ich wünschte auch nicht dein Vater zu sein. Der deine hat es, wie mir scheint, an der nötigen Erziehung fehlen lassen.«

»Lassen Sie meinen Vater aus dem Spiel!«, fuhr Melanie auf.

»Na schön. Was mich interessiert – hat das Büchlein sonst noch jemand gelesen?«

Einen Augenblick stockte Melanie und wurde unsicher. Hatten vielleicht doch Elke oder Ingrid getratscht? Sie wollte sich in keine Lüge verstricken und warf den Kopf zurück.

»Die Elke und die Ingrid haben es gelesen.«

»Also doch. Nun möchte ich zwar annehmen, dass nicht alles so haargenau stimmt, was du da schreibst. Das ist mir zu hochgestochen, weißt du. Sehr deutlich zwar und über alle Zweifel erhaben – aber wenn ich als Pädagoge nicht um die Fantastereien wüsste, in der ihr Jugendlichen schwelgt …«

Zum ersten Mal senkte Melanie den Kopf und wurde ein bisschen rot. Sie spürte die Hand, die ihr eine Brücke bauen wollte, und wurde einen Augenblick irr. Dann bedachte sie, wie sie vor Elke und Ingrid dastehen würde, wenn sie von Waldemar erfahren würden, dass alles nur Fantasterei gewesen sei, nur ein Wunschbild, das sie sich erträumt hatte, das aber nicht erfüllt worden war.

»Schau, Melanie, wir sind auch einmal jung gewesen«, begann Herr Heindrich wieder väterlich.

»Ja, bloß nicht so verdorben!«, keifte seine Frau dazwischen und Frau Schramm fügte hinzu: »Und nicht so verlogen!«

Melanie riss den Kopf wieder in die Höhe. »Wer lügt denn?«

»Ja sag einmal, Melanie«, fragte der Direktor und tippte mit dem Zeigefinger auf eins der Blätter. »Ist denn das wirklich wahr, was du da schreibst: ›Und während der Hagel über dem Dach hämmerte, verging ich in seinen Armen und wurde sein?‹«

Nein, das ist nicht wahr, hörte Melanie eine Stimme in ihrem Innern rufen, gleichzeitig aber fühlte sie die Scham, mit der sie als Lügnerin entlarvt würde. Trotzig kam ihre Antwort:

»Natürlich ist es wahr.«

»Und du schämst dich nicht?«, fragte Frau Schramm mild und fast traurig.

»Warum denn?«

Bis hierher war alles noch gut gegangen, wäre noch alles einzurenken gewesen, aber auf einmal ritten tausend Teufel das Mädchen und sie begann heftig zu schreien:

»Was soll denn das Ganze überhaupt? Bin ich denn hier vor einem Gericht? Wer gibt Ihnen das Recht über mich zu Gericht zu sitzen? Ich allein habe es zu verantworten, vor mir selber und sonst vor niemandem! Und damit Sie Bescheid wissen: Ich habe nichts zu bereuen! Wenn Sie mir irgendeinen Verstoß gegen Ihre Hausordnung nachweisen können, bin ich bereit mich zu entschuldigen. Mein Privatleben aber geht niemanden etwas an, am allerwenigsten die verlogene Welt, in der ihr noch lebt! Alles ist so scheinheilig hier und falsch und unwahr! Es ist wahr! Sie, Herr Direktor, begreifen vielleicht die Wandlung, die stattgefunden hat. Aber Sie, Frau Schramm, können doch überhaupt nicht mitreden, weil ich mir nicht vorstellen kann, dass Sie schon einmal ein Mann richtig in den Arm genommen hätte. Und Sie, Frau Direktor, sind Ihrem Denken nach doch eh noch aus dem letzten Jahrhundert!«

»Bist du jetzt fertig?«, fragte Herr Heindrich, blass bis in die Lippen hinein.

»Ja, jetzt bin ich fertig.«

Und damit nahm das Verhängnis unerbittlich seinen Lauf.

Still und traurig wie die Herbstnacht war auch die Stimmung auf dem Luiserhof, nachdem der Luiser aus der Stadt zurückgekommen war, wo er den Rasso im Gefängnis besucht hatte, in das man ihn eine Woche zuvor zur Untersuchungshaft gesperrt hatte.

Wie ein Blitz aus heiterem Himmel war das alles gekommen und hätte der Luiserin beinahe den Todesstoß versetzt. Nun saß sie in der Stube, hinten beim Ofen, in eine warme Decke gehüllt, die Lippen blau und mit einem Puls, so müd, als überlege er sich von Schlag zu Schlag, ob er nicht ganz aufhören solle.

Der Luiser ging mit gesenktem Kopf in der Stube auf und ab. Die Hände hatte er hinter dem Rücken verkrampft und jedes Mal, wenn er in den Lichtkreis der Lampe kam, sah man, wie eingefallen sein Gesicht und wie grau seine Schläfen in den paar Tagen geworden waren.

Nur der Martin schien unbeteiligt am Tisch zu sitzen. Die Zeitung lag vor ihm, aber er las nicht. Die Narbe an seiner Wange leuchtete rötlicher als sonst, manchmal zogen sich seine Brauen zusammen und glätteten sich langsam wieder.

»Aber warum lassen sie ihn denn nicht aus, bis die Verhandlung ist?«, kam die leise Frage aus der Ofenecke.

Der Luiser hielt in seiner Wanderung inne.

»Weil angeblich Fluchtgefahr besteht. Er selber hat ja gesagt, dass er gleich abhaut, wenn sie ihn freilassen. Und das sagt er ausgerechnet dem Wärter! Der Rasso muss nicht mehr alle Sinne beieinander haben.«

»Was sagt denn der Rechtsanwalt?«

»Der hätte ihn freigekriegt gegen eine Kaution von zwanzigtausend Mark, wenn der Rasso das nicht gesagt hätte. Denken hätt er es sich können, aber nicht sagen.«

»Und ich kann es ganz einfach nicht glauben, dass er es getan hat!«

»In dem Bücherl, sagt der Rechtsanwalt, steht alles ganz genau drinnen«, erklärte der Luiser. »Zu genau, sagt er. Unzucht mit Minderjährigen heißt es.«

»Ja, aber der Rasso sagt doch, dass alles nicht wahr ist.«

»Dem glaubt man einfach nicht.«

»Aber dann muss es der Lausfratz doch beschwören können.«

»Jugendliche brauchen keinen Eid zu leisten. Und erlogen kann auch nicht alles sein. Ein bissel Wahres wird schon dran sein.«

»Und mir sitzen jetzt drin in der Blamasch«, ließ sich Martin vernehmen.

»Du doch nicht!«, fuhr der Luiser auf.

»Das sitzt auf uns allen«, klagte die Mutter und begann wieder zu weinen.

Die Eva huschte lautlos herein und verabreichte der Bäuerin die vorgeschriebenen Tropfen.

»Nicht aufregen, Bäuerin, das schadet dir.«

»Wenn man sich da nicht aufregen soll! Gibt sich der mit einem Schuldirndl ab! Das hätte er sich doch denken können, dass das nicht gut nausgeht.«

»Wenn er wenigstens bloß gewildert hätt oder im Forst ein paar Bäum gestohlen. Das wär noch eher ein

Kavaliersdelikt und bliebe nicht an unserer Ehr haften«, sagte der Martin.

Grimmig nickte der Luiser vor sich hin.

»So aber hat er sich unmöglich gemacht fürs ganze Leben. Der Luiserbauer, wird es in zwanzig Jahr noch heißen, ist ein Kinderverderber.«

»Na ja«, versuchte Martin den Bruder zu verteidigen. »Wie ein Kind hat sie nicht mehr ausgeschaut.«

»Aber er hat gewusst, dass sie erst vierzehn ist. Da gibt es keine Entschuldigung. Noch dazu, wo er mit der Harlander Lisa versprochen ist. Was da jetzt dann noch nachkommt, das müssen wir erst abwarten.«

»Vielleicht wird es doch nicht so schlimm«, jammerte die Bäuerin.

»Hör mir auf! Wer einmal in das Räderwerk der Justiz kommt, dem fällt es schwer, wieder rauszukommen. Und selbst wenn man ihn aus Mangel an Beweisen freisprechen tät, die Schand bleibt immer auf uns sitzen. Als Bauer ist er einfach unmöglich geworden und am besten wär's, er ginge wirklich fort, dahin, wo ihn niemand kennt. Mich wunderte es auch nicht, wenn die Lisa ihn auf das nauf nicht mehr mag.«

»Vorausgesetzt, dass alles wahr ist, was man ihm da anhängt«, sagte Eva und ging so still wieder hinaus, wie sie gekommen war.

Wie ein Lauffeuer war das Gerücht durch die Gegend gegangen. Der Rasso war zu bekannt, als dass man das, was er da getan haben sollte, mit mitleidigem Schweigen bedeckt hätte. Und wie es in solchen Fällen üblich ist, wurde noch mal so viel dazugelogen und da und dort konnte man schon hören, er hätte eine Minderjährige vergewaltigt.

Der Brotfahrer Utz, der mit seinem Fiat Ducato Brot und Semmeln in der nahen und weiteren Umgebung ausfuhr, erzählte eifrig weiter, was er hörte, und war selbst bestens bemüht überall ein Quäntlein dazuzugeben, bis die Suppe immer versalzener wurde. Rasso hatte ihm vor Jahren einmal ein Mädel ausgespannt und darum kannte er keine Gnade.

Es gab zwar auch ein paar vernünftigere Leute, die sagten, man müsse im Weiterplaudern solcher Dinge etwas vorsichtig sein. Man habe schon öfter erlebt, dass sich so junge Großstadtpflanzen etwas zusammenreimten, das sich dann hintennach als Lüge erwies.

Besonders beim Harlander wurde das Ereignis lebhaft diskutiert. Mit einer gewissen Selbstzufriedenheit gab die Harlanderin kund:

»Hab ich euch nicht immer gesagt, dass dem nicht zu trauen ist! Aber auf mich hat man ja nicht gehört! Jetzt hast du es, Lisa, mit deinem Rasso!«

Lisa, am Anfang von Zweifeln hin- und hergerissen, begann nun immer fester an seine Schuld zu glauben, fühlte sich betrogen und gedemütigt, sah ihre schönen Zukunftspläne zerstört und machte ihrem Zorn Luft:

»Wenn ich den Hof nicht schon so ins Herz geschlossen hätte! Und überhaupt, die Aussteuer ist jetzt beieinander, die Möbel sind gekauft und in acht Tagen hätte das Aufgebot sein sollen. Ich könnt ihn umbringen, wenn ich ihn dahätte! Mir das anzutun!«

»Da ist ja das letzte Wort noch nicht geredet«, sagte der Harlander und sah seine zwei Buben an. »Zunächst müssten wir wissen, wie sich der Luiser dazu stellt.«

»Kongresspflichtig müssen wir ihn machen«, schimpfte die Harlanderin in dumpfem Hass.

»Regresspflichtig heißt das«, verbesserte sie der Harlander.

»Ist ja Wurscht, wie es heißt! Zahlen müssen sie auf alle Fälle, da geb ich nicht nach! Und man soll überhaupt nichts auf die lange Bank schieben. Gestern hab ich dir schon gesagt, dass mit dem Luiser geredet werden muss.«

»Morgen geh ich nüber. Und die Buben müssen mitkommen, dass ich Zeugen hab für alles, was geredet wird. Wie steht es denn überhaupt mit dir, Lisa?«

Ihre dunklen Blauaugen begannen zu sprühen, aber in ihrer Stimme war ein Schwanken.

»Ich kann doch keinen Knackie heiraten.«

»Bis jetzt ist noch kein Urteil da«, meinte Ferdinand.

»Aber er sitzt bereits und das langt! Und wenn gar nichts dran wahr wär, hätt man ihn nicht eingesperrt. Mir tut nur grad der schöne Hof Leid!«

Da sie dies nun schon zum zweiten Mal betonte, fühlte sich Stefan, der jüngere, bemüßigt recht sarkastisch zu erwidern:

»Das hört sich ja grad so an, als wäre es dir in erster Linie um den Hof gegangen und dann erst um den Rasso.«

Der Harlander bekam auf einmal ein ganz pfiffiges Gesicht. Seine rote Knollennase kam ins Glänzen und sein Mund verzog sich zu einem Lächeln, als wüsste er bereits einen Ausweg.

»Komm einmal raus, Lisa. Jetzt muss ich dich unter vier Augen was fragen.« Als sie dann draußen standen auf der Gred, sagte der Harlander: »Der Luiser hat doch noch einen Buben?«

»Ja, den Martin.« Lisa schaute zum Pflanzgarten hinüber, in dem die Astern so üppig blühten. Der Wind bewegte die weißen, gelben und dunkelroten Blüten leise hin und her. »Es sind Zwillingsbrüder. Bloß hat der Martin auf der Wange eine Narbe.«

»Dann ist ja der Unterschied nicht gar so groß.«

In diesem Augenblick erkannte Lisa, dass der Unterschied doch recht groß war. Nicht äußerlich, aber sonst war der Martin von anderer Art. Es kam ihr auch zum Bewusstsein, dass sie den Rasso doch recht gern gehabt hatte, und sie begann plötzlich zu weinen.

»Nicht trenzen jetzt, Lisa. Es wird schon alles recht werden. Verlass dich nur auf deinen Vater, der findet schon einen Weg. Morgen schaut vielleicht schon alles anders aus, denn die Mutter hat Recht, ich muss zum Luiser und seine Meinung hören.«

Leise trat der Luiser in die Kammer, in der seine Frau im Bett fast aufrecht in den Kissen saß. Er kam gerade vom Acker, wo sie Roggen gesät hatten. Auf dem Fensterbrett standen ein paar Medizingläser neben einer Schachtel mit starken Herztabletten.

»Was hat er denn gesagt, der Doktor? Ich hab ihn grad noch wegfahren sehen und nicht mehr erwischt.«

Ein müdes Lächeln aus den Kissen heraus.

»Heut hat er mir ehrlich gesagt, dass man sich eine Weile auflehnen kann gegen das Sterben, dass es einem aber nicht von jemand anderem abgenommen werden kann.«

»Der ist schon gut! So was sagt man doch einer Schwerkranken nicht.«

»Ich habe ihn um die Wahrheit gebeten, Matthias, und wenn er gelogen hätte, ich hätte es doch gefühlt.«

»Sterben?«, fragte er hilflos und kniff die Lippen zusammen. »Und an allem ist der Rasso schuld!«

»Das darfst nicht sagen, Matthias. Wann der Mensch zu sterben hat, bestimmt der Herrgott. Rasso freilich, das bedrückt mich schwer. Ich müsste in seine Augen sehen können, dann wüsst ich gleich, ob er schuldig geworden ist oder nicht.«

»Du sollst nicht so viel reden! Brauchst du was?«

»Ja, gib mir von den Tropfen dort. Und dann, Matthias, lass mich allein. Vielleicht kann ich schlafen.«

Um einiges später kam, von Eva bestellt, der Pfarrer,

ein noch jüngerer Mann, der die Pfarrei noch nicht lange leitete. Er hatte sich aber gut eingeführt und gab sich alle Mühe das Vertrauen der Bevölkerung zu gewinnen. Er nahm auf dem Stuhl vor ihrem Bett Platz und fragte:

»Fällt es Ihnen schwer zu sprechen, Luiserin? Dann will ich Sie gerne befragen.«

»Es geht schon. Auf meinem Leben lastet nichts als ein paar kleine Unterlassungen.«

»Ja, ich hörte schon, Sie haben ein gutes, ein ganz vortreffliches Leben geführt. Was bedrückt Sie denn besonders?«

Die Luiserin drehte sich mühsam ein wenig zur Seite, dass sie das Gesicht neben sich besser sehen konnte.

»Hochwürden wissen doch – dass – mein Rasso …«

»Ja, ich weiß, liebe Frau. Aber damit dürfen Sie sich jetzt nicht belasten. Ich bin überzeugt, dass Sie alles getan haben, Ihre Buben zu guten Menschen zu erziehen.«

»Ja, gewiss, Hochwürden. Da hab ich mir nichts vorzuwerfen. Aber es ist halt doch hart für eine Mutter – wenn der Bub eingesperrt ist wegen einer Sache …«

»… die gerichtlich noch nicht geklärt ist.«

»Schon, aber wenn es halt doch wahr wäre und er dann wieder herauskäme, Hochwürden – alle täten mit dem Finger auf ihn zeigen. Und wenn er auch immer ein bissel leichtsinnig war, der Rasso, er hat ein gutes Herz und eine weiche Seele. Und darum hätte ich eine Bitte, Hochwürden, eine ganz, ganz herzliche Bitte.«

»Aber gerne, Luiserin. Was soll es denn sein?«

»Dass Sie ihm beistehen möchten, Hochwürden. Er braucht einen Schild, den man schützend vor ihn hält. Einen Menschen, der ihm Trost gibt und ihn nicht verdammt.«

»Das ist sogar meine Aufgabe, liebe Frau, und es soll

Sie dies in gar keiner Weise bedrücken. Was in meiner Macht liegt – und das ist nicht gar so wenig –, werde ich tun.«

»Vergelt's Gott, Hochwürden. Und jetzt, Sünden hab ich nicht viel. Höchstens dass ich vielleicht einmal einem Bettler zu wenig in die Schüssel getan hab. Und jetzt geben Sie mir bittschön den Segen und die Ölung.«

Hernach lag sie dann ganz friedsam da mit einem heiteren Gesicht und hob nur einmal horchend den Kopf, als sie die Schritte harter Stiefel über den Hof kommen hörte. Mühsam griff sie nach dem Stock neben dem Bett und stieß damit gegen den Boden. Unterhalb lag die Küche und Eva erschien sofort:

»Es ist nichts, Eva. Bloß – wer ist denn da gerade gekommen.

»Der Harlander mit seinen zwei Buben.«

Auf der Stirn der Kranken standen Schweißtropfen. Eva nahm ein Tuch und wischte sie fort. Und draußen ächzte der Herbstwind um die Kanten des Hofes.

»Sie sollen nicht schreien, sagst. Bloß nicht schreien!«

Drunten waren die drei Harlander bereits in die Stube getreten. Der Luiser stand hoch aufgerichtet vor dem Tisch und musterte die Gesichter mit entschlossener Miene.

Dann fragte er:

»Was gibt es? Ich habe euch erwartet, wenn auch nicht gleich alle drei. Ich denke, Harlander, was es auszusprechen gibt, das kann unter uns zwei ausgeredet werden. Die Lisa wäre dabei vielleicht wichtiger gewesen.«

»Die Lisa hockt daheim und trenzt«, sagte Stefan.

»Was ich ihr gar nicht übel nehmen kann.« Der Luiser fuhr sich mit der Hand über die Stirn und seufzte. »Sein tut's schon was auf der Welt. Muss uns so was passiern! Wer hätt denn das denkt! Aber setzt euch doch. Wir müssen das alles doch nicht im Stehen ausmachen.«

Die Tür öffnete sich, und Eva streckte den Kopf herein.

»Ihr sollt nicht schreien, hat die Bäuerin gesagt.«

»Ja, ja, ist schon gut«, sagte der Luiser matt und fügte hinzu: »Sie ist gar nicht gut beisammen. Vorhin war der Pfarrer da. Ich glaub, ich werd ein Narr, wenn sie mir wegstirbt, weil dann bloß der Rasso die Schuld daran hat.«

»Wollen wir's nicht hoffen«, tröstete der Harlander. »Und ich glaub auch, dass wir alles in Ruhe bereden können und nicht schreien brauchen.«

Sie saßen nun alle um den großen Tisch. Draußen jagte ein kurzer Regenschauer vorüber. Der Martin fuhr gerade mit dem Odelbanzen in den Hof, kurvte ihn genau neben die Odelgrube und füllte wieder auf.

»Ja, was gibt es eigentlich zu bereden?«, fragte dann der Luiser und krampfte die Finger auseinander.

»Ja, das ist nämlich so, Matthias.« Der Harlander schnäuzte sich zuerst noch gewaltig. »Die Hochzeit zwischen deinem Rasso und meiner Lisa war ja bereits festgelegt. In der ganzen Gegend heißt es, dass meine Lisa Luiserin wird.«

»Und ich hab mir eigens schon einen schwarzen Anzug gekauft«, warf der Ferdinand ein.

»Schwarze Anzüge kann man allweil brauchen«, meinte der Luiser. »So einen tragt man auch bei einer Beerdigung.«

»Die Hochzeit soll ja nicht beerdigt werden, denk ich. Im Übrigen kann man es der Lisa nicht übel nehmen, wenn sie den Rasso nicht mehr mag.«

»Aber das Geld haben wir schon ausgegeben, für Möbel, Wäsche und so weiter. Mindestens vierzigtausend Mark«, rechnete der Stefan vor.

»Neununddreißigtausend«, sagte der Harlander. »Aber darum geht es ja gar nicht.«

»Sondern?«

»Ums Prestige! Luiserin hätt sie werden sollen, meine Lisa.«

»Und die Mutter meint, da könnten wir einen Regress verlangen.«

»Halt's Maul!«, fuhr der Harlander seinen Jüngsten an.

»Ach, da hinaus geht es«, sagte der Luiser still und fuhr sich mit der Hand über die Augen. »Das ist aber nicht besonders nobel.«

»Geschäft ist Geschäft«, lächelte Ferdinand schmallippig.

»Für ein Geschäft schaut ihr das Ganze an? Und darum seid ihr gleich zu dritt gekommen? Was sind denn das eigentlich für Sitten?«

»Reg dich nicht auf, Matthias! Wir sind doch alte Freunde. Und geredet muss über die Sache doch werden. Einen Ausweg müssen wir suchen.«

»Ich wüsst im Augenblick keinen.«

Es wurde ganz still in der Stube. Durch das kleine Fenster von der Küche her kam der Duft von kochendem Sauerkraut. Mitunter hörte man einen Topfdeckel scheppern.

Der Harlander schnäuzte sich wieder, schaute zur Decke hinauf, über die langsam eine Fliege hinkroch, und meinte dann:

»Ich wüsst schon einen Ausweg.«

»So? Und der wäre?«

»Wie die Lisa es gehört hat, was der Rasso geliefert hat, da hat sie als Erstes gleich geschrien: Und ich Rindvieh muss mich ausgerechnet in den Rasso verlieben, wo mich doch der Martin auf Händen getragen hätte!«

Die Fliege hatte sich jetzt von der Decke abgehoben und schwirrte um die Lampe herum. So still war es geworden, dass man sogar das leise Summen hörte.

Der Luiser sah einen nach dem anderen an, ganz langsam, als verstünde er nicht, was da Ungeheures in die Runde geworfen worden war. Und hatte doch alles in Sekundenschnelle begriffen. Hier ging es gar nicht mehr um Liebe oder Treue, sondern einzig allein darum, dass ein Mädchen sich in den Kopf gesetzt hatte unter allen Umständen Luiserhoferin zu werden, selbst wenn dies nur auf einem Umweg geschehen konnte.

Ächzend erhob er sich, ging ein paar Mal in der Stube auf und ab, schob das kleine Küchenfenster ganz zu und schaute die drei wieder an.

»Das käm erst drauf an, was der Martin dazu sagen tät.«

»Die Lisa sagt, dass der Martin sie narrisch gern hätte.«

»Das ist mir neu. Jetzt brauchst bloß mehr sagen, sie ihn auch. Dann kann ich mir an den Fingern abzählen, dass es ihr nur um den Hof geht und um sonst gar nichts.«

»Das glaub ich wieder nicht.«

Der Luiser stand am Fenster, sah zu, wie der Martin mit dem Odelbanzen wieder hinausfuhr. Zu regnen hatte es aufgehört, aber am Gewölk im Westen war abzusehen, wann der nächste Guss kommen würde.

Ohne sich umzuwenden sagte dann der Luiser:

»Ich werde mit dem Martin reden.«

»Ja, red mit ihm. Oder meinst du, dass die Lisa keine tüchtige Bäuerin wär?«

»Das ist das Einzige, was ich dir an unserer ganzen Rederei jetzt ganz ehrlich zugeben muss. Ich wüsste mir keine bessere.«

»Na ja, dann kann ja noch alles recht werden.« Der

Harlander sah seine Buben an. »Dann können wir wieder heimgehen.«

»Ich hab euch gar nichts angeboten«, erinnerte sich der Luiser. »Mir steht der Kopf so voll, dass ich manchmal gar nimmer klar denken kann. Alles hätt er mir antun dürfen, der Rasso, bloß das nicht.«

»Ja mei – das gibt's öfter, dass in einer Familie ein schwarzes Schaf ist.«

»Wenn mehrere Kinder sind. Aber ich hab bloß die zwei.«

»Und das sind Zwillinge. Darum wird unserer Lisa die Wahl auch nicht schwer fallen. So, Buam, gehen wir wieder! Oder soll ich der Bäuerin noch eine Aufwartung machen?«

»Lieber nicht. Die Elisabeth ist wirklich schlecht dran und man muss ihr jede Aufregung ersparen.«

»Du wirst doch nicht sagen, dass mein Anblick sie aufregt?«

»Das nicht, aber vielleicht das, was du sagst.«

»Na also gut. Dann sag wenigstens einen schönen Gruß und wir lassen gute Besserung wünschen.«

»Werd es ausrichten, ja.«

Der Luiser begleitete die drei hinaus. Dann stieg er die Stiege hinauf und trat in die Krankenkammer.

Die Luiserin sah ihm mit bangen Augen entgegen. Er aber hob sofort die Hand und lächelte. Nur seine Augen lächelten nicht mit. Dann setzte er sich und nahm ihre Hand.

»Wie geht's dir, Elisabeth?«

»Es geht schon. Was hat denn der Harlander wollen? Hat er dir recht zugesetzt?«

»Überhaupt nicht.« Der Luiser lächelte wieder. »Weißt, was er gesagt hat? Das war mir auch ganz neu. Der Martin wär auch ganz vernarrt in die Lisa, und sie tät ihn wahrscheinlich auch heiraten.«

Eine Weile war es ganz still. Nachdenklich bewegte die Kranke die Brauen.

»Gar so dumm scheint mir die Lösung nicht, Matthias. Verübeln darf man es ihr nicht, wenn sie den Rasso nicht mehr mag.«

»Jetzt fang bloß nicht mit dem Rasso an! Du darfst dich nicht aufregen und wir müssen abwarten.«

»Hängen bleiben tut immer was an ihm. So was kannst du nicht aus der Welt schaffen. Und du kennst ja die Leut.« Vielleicht hatte sie noch etwas sagen wollen, aber der Atem wurde ihr wieder eng und sie bewegte nur undeutlich den Finger, als wolle sie ihm winken näher zu kommen. »Mein Mann«, flüsterte sie. Und nochmals: »Mein lieber, guter Mann …«

Es riss ihn in die Knie vor ihr nieder. Den Kopf barg er neben ihrem Gesicht ins Kissen. Er spürte ihre Hand, wie sie sich leise auf sein Haar legte, und er schämte sich nicht der Tränen, die er weinte.

Als er sich nach einiger Zeit aufrichtete, fiel ihre Hand wie Blei herunter.

»Elisabeth«, flüsterte er und wischte sich über die Augen. Aber die Luiserin antwortete nicht mehr.

Da stieß der Luiser einen Schrei aus, dass es durch das Fenster hallte bis hinunter auf den Hof. Den gewaltigen Schrei seiner Not und seines Leides und auch der Wut auf den einen, dem man dieses Sterben wohl zurechnen durfte.

Drei Tage darauf begrub man sie unter großer Beteiligung. Die Harlander standen auch am Grab, die Lisa zwischen dem Luiser und dem Martin. Es gab kein Leichenmahl, man ging auf den Hof zurück. Lisa hatte ihren Arm unter den Arm des Luisers geschoben, aber es war nicht recht zu ersehen, wer dieser Stütze dringender bedurfte.

Der Herbsttag hing voller Nebel. Vom See herauf

hörte man ein paar Raben krächzen, und als die Sonne einmal für ein paar Minuten durchkam, sah man die Berge ganz nah, fast dunkelblau, und auf den Gipfeln lag seit der vergangenen Nacht der erste Schnee.

Die Hochzeit zwischen Rasso und Lisa fand nicht, wie geplant, am zwölften Oktober statt. Dagegen traten am zweiten November in nebeliger Frühe und ohne jeden Pomp der Luiser Martin und Lisa Harlander vor den Traualtar.

Lisa hatte ihr Ziel erreicht. Um neun Uhr früh wurden sie getraut und hernach fuhren sie sofort auf den Luiserhof zurück. Als sie aus dem Mercedes ausstiegen, sagte der Harlander in satter Zufriedenheit:

»So, das hätten wir jetzt hinter uns!«

Lisa zog sich sofort um und wollte von der ersten Stunde an gleich Bäuerin sein – in erster Linie Bäuerin, nicht liebende Frau. Das konnte später vielleicht nachkommen. Immerhin war Martin ein Zwillingsbruder Rassos und sie sahen sich gleich. Die Narbe auf seiner Wange wirkte nicht störend.

Martin saß steil aufgerichtet im Herrgottswinkel am weiß gedeckten Frühstückstisch und ließ kaum ein Auge von seiner schönen Frau, die eine strenge Falte zwischen den Brauen hatte. Ihr Gesicht lockerte sich nur einmal kurz auf, als sie der Eva Lob spendete.

»Der Kuchen ist ausgezeichnet, Eva. Auch der Kaffee. Und jetzt bist du erlöst von der Küchenarbeit. Es war in letzter Zeit doch viel für dich allein.«

»Ja, das muss man sagen«, pflichtete der Luiser bei. »Ohne die Eva wären wir ganz schön aufgesessen. Das werde ich dir nie vergessen, Dirndl.«

Eva saß da, stumm und ein wenig traurig. Sie konnte sich einfach nicht helfen und war vielleicht die Einzige, die in dieser Stunde voller Wehmut an Rasso dachte.

Und sie begriff nicht, dass eine Frau in der Wahl ihrer Männer so plötzlich einen Wandel vollziehen konnte, auch wenn die Männer Zwillinge waren. Sie konnte sich von dem Verdacht nicht befreien, den sie immer schon gehegt hatte, dass es Lisa von Anfang an nur um den Hof gegangen war.

Armer Rasso, dachte sie. Man tat, als wäre er tot. Sein Name durfte wie nach einem stillschweigenden Übereinkommen im Haus nicht genannt werden. Eva tat er entsetzlich Leid. Auch wenn Rasso gefehlt haben sollte, in ihrem Herzen stand sein Bild unverrückbar fest, auch wenn man ihn jetzt mit Schmutz bewarf und Schuld auf ihn lud. Sogar für den frühen Tod der Mutter schob man ihm die Schuld in die Schuhe. Die grauen Haare des Luisers rechnete man ihm auch an und die versteinerte Art, die der Bauer seither zur Schau trug.

Am Nachmittag zog Lisa die sündhaft teure Brauttracht noch mal an und sie fuhren nach Rosenheim. Sie ließen sich fotografieren, damit wenigstens die späteren Generationen noch sehen würden, welch eine schöne Braut Lisa gewesen war.

Der Luiser ging unterdessen zum Rechtsanwalt und bezahlte einen Vorschuss.

»Es ist zwar für die Katz«, sagte er, »denn raushauen werden Sie ihn auch nicht mehr können!«

Ja, es stand schlecht um Rasso. Eine Kriminalbeamtin hatte Melanie vernommen. Diese Kriminalbeamtin und Jugendpsychologin war zufällig eine Studienfreundin von Frau Heike Elsner und sie setzte sich daher mit noch betonterem Eifer hinter die Sache. Dies hatte Melanie immer noch tiefer in die Sackgasse hineingetrieben, sodass sie gar nicht mehr zurückkonnte. Wie hätte sie denn dagestanden, wenn sie plötzlich gesagt hätte: Das, was ich da niedergeschrieben habe, sind lauter Hirngespinste, sind bloß Wunschträume gewesen.

Sie war nur einmal kurz schwankend geworden, als die Psychologin ihr vor Augen hielt: »Aber wenn es doch nicht wahr ist, Melanie, würde der Mann unschuldig bestraft.«

»Natürlich ist es wahr«, hatte Melanie gereizt geantwortet. Und hernach dann: »Wie viel wird er bekommen?«

»Ein Jahr, zwei Jahre.«

»Muss ich einen Eid leisten?«

»Nein, Jugendliche brauchen nicht zu schwören. Sie müssen aber trotzdem die Wahrheit sagen.«

»Ich sage doch die Wahrheit und –« Melanie stockte plötzlich. »Muss ich denn zur Verhandlung?«

»Darum wirst du nicht herumkommen, Melanie. Und du brauchst auch gar keine Angst zu haben, weil ich bei dir sein werde.«

Dies aber war Rassos letzte Hoffnung. Sie kann doch nicht so unverschämt lügen, wenn sie mir gegenübersteht, dachte er und das sagte auch sein Verteidiger.

»Meistens fallen sie dann um«, meinte der Rechtsanwalt, »obwohl man in diesem Alter recht vorsichtig sein muss. In den Pubertätsjahren ist oft eine geradezu krankhafte Neigung vorhanden die Dinge zu übertreiben, ein triebhaftes Geltungsbewusstsein, das keine Rücksichtnahme kennt.«

So kam dann der von Rasso sehnlichst erwartete Tag heran. Als er das Mädchen im Flur in Begleitung ihrer Eltern und der Kriminalbeamtin stehen sah, wollte er sofort auf sie zustürzen. Aber man hielt ihn zurück. Kopfschüttelnd betrat er den Verhandlungssaal. Es schien ihm einfach unbegreiflich, dass Melanie hier war und auf ihren Fantastereien bestehen würde, wenn sie ihm gegenüberstand. Oder war sie nur gekommen um die reine Wahrheit zu sagen?

Ein kleiner Hoffnungsstrahl, der die Augen in dem

ziemlich blass gewordenen Gesicht flüchtig aufleuchten ließ.

Als weitere Erleichterung empfand er es, dass sein Rechtsanwalt sofort nach der Anklageverlesung den Ausschluss der Öffentlichkeit beantragte. Von den Harlanders und vom Luiserhof war sowieso niemand da.

Es konnte eigentlich nicht gesagt werden, dass das Gericht von vornherein gegen ihn eingenommen gewesen wäre. Der Vorsitzende begann sogar ziemlich väterlich, indem er fragte:

»Ich nehme an, dass Sie Ihre verstorbene Mutter gern gehabt haben.«

Rasso schluckte ein paar Mal, dann hob er die Augen.

»Was hat das mit meiner Mutter zu tun?«

»Bei ihrem Andenken möchte ich Sie fragen, ob das nun stimmt, was in diesem Tagebuch eingetragen ist.«

»Das ist alles eine hundsgemeine Lüge«, erklärte Rasso.

Punkt für Punkt wurde dann das Tagebuch verlesen. Rasso schüttelte nur mehr den Kopf und sagte immer wieder, dass es Lüge sei, Hirngespinste.

Die Kriminalbeamtin erklärte sodann, dass sie das Mädchen schon seit ihrer Kindheit kenne und dass es niemals einen Hang zur Lüge gezeigt habe. Es sei geistig und körperlich früh entwickelt und es sei ohne weiteres anzunehmen, dass die Eintragungen stimmten, auch habe Melanie in der persönlichen Einvernahme dazu gestanden.

Dann trat Melanie auf, das arme Kind, das Engelchen. Sie trug ein eng anliegendes, teures Kostüm, hatte das Haar kürzer geschnitten und die Lippen leicht bemalt. Man hätte sie leicht für siebzehn halten können. Das dachten auch Gericht und Rechtsanwalt. Es stand aber fest, dass sie zur Tatzeit noch nicht vierzehn und auch jetzt erst ein paar Monate darüber war.

Nur für ein paar Sekunden schaute sie Rasso an. Sie kannte ihn kaum mehr, so schlecht sah er aus, und was da aus seinen Augen brach, das war brennender Hass.

Der Richter fragte sehr vorsichtig:

»Den Aufzeichnungen nach wäre es also am zweiundzwanzigsten August zu den ersten Intimitäten gekommen. Es steht da etwas von einem Hagelwetter. Birken im Sturm überschreibst du das?«

»Ja«, hauchte Melanie.

»Kannst du dem Gericht dies nicht näher erklären?«

Sofort schaltete sich die Kriminalbeamtin ein: Man möge das arme Kind nicht noch nachträglich in einen seelischen Konflikt bringen und peinliche Fragen dieser Art tunlichst vermeiden.

Melanie sagte zu allem Ja. Sie wich nicht ab von dem, was sie aufgeschrieben hatte, kam sich im Mittelpunkt stehend und interessant vor und sagte auch dort noch Ja, als der Richter sie fragte, ob sie es bewusst geduldet habe, dass der Angeklagte sie berührte.

Sofort sprang dann der Rechtsanwalt auf.

»Also kann zum Mindesten in diesem Fall von Nötigung nicht die Rede sein. Die Zeugin war damit, wie sie selber zugibt, einverstanden!«

Als aber dann Melanie immer wieder und zu allem Ja sagte, riss Rasso endlich die mühsam bewahrte Geduld. Mit rotem Kopf schrie er Melanie an:

»Du Miststück, du verlogenes! Bist nicht du mir überallhin nachgerannt?«

Da hob Melanie die langen Wimpern und schaute den Erregten, der doch so gar keine Ähnlichkeit mehr hatte mit ihrer Traumgestalt, von unten heraus an. Mit klarer Stimme sagte sie dann:

»Zum Mindesten zum Weiher, in aller Herrgottsfrühe, da bist doch du nachgekommen. Und im Heu waren wir doch auch. Wie ich auf der Leiter gestanden bin, bist du nachgekommen.« Dabei wagte sie auch noch ihn anzusehen.

Rasso verschlug es die Sprache. Grimmig schüttelte er den Kopf und stöhnte:

»Da hört sich doch alles auf! Wenn das alles so ausgelegt wird, dann sitz ich freilich in der Tinte. Was der Lausfratz, der verdorbene, sagt, wird geglaubt! Und was ich sag, das ist gelogen! Was soll ich dann überhaupt noch sagen?«

Ja, so stand es. Was sollte er überhaupt noch sagen? Alle Hoffnungen waren auf einmal zertrümmert. Zu allem Überfluss schrie er dann noch in seiner Erregung:

»Aber wenn ich eingesperrt werde wegen nichts und wieder nichts – dann kannst du Gift drauf nehmen, du Teufel, dass ich dich suchen und finden werde. Dann reiß ich dir alle Haar einzeln aus!«

Das Ergebnis war nach drei Stunden Verhandlung, dass Rasso dank des brillanten Plädoyers seines Verteidigers mit neun Monaten Gefängnis unter Anrechnung der Untersuchungshaft wegkam – der Staatsanwalt hatte zwei Jahre beantragt.

Die Ehe auf dem Luiserhof wurde das, was man im Bauernleben als gut bezeichnet. Martin vor allem gab sich alle erdenkliche Mühe. Er wollte dem Vater gerecht werden, der ihn kritisch auf alles hin prüfte, was mit dem Hof zusammenhing. Der Luiser wurde immer geneigter im Frühjahr zu übergeben. Lisa war fügsam und fleißig in jeder Arbeit, die auf sie zukam, blieb aber kühl bis in die Fingerspitzen hinein, wenn Martin um ihre Liebe bettelte. Rasso hatte nie gebettelt, er hatte stürmisch gefordert. Martin aber nahm das, was ihm gewährt wurde, dankbar entgegen.

Und als Lisa ihm um Lichtmess herum gestand, dass sie schwanger ging, da geriet Martin fast aus dem

Häuschen. Er warf die Arme in die Luft, stieß einen gellenden Juchzer aus und riss die Lisa in seine Arme, hob sie hoch und stellte sie behutsam wieder auf die Füße.

»Oh, Lisa«, stöhnte er. »Oh, welch ein Glück!«

Es wurde ein freundlicher Winter dieses Jahr, ziemlich mild und schneereich, mit Tagen dazwischen, an denen die Sonne in einem glasklaren Himmel schien.

Die Winterabende auf dem Luiserhof waren verträumt und still. Eva saß mit geneigtem Köpfl da und las ein Romanheft, Lisa stickte an einer Tischdecke. Kinderjäckchen zu stricken lohnte sich nicht mehr. Man bekam sie im Laden schöner und billiger zu kaufen. Der Martin saß auf der Ofenbank, rauchte ein Zigarillo und seine Augen hingen liebevoll an seiner jungen Bäuerin. Sein Glück schien sich erfüllt zu haben, und wenn er sich vorstellte, wie der kleine Sohn über den Hof lief, dann glühte die Narbe an seiner Wange rötlich auf.

Wenn es dann auf acht Uhr ging, hörte man draußen jemanden die Stiefel abstampfen. Dann kam der Luiser heim, der seit dem Tod seiner Frau jeden Abend um sechs Uhr zum Kuglerwirt ging, weil er das Gefühl hatte, er müsse unter die Leute gehen und sich nicht in Scham verkriechen, weil sein Sohn Rasso dort saß, wo anständige Menschen nicht zu sitzen hatten.

War er denn überhaupt noch sein Sohn? Hatte er ihn nicht längst aus seinem Herzen verstoßen? Der Luiser wusste es nicht genau, stand fast allabendlich, bevor er heimging, noch ein Weilchen am Grab seiner Frau, als wolle er sie fragen, wie er es nun mit diesem Sohn halten sollte, wenn er entlassen wurde. Und vielleicht war es wirklich so, dass er die Stimme der Elisabeth aus dem Grab heraus zu vernehmen meinte, die ihm sagte: »Verstoßen darfst du ihn nicht. Er ist doch auch mein Bub.«

»Ja, aber ich kann ihn doch nicht im Haus haben?«,

fragte er auf das Grab hin. Und wieder meinte er die Antwort zu vernehmen:

»Nein, im Haus, das ist nicht gut. Er und die Lisa sind sich doch einmal nah gewesen. Und nun ist sie seines Bruders Frau. Gib ihm das Schattenhäusl, stell ihm ein paar Kühe in den Stall. Dort soll er zeigen, dass er der Kerl ist, für den ihn nicht nur wir, sondern alle gehalten haben.«

Kam er dann heim, sprang die Eva auf und stellte ihm die Filzpantoffel hin und die Lisa fragte ihn:

»Hast du schon gegessen, Vater?«

Meistens hatte er schon. Wenn nicht, richtete die Lisa ihm schnell ein leichtes Abendessen her. Seit sie auf dem Hof war, gab es immer etwas in der Kühltruhe oder im Kühlschrank. Überhaupt war ihr als Bäuerin nichts nachzusagen. Sie passte sich allem an, tat dem Alten nicht auffällig schön, bewies ihm aber Achtung und Respekt. Sie schaute auf sein leibliches Wohl und plauderte auch gern mit ihm. Sie war es auch, die ihm einredete, dass er am wenigsten den Kopf zu senken habe. Sie sagte ihm das ohne den Namen Rasso zu erwähnen.

Nein, über Rasso sprachen sie nie. Aber der Gedanke, ihn im Schattenloch anzusiedeln, nahm immer mehr Form an und schließlich, an einem Sonntagnachmittag, als sie beim Kaffee saßen, sprach der Luiser diesen Gedanken auch aus. Er schaute dabei niemanden an, sprach es mehr vor sich hin, und darum sah er nicht, dass Lisa wie befreit aufatmete und Martin einen hellen Schein in die Augen bekam.

Ohne dass jemals davon ein Wort gesprochen worden wäre, hing der Gedanke an Rassos Heimkehr wie ein Damoklesschwert über den beiden. Martin fühlte sich noch mehr schuldig als Lisa, obwohl auch ihr nicht wohl war, wenn sie daran dachte, was Rasso wohl sagen würde, dass sie so schnell zu Martin gefunden hatte.

Langsam schob sie die Hand über den Tisch hinüber, bis sie die Hand des Luisers erreichte und seine Finger umschloss.

»Vater, du bist doch der Klügste von uns allen!«

»Das ist die eine Lösung«, antwortete der Luiser. »Die zweite ist die, dass er nach Tirol hinübergehen kann. Dort hat eine Base ein kleines Gütl in der Nähe von Kirchberg. Sie muss sich mühsam allein abplagen. Ich werde ihm die Wahl lassen.«

»Das Letztere wär gleich noch besser«, meinte der Martin und sah nicht, dass sich des Vaters Stirn umwölkte.

»Ja, das glaube ich dir gern, Martin, dass dir diese Lösung schmackhafter wäre. Es sind immerhin achtzehn Tagwerk da unten im Schattenloch dabei, die von deinem Erbe dann weggehen. Nein, er soll selber entscheiden und nicht sagen können, dass ich ihn aus der Heimat vertrieben hätte. Im Übrigen hat das alles noch Zeit. Wenn sie ihn nicht wegen guter Führung früher entlassen, kommt er erst im Juli raus.«

Jetzt aber war noch Winter. Der Luiser ging an den sonnigen Nachmittagen zum See hinunter zum Eisstockschießen. Er war eine Respektsperson, sodass niemand es wagte, ihn auf Rasso und dessen angebliche Schuld hin anzusprechen. Er war der Luiser nach wie vor, der den Kopf womöglich noch höher trug und nur an seinem rasch ergrauten Haar zu erkennen gab, dass die Sache ihn ins Mark getroffen hatte. Seit Menschengedenken hatte über das ganze Hügelland hin niemand wegen so einer verabscheuungswürdigen Tat vor Gericht gestanden. Man hatte gewildert, man hatte gerauft, aber man hatte keine Kinder verführt. Darum die Verbannung ins Schattenloch.

Der Frühling kam. Er kam so zart, wie das »Engelchen« einst auf den Luiserhof gekommen war. Allmählich aber setzte er sich durch, wie ein Bursche, der hartnäckig um ein Mädchen wirbt. Die jungen Birken begannen auszuschlagen, auch wenn ihre Rinde vom Hagel angeschlagen worden war. Über dem See hoben sich die zarten Morgennebel, die Wildenten schnatterten wieder und im Wald rief der Kuckuck. Die jungen Saaten holten tief Atem und schossen hoch. Die Sonne glühte still und feierlich über dem See und ein spielerischer Wind jagte die kleinen Wellen. Libellen tanzten über dem Wasser und die Abendglocken klangen rein über die dämmrigen Hügel. Das war der Frühling im Oberland.

Der Abend war kalt, obwohl schon Juni war. Es regnete nämlich schon drei Tage ohne Unterlass. Nirgends eine lichte Stelle, nur graue Wolken von der einen Seite des Himmels bis zur anderen. Es gab keine Berge mehr. Sie waren wie mit einer riesigen grauen Plane verhängt, als wollten sie sich nie mehr sehen lassen.

Aus diesem Regen kam ein Mann von der Bahnstation hergegangen und tappte trostlos durch die vom Regen durchzogene Nacht. Ihn fröstelte, weil ein rauher Wind wehte. Einmal blieb er stehen, wie um Atem zu holen. Fern von einem Hügel her blinkten, wie an einer Schnur aufgehängt, kleine bunte Lichtlein. Das musste der Weinberg sein.

Und weiter zog Rasso durch die regenrauschende Nacht und mit jedem Schritt wurde ihm schwerer ums Herz. Er hätte ruhig schon am Tag heimkommen können, frühestens sogar schon am Mittag. Aber wusste er denn, ob er noch ein Heim hatte? Nach seinen Erfahrungen musste er sogar damit rechnen, dass man die Haustür vor ihm zuschloss, denn niemand hatte sich in der ganzen Zeit um ihn gekümmert. Nur einmal, zum Jahreswechsel, eine kurze Karte von Eva.

»Ich wünsche dir ein recht gutes neues Jahr.« Wenn er Eva nicht genau kennen würde, hätte er annehmen müssen, dass auch dies Hohn gewesen wäre.

Am meisten bangte ihm vor dem Augenblick, wenn er Lisa gegenübertreten würde. Ihr Verhalten war nicht weniger beleidigend, als dass man ihn unschuldig verurteilt hatte.

Wie solche Monate einen Menschen mürb machen können, wie sein Wille dabei zerbricht, wie gleichgültig ihm sein Schicksal wird, das hatte Rasso nun erfahren. Sein Lebenswille war zerbrochen, aus dem einst so strahlenden Burschen war ein verbitterter Mensch geworden.

Die ersten Monate hatte er immer noch geglaubt, sein erster Weg werde dorthin gehen, wo die Melanie zu finden wäre. Wie ein Wolf hatte er sich auf ihre Spur setzen wollen um dann ihr Leben zu zerstören, wie sie seines zerstört hatte. Aber dann hatte sich das alles gelegt, ganz langsam, von Tag zu Tag, war er mehr eingehüllt worden in ein Gefühl grenzenloser Gleichgültigkeit.

Nur jetzt, als er so durch die Nacht ging, überkam ihn wieder sein ganzes Unglück. Der Regen rann an ihm nieder und durchnässte ihn. Immer langsamer ging er, je näher er auf den Hof zukam. Von irgendwoher hörte man ganz dünn eine Kirchenuhr schlagen. Es war inzwischen zehn Uhr nachts geworden. Auf dem Luiserhof werden sie jetzt schlafen gegangen sein. Wenn nicht, so wollte er noch warten, unter dem Vordach der Tenne stehen und warten, auf den Regen hören, wie er in der Dachrinne lärmt, und dann über den Hof plätschert.

Da tauchten auch schon die Umrisse des Hofes auf. Alle Fenster waren dunkel und Rasso hätte ja nun gewusst, wie man hineinkommen könnte, auch wenn die Haustür zugesperrt war. Aber gerade das wollte er nicht. Er hatte es sich so zurechtgelegt, dass er in dieser Nacht nur den Vater sprechen wollte und sonst niemanden.

Nur ein einziges Mal klopfte er kurz an das Fenster zu ebener Erde und schon hörte er drinnen die Bettstatt knarren. Dann tappende Schritte, nicht einmal die Frage, wer draußen sei, dann klirrten die fünffarbigen Scheiben der Haustür, die sich weit öffnete. Rasso sah im Lichtschein der Flurlampe den Vater stehen und erschrak, weil er so grau geworden war.

»Lasst mich hinein?«, fragte Rasso endlich, als sie sich schweigend gemustert hatten.

Der Alte ging voraus und ließ die Tür offen. Im Gehen schlenkerte er die Hosenträger über die Schulter und knöpfte sie ein. Dann hörte man den Lichtschalter der Stubenlampe knipsen.

»Mach die Tür zu, es zieht«, sagte der Luiser, knöpfte sein Hemd am Hals zu und stand da, ein wenig geduckt und mit gesenktem Kopf.

Rasso wusste nicht, was er zuerst sagen sollte. Diese kalte Abweisung ließ ihn noch mehr frösteln als draußen der Regen.

»Ich bin um drei Wochen früher entlassen worden«, sagte er schließlich.

Der Luiser trat vor den Wandkalender, wo im Monat Juli ein Datum dick unterstrichen war.

»Drei Wochen und zwei Tage«, sagte er.

»Weil ich mich gut geführt habe.«

»Wenn du dich früher besser geführt hättest, wärst du dort gar nicht hingekommen.«

Rasso zog nun seine nasse Joppe aus, hängte sie an die Ofenstange und merkte, dass er allmählich sicherer wurde.

»Ich hab mir das Heimkommen anders vorgestellt.«

Der Luiser riss den Kopf zurück.

»Hätte ich dir vielleicht um den Hals fallen sollen?«

»Die Mutter hätte es sicher getan.«

»Die hast ja auch du auf dem Gewissen.«

Rasso spürte, wie ihm das Blut ins Gesicht sprang.

»Das ist nicht wahr! Sie muss es doch gefühlt haben, dass ich unschuldig bin!«

»Und warum bist du gesessen?«

»Das war ein Justizirrtum, Vater. Ich bin da in ein Räderwerk geraten, das hat mich ganz einfach zermalmt.«

»So siehst du es.« Der Luiser machte eine wegwerfende Handbewegung. »Lassen wir das.« Er sah den Rasso jetzt zum ersten Mal genauer an und Erbarmen zog durch sein Herz. »Bloß mehr ein Schatten bist du«, sagte er. »Und hätte alles nicht sein müssen, wenn du dein Blut ein bissel gezügelt hättest. Setz dich nieder und – hast du Hunger?«

»Mir ist jetzt nicht nach Essen, Vater. Was mich heimgetrieben hat, war der feste Wille dich zu überzeugen, dass ich wirklich unschuldig gesessen bin.«

Der Luiser presste die Lippen fest zusammen, seine Kiefer malmten, dann hörte man die Zähne knirschen.

»Mag sein, dass nicht alles die Wahrheit war, aber irgendwas muss doch dran gewesen sein. Ganz unschuldig sperrt man keinen ein. Und dieses Bissel hat genügt dich aus der Bahn zu werfen und auch uns alle durcheinander zu wirbeln.« Er setzte sich jetzt auch, wurde immer ruhiger. »Du kannst nicht sagen, dass ich dich im Stich gelassen hätte. Ich hab dem Rechtsanwalt ganz schön geblecht, ich hab mit dem Richter gesprochen und – na ja, es hat nichts geholfen. – Magst du wirklich nichts essen?«

Dieses Drängen zum Essen ließ Rasso ein wenig hoffen, dass im Herzen des Vaters noch nicht alles so vereist war, wie er sich den Anschein gab. Wo man den Hunger stillen wollte, könnte diese Geste auch noch weiter zur Versöhnung reifen und ein warmes Lager für den Rest der Nacht anbieten. Endlich wieder einmal ein weiches Lager, bei offenem Fenster und frischer Luft!

»Ja, mich hungert, Vater«, sagte Rasso und suchte mühsam nach den richtigen Worten, wie er seinen Jammer von der Seele wälzen sollte um verstanden zu werden. »Mich hungert nach deinem Verstehen, Vater.«

»Was soll ich denn verstehen?«

»Dass ich dich nicht belüge, wenn ich dir sage, dass ich sieben Monate, drei Wochen und vier Tage umsonst eingesperrt gewesen bin und dass man mich nicht so im Haus aufnehmen soll, als wäre ich ein räudiger Hund.« Nun war er endlich ins Reden gekommen. Das Ventil hatte sich geöffnet und es konnte herausströmen. »Oder ist es vielleicht gar nicht mehr dein Haus? Hast du den Hof schon aus den Händen gegeben? Verdammt pressiert hat es ja den beiden! Ich werde die Lisa einmal fragen, um was es ihr eigentlich gegangen ist. Um mich oder um den Hof. Freilich – was frag ich denn da nach. Die Tatsachen geben mir ja die Antwort.«

Der Luiser fuhr sich durch das Haar.

»Lass die Lisa aus dem Spiel und erschreck sie nicht, sie ist hoch im Zustand und wir sind froh, dass sie hergekommen ist. Sie ist eine gute Bäuerin, arbeitsam, umsichtig, sparsam und …«

»Wandlungsfähig«, unterbrach Rasso mit beißendem Spott. »Die Lisa hat es ja ungeheuer eilig gehabt, sich da reinzusetzen, kaum dass ich draußen war. Und zu mir hat sie einmal gesagt, dass sie mich gern hätte. Dafür hat sie meinen Bruder geheiratet.«

»Hätte sie was anderes glauben sollen, als alle geglaubt haben?«

»Jawohl! Gerade sie hätte an mich glauben müssen.

Aber ich kann es mir schon vorstellen, wie alle aufgemuckt haben, alle Harlander. Ich mag gar nicht fragen, wie das alles zugegangen ist. Wissen möchte ich, wie sie sich das vorgestellt hat? Sie hat doch wissen müssen, dass ich eines Tages zurückkomm. Und meinem Herrn Bruder werd ich auch einen Marsch blasen, den er so schnell nicht vergisst.«

»Du wirst gar nichts blasen!«, schrie nun der Alte in gleicher Erregung. »Willst du Staub aufwirbeln, wo endlich alles wieder langsam zur Ruh gekommen ist?«

»Ja, bei euch! Aber nach mir fragt niemand!«

Der Luiser stand nun auf, zog die Hose mit beiden Händen am Leib hoch und sagte bestimmt:

»Du musst schon selber schauen jetzt, wie du durchs Leben kommst. Die Brücke will ich dir bauen, dann musst selber drübergehen.«

»So? Wohin denn, wenn ich fragen darf? Ich versteh es nämlich schön langsam jetzt so, dass ich da herinnen nichts mehr zu suchen hab.«

»Glaubst du, dass Frieden wär, wenn du im Haus bist?«

Rasso ließ den Kopf sinken und sah ein, dass der Vater nicht ganz Unrecht hatte. Er konnte sich nämlich selber nicht vorstellen, wie es werden würde, wenn er so neben Lisa und dem Bruder herleben sollte, um das betrogen, was er jetzt im Besitz haben könnte. Gebeugt und wieder im alten Elend saß er da, nicht mehr fähig aufzubrausen, sich zu wehren. Und so, wie er dasaß, ging nun des Vaters Vorschlag über ihn hin. Gleichmäßig in der Stimme, die sich nur manchmal etwas hob, wenn ein Widerspruch zu erwarten gewesen wäre, sprach der Luiser im Auf- und Abgehen all das aus, was längst beschlossen worden war. Er rückte dabei Hell und Dunkel gegeneinander, ließ es einmal freundlich aufleuchten und dann wieder Schatten wehen. Das dauerte fast eine halbe Stunde. Und als er fertig war, hob Rasso den Kopf. Es war nicht mehr ganz so düster in seinen Augen.

»Ich sehe, Vater, ihr habt da schon lange sorgfältig geplant und der Rasso hat sich damit abzufinden. Und er wird sich damit abfinden, darauf kannst du dich verlassen!«

»Du hast die Wahl. Ins Schattenloch oder nach Tirol. Fuß fassen kannst du überall, wenn dir der Wille dazu reicht.«

»Ins Schattenloch«, sagte Rasso schnell, so schnell, als hätte er Angst, selbst dieser Weg würde ihm noch versperrt. »Auch das Schattenloch kann Heimat sein. Tirol wär mir Fremde. Und einer, der aus dem Schatten kommt, der braucht keine Sonne.«

»Nimm es nicht tragischer, als es ist.«

»Nein, ich bin dir sogar dankbar. Nur müsste ich wissen: Wird mir das notariell als mein Erbteil vermacht oder soll ich da drunten nur Knecht machen und mein Herr Bruder schiebt es dann ein, wenn der Boden trockengelegt ist und was einträgt?«

Mit gutem Gewissen konnte der Luiser antworten: »Das machen wir selbstverständlich notariell.«

»Hast du dem Martin den Hof schon überschreiben lassen?«

»Dann könnte ich das Schattenloch kaum mehr herausnehmen.«

»Dann ist es gut. Und weil es schon so endgültig beschlossen ist und ich keinem begegnen möchte, weder dem Martin noch der anderen – geh ich gleich jetzt noch in meine Verbannung.«

»Das müsst nicht sein. Wir könnten morgen alles noch mal in Ruhe besprechen, alle miteinander.«

Heftig schüttelte Rasso den Kopf.

»Wenn es schon sein muss, dann lieber gleich. Die

Lisa wird froh sein, wenn sie mich nicht anschauen braucht und mir nicht Red und Antwort stehen muss, denn es könnt sein, dass ich sie doch allerhand fragen tät. Dann wär der Friede dahin, um den ihr doch so bangt. Gib mir die Schlüssel, Vater, zum Häusl im Schattenloch.«

»Wenn du unbedingt meinst«, sagte der Luiser und ging in die Kammer hinaus. In den weichen Filzpantoffeln hörte man seine Schritte nicht. Nur eine Schranktür hörte man einmal leise knarzen.

Rasso sah sich in der Stube um und spürte auf einmal mächtig die Rührung, die ihn überkommen wollte. Das Altvertraute grüßte ihn aus jedem Winkel und er meinte die Mutter in der Ofenecke sitzen zu sehen, schlank und aufrecht, noch keinen grauen Faden im Haar. Und er sah sich selber wieder, wie er auf dem Boden herumrutschte und mit der Modelleisenbahn spielte, die unterm Weihnachtsbaum gelegen hatte. Hastig fuhr er sich mit den Fäusten über die Augen.

Da erschien bereits der Vater wieder. Er hatte einen kleinen ledernen Beutel in der Hand, in dem die Schlüssel waren für die Haustür, für das Vorhängeschloss am Stall, für ein paar Schränke.

»Willst du nicht doch lieber noch schlafen hier?«

Rasso schüttelte den Kopf. Es war ihm plötzlich zum Bewusstsein gekommen, dass der Vater ihn noch nicht einmal beim Namen angesprochen hatte. So restlos schien man sein Dasein schon ausgelöscht zu haben.

»Ich will nur noch in meine Kammer hinauf und das Nötigste mitnehmen. Das andere könnt ihr mir gelegentlich bringen.«

Nach kurzer Zeit erschien er schon wieder mit einem voll bepackten Rucksack.

Der Luiser begleitete ihn hinaus. Es hatte zu regnen aufgehört. Aber die Nacht war schwarz und ohne Sterne. Der Wind blies scharf von Westen her. Sie konnten einander kaum sehen, weil auch das Flurlicht nicht eingeschaltet worden war. In der Dunkelheit aber spürte Rasso plötzlich etwas Warmes an seiner Hand und griff zu. Da aber der Luiser nichts sagte, riss Rasso sich zusammen:

»Grüß Gott hast du mir zwar keins gegeben, dafür jetzt ein Behüt Gott. Macht auch nichts.« Ein Würgen kam in seine Stimme. »Jetzt weiß ich, wie ich dran bin und – es werden wohl nicht viel ein so schlechtes Heimkommen haben wie ich. Ihr sollt euren Frieden haben im Haus und ich – ich werde den meinen schon finden. Achtzehn Tagwerk sind dabei im Schattenloch und davon die Hälfte nutzloser Grund und ein Bergbuckel, von dem ich nichts hab, der mir nur das Licht wegnimmt. Aber was braucht so einer wie ich noch viel Licht! Ich muss mir halt selber ein Leben schaffen und schauen, dass von irgendwoher ein bissel Licht hineinkommt. Und ich werde es schaffen, verlass dich drauf! Ich werde mich vor niemand ducken. Sie werden mir zwar alle aus dem Weg gehen, wie ich es jetzt hab erfahren müssen, aber es soll sich keiner unterstehen mir etwas nachzuschreien. Da gäb es ein Unglück. Und wenn dich morgen jemand fragt – ich könnte mir denken, dass man uns gehört hat –, dann musst du wissen, was du sagst, ob dein Sohn da gewesen ist oder einer, den du nicht mehr kennst.«

Da meinte der Luiser, die versöhnende Geste tun zu müssen und packte Rasso fest am Arm.

»Nein, geh nicht so, Rasso. Es soll keine Feindschaft sein zwischen uns. Kehr um und bleib da.«

»Für eine Nacht bloß um dann doch gehen zu müssen? Nein, Vater, lass mich nur. Jetzt hab ich den Augenblick hinter mir, vor dem ich mich immer gefürchtet hab. Vorm Heimkommen. Jetzt weiß ich, wie es geschmeckt hat, und du kannst es ja den anderen zwei morgen sagen: Nicht einmal ein Stückl Brot hat er genommen.«

Rasso streifte ruhig die Hand des Vaters ab und ging in die Dunkelheit hinein. Als er sich einmal umdrehte, sah er, dass droben hinter einem Fenster noch Licht brannte. Das musste die Ehekammer des jungen Paares sein. Ein kurzes, hartes Lachen in der Erinnerung an jenen Sommerabend, an dem er Lisa getroffen hatte. Das war jetzt kaum ein Jahr her und in der Verworrenheit des Geschehens, das man wohl eine Tragödie nennen konnte, war das Mädchen mit den fliederfarbenen Augen nicht seine Frau, sondern seine Schwägerin geworden.

Als Rasso in dem kleinen Beutelchen nach dem Haustürschlüssel suchte, spürte er etwas in seinen Fingern rascheln. Das mussten Geldscheine sein. Dreißig neue Hundertmarkscheine zählte er dann im Schein der verstaubten Glühbirne. Denn richtige Lampen gab es im Schattenloch nicht. Auch das musste schon hergerichtet gewesen sein. So hatte man sich auf sein Heimkommen vorbereitet.

Es begann wieder zu regnen, sehr heftig sogar. Man hörte die Tropfen auf dem Dach hämmern, eine schwere, rauschende Melodie, unter der Rasso schließlich einschlief auf dem alten, ledernen Kanapee in der Stube, in der es nach Moder roch und wo sich die Spinnweben von Balken zu Balken spannten.

Rasso lebte nun wirklich wie ein Verdammter im Schattenloch. Niemand kümmerte sich um ihn und es war ihm recht so. Die Ertrinkenden klammern sich an alles, was sie vor dem Ertrinken bewahren könnte. Die Ausgestoßenen müssen zusehen, wie sie wieder hineingestoßen werden ins Leben. Rasso glaubte, dass für ihn das Heil nur in der Arbeit zu finden sein würde.

Als er am ersten Morgen aufwachte, wunderte er sich zunächst, dass alles so still war. Der Regen hatte aufgehört, das Gewölk hatte sich gelichtet und teilte sich immer mehr. Er hörte von fern her eine Morgenglocke läuten, dann rief ein Vogel aus dem Birkenwald.

Wenn er eine Frau gewesen wäre, wahrscheinlich würde er jetzt gleich zu Putzeimer und Bürste gegriffen haben. So aber nahm er nur einen Besen und kehrte fürs Erste die Spinnweben ab. Dann ging er in den leeren Stall hinüber. Ein Schubkarren stand da und Stroh lag in der Ecke. Von dort aus ging er in den Schupfen. Dort fand er schon mehr. Der alte Eicher-Bulldog stand da, daneben ein alter Pflug, eine Egge, ein Grabscheit, ein Torfmesser, Pickel und Schaufel. Er nahm das Torfmesser und prüfte seine Schneide. Hernach sah er eine Sense. Es war so ziemlich alles da, was einer brauchte, der von vorn beginnen musste und sich zu bewähren hatte.

Auf einmal spürte er einen Riesenhunger und erst jetzt kam ihm seine ganze Hilflosigkeit zum Bewusstsein. Wasser floss zwar aus einer Quelle hinter dem Haus, auch den Haupthahn im Keller brauchte er nur aufzudrehen. Aber Wasser allein gab noch keinen Kaffee. Und zum Kaffee brauchte man auch Zucker und Brot.

Nein, es blieb ihm nichts anderes übrig, er musste sich auf den Weg machen und einkaufen. Er konnte nun gleich die Probe machen, konnte sehen und spüren, was er noch wert war. Am besten war es, wenn er gleich mehr einkaufte, für die ganze Woche gleich, denn der Weg ins Dorf war von hier ziemlich weit.

Er sperrte das Haus nicht ab, man konnte ja nichts stehlen daraus und hineintragen würde ihm wohl auch niemand etwas.

Das Gewölk zerriss jetzt immer mehr und auf einmal

konnte man zwischen abziehenden Wolkenfetzen die Berge schimmern sehen, ganz blau und gewaschen vom dreitägigen Regen.

Das Herz klopfte ihm dann doch, als die Ladenklingel anschlug und er im Laden stand. Die Kramerin ließ sich Zeit, musste erst den Kälbertrank vom Herd wegziehen und kam nun in den Laden.

Sie erkannte ihn nicht und Rasso atmete auf. Er war wie ein Tier auf der Lauer, witternd und ängstlich.

»Was kriegen wir denn?«, fragte die Frau. Rasso hatte alles auf einen Zettel aufgeschrieben. Brot, Mehl, Butter, Wurst, Käse, Reis. Oh, es wurde eine ganze Menge und der Rucksack war zum Schluss prall und voll. Rasso zahlte mit den neuen Hundertmarkscheinen, und als die Frau umständlich herausgab, meinte sie so nebenbei:

»Im ersten Augenblick hab ich gemeint, es wär der Luiser Rasso.«

Rasso gab es einen Stich. »Und warum ist er es nicht?«

»Weil er eingesperrt ist, und der Rasso schaut auch viel besser aus, nicht so mager und grau im Gesicht.«

»Ja, ja«, sagte Rasso und schwang den Rucksack über die Schultern. Einen Augenblick durchzuckte ihn der Gedanke, sich zu erkennen zu geben. Aber dann reizte es ihn, die Meinung der Menschen zu erforschen, und er fragte:

»Wegen was sitzt er denn?«

»Ach, da soll was gewesen sein mit einer Sommerfrischlerin. Soll noch nicht vierzehn gewesen sein. Als wenn man das heutzutage den aufgetakelten Dingern noch ankennen tät! Schaun ja alle schon aus wie zwanzig, auch wenn sie erst vierzehn sind. Da wär's ja kein Wunder, wenn ein gesundes Mannsbild in einer schwachen Stund stolpert.«

»Kennen Sie den Luiser Rasso?«

»Näher nicht. Hab ihn nur ein paar Mal gesehen. Wir sind ja auch noch nicht so lang da.«

»Vor zwei Jahr, glaub ich, habt ihr die Kramerei gekauft«, erinnerte sich Rasso. »Behüt Gott!«

»Auf Wiedersehen. Und beehrn Sie uns wieder.«

Schon unter der Tür, überlegte sich Rasso noch einmal, ob er sich nicht zu erkennen geben sollte. Aber dann würde es wie ein Lauffeuer durchs Dorf gehen und er wollte jetzt nichts als Ruhe. Allein sein wollte er und seinen Frieden haben, die Vergangenheit auslöschen. Dazu gehörte auch, aus jenem Buchenstamm seinen Namen auszulöschen, den er an jenem rotglühenden Abend in die Rinde geschnitten hatte. Es war ein Umweg dorthin, aber er hatte Zeit, viel Zeit sogar. Es wartete niemand auf ihn und keine Dachglocke läutete für ihn zum Mittagessen. Er war jetzt einsam und allein. Ein Robinson im Schattenloch, ein Schrat in Moor und Birkenwald.

Wie schön die Buchstaben in dem einen Jahr schon herausgewachsen waren! Leicht ließ sich das »H. L.« mit dem Messer wegschneiden, und wo schon einmal geschnitten wurde, konnte auch der Rest verschwinden, sodass nichts mehr blieb als eine kahle Stelle.

Rasso hatte seinen Rucksack abgelegt, saß nun auf der Bank, hatte die Arme hinter der Lehne hängen und wollte sich erinnern. Er schaute in den Himmel hinauf, in dem jetzt die Sonne stand, die nur manchmal von einer ziehenden Wolke verdeckt wurde. Dann kroch es wie ein mächtiger Schatten über die Landschaft und über den See. Aber gleich wurde es wieder hell und Rasso wusste, dass es langsam gehen musste, wenn es wieder in eine Schönwetterperiode übergehen sollte. Immerhin, es war nicht mehr so trostlos wie gestern, als er im Regen heimgekehrt und wieder ausgezogen war.

Der liebe Gott wollte ihm nun gleich am ersten Tag eine schöne, erwärmende Landschaft bieten, damit er sich nicht so verlassen vorkomme. Er sah die jungen Birken in der Lichtung, die sich nach dem Hagel vom Vorjahr wieder aufgerichtet hatten und ihre Blätter schimmern ließen. Auch er war gebeugt worden und musste sich nun wieder aufrichten. Und wie er sich aufrichten würde! Sie sollten es schon erleben! Zwar wusste er noch nicht, wie er es beginnen würde, aber es war auf einmal ein unbändiger Wille in ihm neu zu beginnen. Ihm war, als würde er gerufen, von dem kleinen Acker vielleicht, der schon lange nicht mehr gepflügt worden war, vom Torfstich vielleicht oder von der Wiese hinterm Haus, auf der die Dotterblumen blühten. Wahrscheinlich zuerst vom Torfstich, denn er musste für den Winter etwas haben. Wärme und Behaglichkeit!

Ganz zeitlos wurde er auf einmal. Die Sonne wanderte, immer weniger wurden die Wolken, die darunter hinzogen. Ein Wind war erwacht und brachte Heuduft herbei. Die Vögel sangen und ganz fern auch einmal eine Menschenstimme.

Wohl dem, der singen konnte! Er konnte es noch nicht. Vielleicht fand er auch nie mehr zu einem frohen Lied. Es hatte sich alles so sehr verändert. Für ihn war jetzt ein neuer Anfang, ein erster Tag, an dem nichts um ihn war als junge Birken, alte Fichten, von denen das Harz tropfte und manchmal ein Tannenzapfen fiel. Der Wind war da und der feuchte Geruch vom See. Und es war gut, dass diese Dinge um ihn waren und nicht Menschen. Menschen wollten immer nur etwas, aber der Wind wollte nichts und auch nicht die Bäume.

Es mochte um die Mittagszeit sein, als er den Rucksack aufschnürte, Brot und Wurst herausnahm und eine Flasche Bier. Er konnte sich dann nicht erinnern, dass es ihm jemals so gut geschmeckt hätte. Und er ließ sich

Zeit mit allem, auch mit dem Heimkommen. Er nahm den Rucksack wieder auf und wanderte nach Osten, hatte die Sonne im Rücken und wollte ziellos dahinwandern. Als er dann gegen Abend ins Schattenloch zurückkam, sah er, dass jemand da gewesen sein musste. Die Stube war blank gescheuert, eine Decke über den Tisch gebreitet. Vor dem Haus stand sein Motorrad, im Schrank in der Schlafkammer hingen seine Anzüge, in der Kommode lag die Wäsche und auch sonst war alles da, was ihm gehörte.

Man hatte ihn also endgültig umquartiert, nicht nur vorübergehend ins Schattenloch verbannt. In dieser Handreichung lag das Endgültige, das trotzdem versöhnend wirkte. Denn man hatte ihn nicht nackt ins neue Leben gestellt, man hatte ihm eine Brücke gebaut, jemand hatte gesorgt für ihn, auch fürs Leibliche, denn im Küchenschrank lagen ein Brotlaib und zwei Ranken Rauchfleisch. Das konnte vierzehn Tage reichen.

Spät an diesem Abend, es dunkelte schon und die Sterne standen am Himmel, suchte er noch das Grab der Mutter auf. Blaue Schlüsselblumen und gelbe Primeln legte er auf ihr Grab. Und was er seiner toten Mutter da unten zu sagen hatte, das war ganz leise.

Am nächsten Morgen begann er um drei Uhr früh die Wiese hinter dem Haus zu mähen – mit der Sense, wie er es als Kind schon gelernt hatte. Um sechs Uhr ging er zum Torfstich hinunter, warf die braunen Stücke heraus, kastelte sie gegen Mittag auf und als er heimkam, standen zwei Kühe im Stall.

Sie kamen also immer, wenn er nicht da war, und für dieses Zartgefühl dankte er ihnen.

Da lebte er also nun im Schattenloch wirklich wie ein Verdammter. So beurteilten es wenigstens die Leute, die inzwischen von seiner Heimkehr erfahren hatten. Er selber empfand mit jedem Tag eine tiefere Beglückung und empfand es gar nicht als Strafe hier zu leben. Vor allem, es gehörte ihm, seit sie vor ein paar Tagen beim Notar gewesen waren. Er war sein eigener Herr, Martin aber immer noch der bessere Knecht des Vaters.

Auch die Einsamkeit zermürbte ihn nicht. Es waren ja auch die beiden Kühe da. Maria und Laura hatte er sie getauft. Laura war trächtig und gab nicht mehr viel Milch, Maria dagegen gut ihre zwanzig Liter. Er sprach jeden Abend mit ihnen, bevor er sich schlafen legte. Außerdem war das Rauschen der Birken da, eine Rehgeiß zog jeden Abend in der Dämmerung mit ihren zwei Jungen am Haus vorbei und nachts war der Sternenhimmel da. Nein, er war wirklich nicht allein.

Die Milch verbutterte er, fuhr damit zum Markt und brachte von dort sechs junge Hühner mit, die zum Herbst hin bereits legen würden. Ja, er war viel unterwegs mit seinem Motorrad in den ersten Tagen, und wenn er es recht bedachte, hatte er eigentlich noch nie so frei gelebt wie jetzt. Er konnte im nahen See baden, wann es ihm beliebte, früh am Morgen, wenn das Morgenrot zart über den Bergen stand, oder spät am Abend, wenn die Sterne sich schon im See spiegelten. Und er brauchte nicht Angst zu haben, dass ein unverhülltes Menschenkind aus einer Bucht auftauchte um ihn nochmals ins Verderben zu ziehen.

Ja, zuweilen dachte er zurück an den Glanz, in dem er gelebt hatte, bevor er ins Dunkel gestürzt wurde. Dann zitterten seine Fäuste in ohnmächtiger Wut. Aber nur für eine kurze Zeit, dann wurde er wieder ruhig und dachte, dass doch im Leben eines Menschen alles vorgezeichnet war und seine Bestimmung hatte. Es waren schon Menschen aufgrund falscher Zeugenaussagen zum Tode verurteilt worden. Moralisch hatte man ihn auch hingerichtet; immerhin, er lebte und konnte wieder aufsteigen. Wenn er abends auf der Hausbank saß und seine Pfeife rauchte, dann gaukelten die blühendsten Wunschbilder vor seiner Seele herum. Dann bildete er sich ein, zu irgendeiner Zeit werde sich seine Unschuld erweisen und was er dann alles tun würde. In seinen Gedanken formten sich Worte und Sätze, die er dann sagen würde: dem Vater, dem Martin, vor allem aber der Lisa. Er schwelgte geradezu in den Worten voller Spott und Sarkasmus. Denn bei allem, was er auch denken mochte, Lisa konnte er noch nicht aus seinem Leben drängen. Er hatte sie geliebt wie niemals zuvor ein Mädchen. Dass nun Verachtung für sie in seinem Herzen war, das war ihre Schuld.

Übrigens musste während seiner Abwesenheit ein paar Mal jemand hier gewesen sein. Einmal lag ein Stück Rauchfleisch auf der Schwelle, ein andermal eine große Hartwurst. Ob es der Vater war – oder Lisa? Immerhin war es tröstlich zu wissen, dass sich jemand seiner erinnerte. Es war sowieso spärlich genug. Wo blieben all seine Freunde von früher? Die Stögerbuben, der Schmied Hilarius und wie sie alle hießen, mit denen er sonntags gekegelt hatte? Sie blieben fern, sie mieden ihn. Dass Lisa und Martin ihn nicht einmal aufsuchten, bewies nur, dass sie ein schlechtes Gewissen hatten.

So ging es also in den ersten Wochen recht gut, aber je mehr Tage und Wochen mit der Sonne hinter den Bergen verschwanden, desto größer wurde seine Einsamkeit. Er war nicht zum Eremiten geboren und zuweilen sehnte er sich krankhaft nach Gesellschaft.

An einem Sonntagnachmittag lag Rasso hinter dem Haus auf der Sonnenseite im Gras, hatte die Hände hinter dem Kopf verschlungen und schaute zu den weißen Wolken auf, die am Himmel dahinzogen. Vom See herauf hörte man verschwommene Stimmen und einmal ganz von fern her den Gesang einer Wandergruppe.

Sonst war es ganz still. Die beiden Kühe grasten im Apfelgarten. Er hörte ganz deutlich ihr Wiederkäuen. Und auf einmal war ihm, als hätte er irgendwo in der Höhe einen Ast knacken hören.

Sofort sprang er auf und lief nach vorn. Der Berg warf seinen Schatten lang über die Gred und das Haus. Lauschend stand er eine Weile, dann richteten sich seine Augen zur Kuppe des Berges hinauf, zu dem wildwuchernden Gebüsch. Und da war ihm, als hätte er zwischen dem dunklen Grün was Helles schimmern sehen.

Lisa!, war sein erster Gedanke. Mit gesenktem Kopf stand er eine Zeit lang da, wie in tiefe Gedanken versunken. Dann machte er einen Satz, rannte in einem weiten Bogen um den Berg herum um von hinten her bequemer auf die Kuppe gelangen zu können. So kommt sie mir nicht mehr aus, dachte er.

Die Gestalt im Buschwerk war so ins Schauen vertieft, dass sie sein Kommen gar nicht hörte. Erst als er auf einen dürren Ast trat, fuhr sie mit feuerrotem Gesicht herum und starrte ihn mit aufgerissenen Augen an. Sie war so erschrocken, wie Rasso erstaunt war.

»Eva, du? Ja, sag einmal, was tust denn du da?«

Mit schief gehaltenem Kopf blickte sie zu ihm auf.

»Schaun tu ich halt.«

»Aber hier gibt es doch nichts Besonderes zu sehen?«

»Doch, für mich schon.«

Ringsum Stille. Nur ein leises Windrauschen in den hohen Fichtenwipfeln. Rasso hatte sich nach einem dürren Zweig gebückt und zerbröckelte ihn in seinen Händen, aus Verlegenheit wahrscheinlich oder aus Hilflosigkeit, weil er schon verlernt hatte mit Menschen zu sprechen.

»Schick mich nicht fort«, flehte Eva und hielt ihre Augen unverwandt auf ihn gerichtet.

»Was fällt dir denn ein, du Tschapperl!« Rasso streckte ihr beide Hände hin und zog sie vom Boden hoch. Dann standen sie voreinander, verwirrt und unentschlossen zugleich, bis Rasso sagte:

»Gehst mit runter ins Haus?«

»Das wollt ich schon lange.«

»Du warst schon öfter hier?«

»Schon sehr oft.«

Er schüttelte den Kopf, als könne er es nicht verstehen.

»Komm«, sagte er dann. Er sprang ihr voraus, wandte sich aber wieder um. »Hast du mir das Rauchfleisch hingelegt und die Wurst?«

»Warum, hast du an eine andere gedacht?«

»Ja.«

»Vielleicht gar an die Bäuerin?«

»Genau, Eva.«

»Da hast du aber falsch gedacht, Rasso. Ihretwegen könntest du ruhig verhungern und verdursten.«

»Ja, ich weiß. Ich glaube immer das, was ich nicht glauben soll.«

Sie saßen dann auf der Bank vor dem Haus und Rasso erfuhr, dass Lisa einen schwächlichen Knaben geboren hatte, von dem man in den ersten Tagen befürchtet hatte, er käme gar nicht durch. Alles Mögliche erzählte Eva ihm, auch davon, dass es wohl nicht das rechte Glück sei zwischen den zwei Eheleuten auf dem Luiserhof. Die Lisa sei herrschsüchtig und launisch und Martin stehe richtig unter dem Pantoffel.

»Das geschieht ihm ganz recht«, rutschte es Rasso heraus. Im Übrigen stellte er fest, dass ihn das alles auf einmal gar nicht mehr besonders interessierte. Und darüber wunderte er sich, denn bis gestern hatten ihn noch die Vorstellungen von daheim gequält und gepeinigt. Jetzt plötzlich war alles ganz anders. Ihm war, als sei der Schatten des Berges nicht mehr so düster.

Zwar war es bloß die kleine Magd vom Luiserhof, die zu ihm gekommen war, aber er war nicht mehr allein. Immer wieder sah er sie heimlich von der Seite an. Ihr flachsblondes Haar schimmerte, ihr Gesicht war so schmal und braun gebrannt, die Augen so klar und ohne Falsch, der Mund so jung und rot.

»Eva«, sagte er und räusperte sich. Und noch mal: »Eva …«

Sie hatte den Kopf an die Mauer gelehnt und drehte ihn jetzt langsam.

»Was denn, Rasso?«

»Sag einmal ganz offen, Eva, ob es dich nicht geniert, dass ich eingesperrt war.«

Ohne lange zu überlegen fragte sie: »Wie kommst du denn jetzt bloß auf so was?«

»Das wär doch nahe liegend. Andere schämen sich meiner. Auch Lisa hat sich geschämt.«

»Ich bin nicht ›die anderen‹ und ich bin vor allem nicht Lisa.«

»Nein, wahrhaftig nicht! Aber du glaubst doch auch, dass ich zu Recht im Gefängnis gesessen bin.«

»Wer sagt dir denn das?«

Ihre Gegenfragen erschütterten ihn zutiefst und machten ihn zugleich froh.

»Aber das haben doch alle geglaubt, sogar das Gericht.«

»Das weiß ich, aber ich habe es nie geglaubt. Ich habe zwar keinen Beweis gehabt, dass du unschuldig bist, aber mein Verstand und mein – na ja, mein Verstand halt, der hat mir gesagt: So was tut der Rasso nicht.«

Rasso meinte nicht recht zu hören. Aber es war doch die Wirklichkeit: Es saß ein junges Mädchen neben ihm und sagte mit einer Selbstverständlichkeit, die jeden Zweifel ausschloss, sie habe nie an einen Fehltritt seinerseits geglaubt. Dieser Augenblick war für ihn so gewaltig, dass er Eva ungestüm an der Schulter packte und ihr Gesicht zu sich herzwang.

»Eva, ich werde mein Leben lang nicht vergessen, was du mir jetzt gesagt hast.«

»Was hab ich denn schon gesagt?« Scheu strich sie ihm das Haar aus der Stirn, dann blieb ihre Hand an seiner Wange liegen und sie sah ihn treuherzig an. »Ich glaube, Rasso, du machst es verkehrt, wenn du dich so verkriechst und vor den Leuten versteckst. Selbst wenn du schuldig gewesen wärst – du hättest es gebüßt. Du musst ihnen die Stirn bieten.«

»Und wenn mich einer trotzdem dumm anredet, schlag ich zu. Ich kenn mich doch!«

»Ich kenn dich auch. Es müsst halt immer jemand bei dir sein dann, der dich bei der Hand hält. Probier es doch einmal, Rasso, und geh unter die Leut. Am Sonntag zum Beispiel ist beim Kuglerwirt wieder Tanz.«

Er dachte lange nach und nickte dann.

»Vielleicht hast du Recht, Eva. Aber wenn ich hingeh, dann nur mit dir. Du müsstest mich dann bei der Hand nehmen.«

Die Kühe kamen hinter dem Haus hervor und standen mit prallen Eutern vor dem Halbgatter des Stalles. Eva stand auf und wollte sich eine Schürze umbinden. »Ich melke sie schnell«, erbot sie sich. Aber Rasso wehrte energisch ab.

»Darf ich dann wenigstens derweil dableiben?«

»Ob sie dableiben darf, fragt sie! Was weißt denn du, wie wohl es tut, endlich einmal wieder mit einem Menschen reden zu können!«

Kaum war er mit dem Melkeimer im Stall verschwunden, wurde Eva von einer hektischen Eilfertigkeit erfasst. Sie deckte heraußen den Tisch und richtete ein Abendessen her, wie er es seit langem nicht mehr gehabt hatte, weil er einfach zu faul war für sich allein aufzudecken. Ein Stückl Brot, ein Flaschl Bier dazu, genügte ihm mittags und abends völlig. Manchmal auch nur eine Schüssel Milch und Brot darin eingebrockt. Heute aber war alles so nett auf einem Holzteller angerichtet: Das Rauchfleisch in hauchdünnen Scheiben, Brot, Butter und Käse. Dazu ein paar Radieschen vom Garten und Tomaten. Das alles war so ansprechend garniert, als wäre es im »König Otto« oder beim »Gockerlwirt« am Weinberg aufgetragen. Das Bier stand nicht im Flaschl da, sondern war in zwei Gläsern eingeschenkt.

Frisch gewaschen und umgezogen stand Rasso unter der Haustür und es wurde ihm ganz warm ums Herz. Mit staunenden Augen betrachtete er das Mädchen, das ihn jetzt mit bezwingender Herzlichkeit anlachte.

»Darf ich bitten, mein Herr?«

»Du darfst!«, ging er auf ihren Schalk ein. »Wer hätte das gestern um die Zeit gedacht, dass ich heut so vornehm bedient werde. Und vielleicht meine ich morgen schon, dass ich alles bloß geträumt habe.« Er hob sein Glas. »Auf dein Wohl, kleine Eva.«

»Auch auf dein Wohl, großer Rasso!« Sie tranken und hernach sagte sie: »Ich habe mich drinnen ein bisschen umgesehn. Deine schmutzigen Hemden, ein Dutzend werden es wohl sein, habe ich eingeweicht. Auch die Bettwäsche. Wenn es dir recht ist, komme ich morgen Abend und wasche alles.«

»Ob es mir recht ist, fragst du?«

»Ich kann ja nicht wissen, wie du darüber denkst. Dann musst du aber einheizen, weil ich heißes Wasser brauche. Waschmittel bring ich mit. Du darfst nicht alles ganz einfach ins Eck schmeißen. Da verschimmelt es in dem feuchten Haus und die Sachen kosten doch Geld. An deiner Joppe, hab ich gesehn, fehlt ein Knopf. Hast du ihn verloren?«

»Nein, der steckt im oberen Taschl.«

»Ich werde ihn hernach annähen. Ein Kreuz ist es schon mit euch Mannsbilder, wenn ihr allein seid!«

Schweigen. Es war alles so natürlich und einfach hingesagt und doch steckte ein tiefer Sinn dahinter. Er seufzte ein paar Mal und sah sie wieder an, als sähe er sie heute zum ersten Mal. Als halbes Kind noch war sie auf den Luiserhof gekommen. Dort war sie zu einem recht hübschen Mädl herangewachsen und er hatte das gar nie beachtet. Immer hatte er in ihr mehr eine kleine Schwester gesehen. Heute sah er sie zum ersten Mal anders. Sie war in seine Einsamkeit gekommen wie eine gute Fee und hatte sich seiner Verlassenheit erbarmt.

»Weißt du eigentlich, was du bist, Eva?«, fragte er.

»Ein armes, kleines Bauerndotscherl.«

Betroffen sah er auf.

»Sag das nicht mehr, Eva. Du bist nämlich ein wunderbarer Mensch. Und jetzt sag mir einmal: Das Rauchfleisch, hast du es geklaut?«

Er war entzückt, wie rot sie noch werden konnte.

»Ich hab vierzehn Tag keines gegessen und hab mir gedacht, dass es gewiss keine Sünde wäre, wenn ich mir dafür ein ganzes Stück aus dem Kamin nähme. Und die Wurst, die habe ich beim Metzger gekauft. Ist es dir nicht recht, Rasso?«

»Ja und nein. Vor allem wundert es mich, warum du es für mich tust.«

»Ich würde für dich noch viel mehr tun, wenn es sein muss. Du sollst aber kein Aufheben davon machen. Du bist immer gut zu mir gewesen, Rasso. Immer wie ein großer Bruder.«

Mit immer größerem Staunen sah er sie an. Dann langte er über den Tisch hinüber nach ihrer Hand.

»Wer dich einmal kriegt, Eva, der hat ein Juwel.«

Sie senkte die Augen auf ihren Teller nieder.

»Wer mich kriegt? Vielleicht mag mich gar keiner.« Dann blickte sie rasch auf und fügte entschlossen hinzu: »Eines weiß ich: Wenn ich einen gern habe, dann ist das fürs Leben. Für den könnt ich dann alles tun! Und jetzt sag mir, wo ich Nadel und Faden finde.«

»Wenn ich das wüsste, Kind!«

»Ach so, ja. Ich sehe schon, ich muss morgen wirklich kommen.«

Dann schwiegen sie wieder. Die Nacht kam langsam heran, der Berg vor ihnen wuchs wie ein Ungeheuer auf. Irgendwo in den Wipfeln sang noch ein Vogel und eine ferne Abendglocke warf ihren Avegruß in die weiten Echogründe.

Rasso hielt nun Evas Hand in der seinen. Sie war auf der Innenfläche ein wenig rissig und rauh, außen aber wie Samt. Ein paar Nachtschwalben flatterten herbei und schraubten sich hoch, als wollten sie zu den ersten Sternen hinauf, die über den Bergen zu blinzeln begannen. In den Moortümpeln hörte man die Frösche quaken, so eifrig und laut, als wollten sie schlechtes Wetter ankünden.

Rasso merkte, wie sich Evas Hand ganz tief in die seine hineinschob und seine Finger umklammerte. Er schluckte ein paar Mal und wollte gerade sagen, dass es gut wäre, wenn sie immer bei ihm bliebe, da fragte sie:

»Was wohl in dem Berg sein wird?«

»Felsen, sonst nichts. Ich denke es wenigstens.«

»Stell dir vor, wenn Gold drinnen wär?«

»Das wär recht! Aber aus Stein wird nicht Gold.«

»Oh, sag das nicht. Es kommt grad drauf an, was für ein Stein es ist. Es gibt welche, daraus kann man Zement machen.«

»Was du alles weißt«, lachte er und wollte den Arm um sie legen. In diesem Augenblick aber stand sie auf.

»Ich muss jetzt heimgehen, Rasso.«

»Wenn ich dich begleite?«

»Ich möchte es schon, aber ...«

»Du hast Angst, es sieht uns jemand?«

»Wie schlecht du mich kennst, Rasso! Komm!«

Dieses »Komm« klang so froh, und als sie sich vertraulich an seinen Arm hängte und er die Wärme ihres Körpers spürte, war es wieder wie vor Stunden da oben auf der Kuppe. Diese leise Verzauberung, eine eigentümliche Vertrautheit, die aus dem Herzen aufstieg und zum anderen Herzen wollte. Sie sprachen auf dem ganzen Weg kein Wort mehr und es war, als gäben sie sich beide dieser Verzauberung hin.

Beim Feldkreuz, wo der Weg abzweigte zum Luiserhof, blieben sie stehen. Eva hing immer noch an seinem Arm und schaute zu den Sternen hinauf, die jetzt niemand mehr hätte zählen können. Dann hob sie ihr Gesicht zu ihm auf und sagte:

»Du wirst mir kein Bussl geben wollen?«, flüsterte sie.

Einen Augenblick war er tief verwirrt. Dann neigte er sich über ihre Lippen, die weich und kühl waren. Hernach sah er in ihr Gesicht, das vom Sternenlicht gerade so viel erhellt war, dass er die Linien sah. Es war keine Unruhe in diesem Gesicht, nur eine glückselige Verklärtheit. Jetzt öffnete sie ihre Lippen und sagte mit derselben Flüsterstimme wie vorhin:

»Vergelt's Gott, Rasso ...«

Dann drehte sie sich rasch um und lief davon.

Die Dämmerung kroch durch die Fenster des Luiserhofs. In der Stube flimmerte der Fernsehschirm. Martin saß davor und sah sich die Nachrichten an. Dann noch den Wetterbericht und beim nachfolgenden Spielfilm fielen ihm schon die Augen zu. Er hörte gar nicht mehr, dass die Stubentür ging, fuhr erst auf, als eine scharfe Stimme in unfreundlichem Ton zu sprechen anfing

»Du wirst so ein Mannsbild sein. Schläfst schon wieder?«

»Ja mei, wenn man den ganzen Tag in der frischen Luft draußen ist, die macht müd.«

»Das merke ich schon lange! Wann kann man eigentlich mit dir reden, wie andere Leut auch reden?«

»Lisa«, sagte er fast flehend. »Ich hätte schon oft mit dir reden mögen, aber dann sagst, das interessiert dich nicht.«

»Weil es meistens ein Schmarren ist. Du tust manchmal grad, als wären wir noch in den Flitterwochen.«

»Wenn's nach mir ging, könnten wir's gern noch sein.«

»Ja, wenn du gerade mal nicht schläfst! Aber hör einmal zu jetzt.« Lisa schaltete entschlossen den Fernsehapparat ab und setzte sich ihm gegenüber an den Tisch. »Die Eva hat gekündigt.«

Das riss ihn nun doch in die Höhe.

»Was? Wann denn?«

»Vor acht Tag schon.«

»Und das sagst du mir erst jetzt?«

»Weil ich gemeint hab, ich könnt sie doch noch überreden, dass sie bleibt.«

Martin war aufgestanden und suchte im Bauernschrank nach seinem Packl Zigarillos. Bedächtig zündete er einen an und schüttelte dann den Kopf.

»Das verstehe ich nicht. Warum will sie fort? Gib ihr halt mehr Lohn. Mich brauchst du doch nicht fragen.«

»Das wär ja noch schöner, wenn ich dich da fragen müsst!«, antwortete Lisa und trommelte aufgeregt auf die Tischplatte.

»Weiß der Vater es schon?«, fragte Martin schließlich.

»Dem hab ich es gestern gesagt.«

»Und was sagt er?«

»Dass man einen Menschen nicht halten soll, wenn er gehen will. Jetzt kannst du zusehen, dass du bis Lichtmess eine auftreibst. Ich kann mich nicht allein abschinden da herinnen, noch dazu, wo uns noch nichts gehört.«

»No ja, zwingen kann ich doch den Vater auch nicht, dass er mir den Hof überschreibt. Kriegen tun wir ihn auf alle Fälle.«

»Fragt sich bloß wann! Dem Rasso hätte er ihn schon verschrieben, und wenn du ein Mannsbild wärst …«

Wütend warf er seinen Stumpen in den Aschenbecher, dass die Funken sprühten.

»Wie redest denn du daher! Tu deine Zung im Zaum halten! Und weil wir jetzt schon dabei sind: Es wird mir jetzt schön langsam zu dumm, immer deine Launen hinzunehmen. Tu meine Geduld nicht missbrauchen, Lisa, sonst werd ich einmal fuchsteufelswild.«

Staunend blickte sie auf. So hatte sie ihn noch nie gehört. In diesem Augenblick hatte er etwas vom Rasso. Nur als er das Gesicht wandte, sah man die Narbe, die in seiner Erregung dunkelrot glühte. Sie sah ein, dass sie es nicht übertreiben durfte, und lenkte ein:

»Das Schönste kommt aber erst noch. Wo meinst du, dass sie hingeht?«

»Vielleicht will sie gar nicht mehr zu einem Bauern. In der Fabrik verdienen sie viel besser und wir Bauern kriegen niemand mehr!«

Lisa hob den Kopf und strich sich mit beiden Händen das Haar an den Schläfen zurück. Ihr Gesicht sah jetzt schmäler aus. Der Mund war voll bitterer Härte und aus den Augen sprach blanker Hass.

»Weißt, wo sie hingeht? Zu dem andern! Nunter ins Schattenloch!«

Das verblüffte auch den Martin. »Hat sie dir das gesagt?«

»Nein, aber ich weiß es. Wo meinst denn du, dass sie fast jeden zweiten Abend hingeht? Zu ihm! Ja, man erfährt ja doch alles, wenn es auch noch so heimlich zugeht.«

»Jetzt bin ich platt«, sagte Martin. »Der kann ihr doch das nicht geben, was sie bei uns hat.«

»Das weiß man nicht«, antwortete Lisa spitz.

»Aber da werd ich ihnen einen Riegel vorschieben, wenn die meinen, sie könnten da drunten in einem schlampigen Verhältnis zusammenleben!«

Martin ging nun zur Tür und drehte das Licht an. Dann blieb er vor Lisa stehen.

»Aus dir spricht Hass, Lisa. Und dabei kommt nichts Gutes raus.«

»Weil's wahr ist! Alles geht dem Kerl naus! Jetzt soll er sich einen gebrauchten Ladewagen gekauft haben und ein Telefon hat er jetzt auch. Je schlechter ein Mensch ist, desto leichter setzt er sich durch. Da hat er ja eine gute Idee gehabt, dein Vater, dass er dem das Schattenloch gegeben hat! Wär gescheiter gewesen, er wär ins Tirol gegangen.«

Martin stand immer noch vor ihr und betrachtete sie.

»Es hat aber einmal eine Zeit gegeben …«

»Fang bloß mit dem nicht an!«, schrie sie. »Da kannst du mich wütend machen!«

»Du hast doch angefangen. Dass du dich überhaupt so ärgern kannst, das versteh ich nicht. Was geht denn dich an, was der Rasso im Schattenloch tut oder nicht tut. Du bist Bäuerin am Luiserhof geworden – was willst du denn dann noch?«

»Was ich will?«, fragte sie und sah ihn aus schmalen Augen an. Dann lachte sie auf einmal rauh und freudlos. »Freilich, was will ich denn mehr! Ich hab ja alles! Einen schönen Hof, ein Kind und einen Mann, der dauernd schläft!«

»Na ja, wenn du meinst, ich kann schon anders auch sein«, lachte Martin und riss sie von ihrem Sitz hoch und an seine Brust. Sein Mund suchte den ihren. Sie aber schaute an ihm vorbei und dachte ganz etwas anderes. Dann riss sie sich los.

»Der Vater kommt!«

Der Luiser trat ein, zog seine Joppe aus und seine Schuhe und blickte auf.

»Was ist denn mit euch zwei los? Habt ihr schon wieder gestritten?«

»Nein, wir haben von dem andern drunten geredet.«

»Ach so«, sagte der Luiser, als interessiere ihn das nicht.

»Die Eva wird zu ihm hinuntergehen«, sagte Lisa. »Und da haben wir gemeint, dass du das nicht dulden solltest.«

Der Luiser sah eine Weile vor sich hin, saß strumpfsockig da und betrachtete das Loch, bei dem die große Zehe rausschaute.

»So, so, zum Rasso will sie nunter. Und wie soll ich das verhindern?«

»Du musst dich hinter den Pfarrer setzen«, hetzte Lisa. »Und überhaupt, früher hat es da wenigstens noch ein Gesetz gegeben, nach dem es verboten war, dass zwei einfach so zusammenleben. Aber heut …«

Der Luiser schlüpfte jetzt in die Pantoffel und zog seine altmodische Taschenuhr.

»Woher weißt du denn, dass sie zusammenleben wollen?«

Lisa wurde rot und stotterte:

»Zum Mindesten werden sie in einem Haus beisammen wohnen.«

»Das eine ist ebenso wenig verboten wie das andere, und wenn die Eva das im Sinn hat, dann wird sie sich davon nicht abbringen lassen.«

»Weil sie keinen Charakter hat!«

»Darüber möchte ich nicht streiten, Lisa. Das Mädl ist, solang sie bei uns da ist, hochanständig gewesen.«

»Das kann schon sein. Aber dass sie zu einem hingeht, der eingesperrt gewesen ist.«

Wieder wartete der Luiser eine Weile und betrachtete seine Hände auf den Knien. Dann sah er Lisa wieder fest an.

»Gestern hat die Eva mir gesagt, sie wär fest davon überzeugt, dass der Rasso zu Unrecht gestraft worden ist. Und langsam kommen bei mir jetzt auch Zweifel. Auf alle Fälle, der Rechtsanwalt will sich noch mal dahinter knien und die Sache wieder aufrollen.«

»Und du zahlst ihn?«, platzte Lisa heraus.

»Ich bin so frei. Oder hast du was dagegen?«

Lisa biss sich auf die Lippen und man konnte sehen, wie es hinter ihrer Stirne arbeitete.

Wenn sich eines Tages herausstellen sollte, dass Rasso unschuldig war – wie würde sie dann dastehen? Dann stürzte das ganze Gebäude ihrer Berechnungen zusammen. Dann hatte sie sich umsonst »geopfert«, wie sie es nannte. Glauben hätte sie müssen und Vertrauen haben. Aber sie hatte unter allen Umständen Luiserbäuerin werden wollen und da hatte es notfalls auch der Martin sein dürfen. Das Leben ging mit diesem Zwillingsbruder weiter, aber es gab keine Höhepunkte. Es war eine einigermaßen erträgliche Ehe, aber es war keine glückliche Ehe.

Eigentlich wusste sie selber nicht, warum sie sich darüber ärgerte, dass Rasso da drunten im Schattenloch nicht verzweifelte. Und wenn sie nun hörte, wie er sich emporarbeitete anstatt zu resignieren, dann erregte das in ihr Neid. In dieser Nacht konnte sie lange keinen Schlaf finden. Bis weit über Mitternacht hinaus grübelte sie über ihr Leben nach und meinte zum ersten Mal zu erkennen, dass sie etwas falsch gemacht hatte. Aber nun gab es kein Zurück mehr. Zeitlebens war sie nun gebunden an den Martin, der seinem Bruder so gleichsah und doch ganz anders war.

Nein, es gab kein Zurück mehr, denn am Altar hatte sie es doch feierlich bekundet: Bis dass der Tod uns scheidet.

Nicht genau jeden zweiten Tag, aber sooft sie es möglich machen konnte, verschwand Eva abends vom Luiserhof und ging ins Schattenloch. Es gab eine Menge Arbeit dort für sie. Sie kochte Rasso für den nächsten Tag das Essen vor, nähte neue Vorhänge, putzte und fegte alle Räume, bis alle Düsterkeit aus diesem Haus verschwunden war und es überall hell wurde.

Rasso jedoch hielt sich eisern im Zaum. Er war sich noch nicht recht klar über sich selber und fragte sich mehr als einmal: Darf ich denn Hoffnungen in diesem Mädchen erwecken, die sich dann nicht erfüllen lassen?

Warum eigentlich nicht? Er merkte doch, dass er sie von einem zum andern Mal mehr in sein Herz schloss, und wenn sie einmal nicht kam, dann wurde er unruhig, stieg auf die Kuppe hinauf und hielt nach ihr Ausschau. Wie schnell und aufgeregt dann sein Herz klopfte, und er spürte dann die Traurigkeit bis in das Einschlafen hinein.

Als sie einmal drei Abende hintereinander ausblieb, beschloss er nachts zum Luiserhof zu gehen und an ihr Fenster zu klopfen. Da sah er in der Dämmerung ihr helles T-Shirt schimmern, vergaß alle Rücksichtnahme, rannte ihr entgegen und breitete seine Arme weit aus. »Dass du nur da bist! Eva, Eva! So lang darfst du mich nicht mehr warten lassen.«

Glückselig lag sie an seiner Brust und lächelte dann zu ihm auf.

»Jetzt brauchst du bloß noch sagen, Rasso, dass du Sehnsucht nach mir gehabt hast.«

»Na ja, wenn du gleich drei Tag ausbleibst! Nicht einmal am Sonntag bist du gekommen.«

»Da bin ich bei meinen Leuten in Halfing gewesen. Einmal hab ich doch wieder daheim nachschauen müssen.«

»Hättest du was gesagt, dann wäre ich mitgefahren!«

»Wirklich, Rasso? Auch auf die Gefahr hin, dass sie dann gemeint hätten, du wärst mein Liebster?«

Rasso wurde ganz verlegen. Natürlich hatte er sie geküsst und würde sie weiterhin küssen. Es war überhaupt alles so sonderbar auf einmal. Er sah sie mit ganz anderen Augen. Sie war nicht so auffallend schön wie Lisa, sondern von einer ganz stillen Schönheit, die manches verschwieg und doch das Leuchten nicht verbergen konnte, das aus ihrer Seele kommen musste.

»Ach, Eva, dass du nur wieder da bist«, lachte er dann. »Allein ist es jetzt gar nicht mehr schön.«

»Demnach müsste ich ja immer bei dir bleiben, Rasso.«

Schon wieder eine jener verfänglichen Fragen, vor denen er sich hüten wollte. Zugleich fühlte er aber, dass er sie tatsächlich immer um sich haben wollte. Sie enthob ihn einer Antwort, indem sie ihn bei der Hand nahm und mit ihm ins Haus ging. Dort fasste sie sich dann ein Herz und sagte ihm:

»Ich weiß es, Rasso, dass du mich immer bei dir haben möchtest. Und ich werde zu dir kommen. Warte morgen in der Dämmerung beim Wegkreuz auf mich und hilf mir meine Koffer tragen.«

»Deine Koffer? Soll das heißen, dass du …?«

»Ja, ich gehe vom Luiserhof weg und komme zu dir, als Magd oder als Taglöhnerin, wie du willst.«

Für einen Augenblick leuchteten seine Augen auf.

Doch gleich darauf stand wieder die scharfe Falte auf seiner Stirn.

»Kindl, was machst denn du für Sachen? Hast du dir das auch genau überlegt?«

»Jawohl, ganz genau«, antwortete sie entschlossen. »Es müsste schon sein, dass du es nicht haben willst. Ich werde alles tun hier, was mir zukommt. Ich gehe auch in den Torfstich und helf dir dränieren.«

»Ja, das ist alles sehr lieb von dir, Eva. Aber – ich kann dir nicht viel bezahlen. Bei weitem nicht das, was du beim Luiser gehabt hast.«

»Habe ich davon geredet, Rasso?«

Er war aufgestanden, ging ein paar Mal im Raum auf und ab und schlug sich nervös mit der rechten Faust gegen die linke Handfläche. Dann blieb er vor ihr stehen und fasste sie unters Kinn, sodass sie ihn ansehen musste.

»Und warum willst du das alles auf dich nehmen, Eva?«

In ihren Augen glühten goldene Punkte.

»Muss ich dir das wirklich sagen, Rasso?«

»Ja, ich will es wissen. Ich will jetzt alles wissen.«

»Du hast immer noch nicht gemerkt, dass ich – dass ich dich lieb hab?«

Seine Stirn lehnte sich gegen die ihre. So blieb es eine lange Zeit. Er hörte ihr kleines Herz klopfen, ganz schnell und aufgeregt.

»Wie lange schon?«, wollte er wissen.

»Schon seit dem ersten Tag, als ich auf den Luiserhof gekommen bin.«

»Sauber!«, lachte er. »Und ich Hornochs hab das nie gemerkt!«

»Das war ja auch ganz gut so, denn ich war doch bloß die kleine, bedeutungslose Eva und du der Rasso, der Sohn vom Haus.«

»Es scheint im Leben oft so zu sein, dass der Mensch das Gute übersieht und sich dafür am Leichten verplempert. Du kennst mich, Eva, du weißt auch, was wie ein Schatten hinter mir immer noch herzieht. Und du musst dir darüber klar sein, dass sie auch dich da mit hineinziehen und kein gutes Haar an dir lassen werden.«

»Das macht nichts! Was gehen mich die Menschen an! Um deinetwillen, Rasso, könnte ich alles ertragen. Und ich kann alles mit dir teilen, Hunger und Durst, Hitze und Kälte, wenn ich bloß bei dir sein darf.«

Er nickte, zog sie auf seinen Schoß und streichelte ihr Haar und das Gesicht. Es war so viel Friede um sie, der sie einhüllte wie in eine warme Woge, auf der sie sich tragen ließen, indessen draußen der Wind schon herbstlich um die Fenster strich.

Und dann kam sie tatsächlich am nächsten Abend mit zwei schweren Koffern und einem Rucksack an die Kreuzung, wo Rasso wartete. Sie trug ihr ganzes Hab und Gut mit sich und ihr Herz war angefüllt mit froher Erwartung.

Am anderen Morgen brauchte er die Kühe schon nicht mehr selbst zu melken und konnte gleich zu den Moorwiesen fahren und Dränagerohre legen. Um halb neun Uhr kam auch Eva, brachte ihm in einer Flasche kalte Milch und Brot. Sie saß bei ihm unter einer der alten Birken und sah zu, wie es ihm schmeckte.

Laura hatte ein Kälbchen zur Welt gebracht, und darüber redeten sie nun, ob man es verkaufen solle oder aufstellen.

»Wenn es ein Kühkaibl wäre, würde ich Ja sagen«, erklärte Eva. »Aber es ist ein Stierkaibl. Das sollten wir aufziehen und im Frühjahr erst verkaufen. Junge Stiere werden zur Zeit gut bezahlt.«

Oh, sie war viel klüger, als er gedacht hatte.

Am Freitag fuhr sie statt seiner mit dem Fahrrad zum Markt mit zehn Pfund Butter und zweihundert Eiern. Sie brachte von dem Erlös Bettwäsche mit, ein riesiges Stück Kalbfleisch, verschiedene Gewürze und Lebensmittel wie Reis, Grieß und Konserven. So viel konnte sie unmöglich für Butter und Eier eingenommen haben. Aber Rasso fragte nicht, es fehlte ihm der Mut zu fragen, weil er ihre Antwort wusste.

»Du musst nie fragen, warum ich dies oder jenes tue«, hatte sie einmal gesagt. »Aber eins sollst du wissen: Ich werde niemals etwas tun, das dir zum Schaden gereicht. Ich habe zwanzigtausend Mark auf meinem Sparbüchl, und wenn du meinst, dass wir uns einen größeren und besseren Traktor kaufen sollten ...«

»Nein, wozu?«, hatte er gefragt und sich fest vorgenommen nie einen Pfennig von ihr anzunehmen. Genügte es nicht schon, dass sie ihre junge Kraft in seinen Dienst stellte ohne dafür etwas zu fordern? Nicht einmal Liebe? Es genüge ihr, sagte sie, dass sie ihn umsorgen dürfe, und er solle sich nicht einbilden, dass er ihr dafür etwas zu geben hätte, was nicht von Herzen käme. Es würde sonst wie Mitleid aussehen.

Diese Worte hatten ihn arg verwirrt. Wenn er allein war, dann kam es ihm vor, als hätte eine unwirkliche Welt ihn umfangen, in der er sich nicht zurechtfand, in der er nun aber langsam aufwachen müsse, weil es doch kein Traum war, sondern die Wirklichkeit, dass dieses junge Geschöpf mit ihm unter einem Dach wohnte, mit ihm das Brot teilte und die Arbeit.

Es blieb der Tag nicht aus, dass er aufwachte und erkannte, dass es keinen Irrtum mehr gab und keine Täuschung, dass die Stunde kam, in der er wusste, dass auch er sie liebte. Vielleicht war dies die einzige wahrhaftige Liebe in seinem Leben, weil sie nicht plötzlich über ihn hereingebrochen, sondern ganz langsam gewachsen war. Ja, er liebte sie und diese Erkenntnis kam ihm in einer Stunde zwischen Nacht und Morgenrot, in der er schlaflos gelegen und an das Mädchen im kleinen Giebelzimmer droben gedacht hatte, das ihm ihr Herz auf beiden Händen darreichte. Er mußte es nur annehmen um nicht länger einsam zu sein.

Um neun Uhr vormittags begann es zu regnen. Trotzdem ließ Eva sich nicht aufhalten, bestieg das Fahrrad und fuhr zum Wochenmarkt, obwohl er ihr das hatte abnehmen wollen. Es kam dann genauso, wie er vorausgesehen hatte. Zuerst fielen die Tropfen nur einzeln, dann schwoll es langsam an, sie fügten sich zusammen und rauschten nieder auf den Wald und das Moor, auf die jungen Birken, auf das Dach des Hauses und auf die Schwelle, wo Rasso stand, in das Grau hineinblickte und sich dachte: Ich hätte sie doch nicht in den Regen gehen lassen dürfen.

»Es geht ja nicht weiter als bis auf die Haut«, hatte Eva gelacht und die Kapuze ihrer Windjacke über das Haar gezogen.

Es darf mir nicht bis auf die Haut gehen, dachte der Wanderer, der um diese Stunde, einen riesigen Regenschirm über sich haltend, durch den Wald ging, auf das Schattenloch zu. Er wich geschickt den Pfützen aus, blieb dann bei der letzten Wegbiegung stehen, schaute auf das Haus hin und hörte auf den Klang der Axt, der aus dem Schupfen kam.

Unter dem großen Vordach stand Rasso und spaltete Brennholz. Er sah den schirmbewehrten Mann lange, bevor dieser ihn ausmachen konnte, und lächelte still für sich hin.

Aha, dachte er, nun ist es so weit! Ich hätte mir ja denken können, dass das nicht lange gut geht! Dann hieb er die Axt in ein Holzscheit und trat heraus.

»Guten Morgen, Herr Pfarrer!«, rief er fröhlich.

Zweimal musste der Pfarrer noch über eine Regenpfütze springen, die sich vor der Gred gesammelt hatte, dann stand er unter dem schützenden Dach, klappte seinen Schirm zu und schüttelte ihn aus.

»So ein Regen! Da hätte ich Gummistiefel anziehen sollen.«

»Oder barfuß gehen«, meinte Rasso, lehnte sich an das Scheunentor und verschränkte die Arme über der Brust.

»Warum nicht?«, lachte der Pfarrherr. »Seit meiner Jugend bin ich nicht mehr barfuß gelaufen und es wäre so gesund.« Er sah sich um. »Da also wohnen Sie. Ganz hübsch hier.«

»Möchten Sie hier wohnen, Herr Pfarrer?«

»Warum nicht? Es ist alles Gewohnheit, mein Lieber.« Er sah zum Giebel des Wohnhauses hinauf. »Und Telefon haben Sie auch schon.«

»Ja, es ist nicht mehr so abgeschieden im Schattenloch«, antwortete Rasso und dachte sich: »Wie wird er es jetzt einleiten?«

Pfarrer Strobl hatte aber gar nicht die Absicht, etwas einzuleiten. Er sagte vielmehr:

»Ich habe Ihrer Mutter auf dem Sterbebett versprechen müssen, dass ich Ihnen ein bisschen beistehe. Einen Menschen brauchten Sie, der Ihnen Trost gibt und nicht verdammt.«

»Ach ja, die Mutter«, sagte Rasso. »Einen besseren Menschen hat es in meinem Leben kaum gegeben. Aber mit dem Beistehen, Herr Pfarrer, da sind Sie ein bisschen spät daran. Ich habe nämlich schon jemanden im Haus, der mir beisteht und Trost schenkt.«

»Ja, ich weiß. Die Eva!«

»Ich hab mir gleich gedacht, dass das ganz schnell ins Pfarrhaus getragen wird.«

»Geschwätz, das ins Pfarrhaus getragen wird, interessiert mich nicht. Ich überzeuge mich lieber selber!« Der Pfarrer setzte sich auf den Hackstock, bevor Rasso ihn noch von den Holzsplittern säubern konnte. »Die Eva, ja, ja. Ist ein liebes Mädl. Tapfer und verlässlich. Ich glaube, mit der könnte man Pferde stehlen.«

»Im Schattenloch brauchen wir keine Pferde, Herr Pfarrer. Da braucht man einen festen Willen und den Glauben an sich selber.«

»Und zwei feste Willen sind besser und wenn man miteinander glaubt.«

Rasso blinzelte misstrauisch von der Seite her in das noch junge, braun gebrannte Gesicht des Geistlichen. Dann sagte er geradeheraus:

»Also, Herr Pfarrer, reden wir nicht lange um den Brei herum. Sie sind doch nicht gekommen mir Trost zuzusprechen oder beizustehen?«

»Sondern?«

»Wahrscheinlich um mir klarzumachen, dass es nicht angänglich ist, wenn ich mit dem Mädl hier zusammen hause.«

»Wer sagt Ihnen denn das?«

»Das sagt mir mein Gefühl.«

»Na, dann trügt Sie Ihr Gefühl halt einmal. Wie sollte ich nicht verstehen, dass Sie hier jemanden brauchen, der sich um das Hauswesen kümmert und – auch um Sie. Allein ist es im Himmel nicht schön, sagt ein Sprichwort.«

»Das bezieht sich aber nur auf Menschen, die durch Gesetz und Segen zusammengegeben sind, wie sich's gehört.«

Der Pfarrer nickte und stocherte mit seiner Schuhspitze im Sägemehl am Boden herum.

»Durch Gesetz und Segen, sagen Sie. Von der Prüfung sagen Sie nichts? Ich muss wieder auf ein altes

Sprichwort zurückgreifen, das da heißt: ›Drum prüfe, wer sich ewig bindet.‹«

Rasso trat ein paar Schritte vor und hielt die Hand in den Regen hinaus. Der Regenvogel schrie vom Wald herüber und aus der Dachrinne gurgelte das Wasser.

»Ich habe mich geprüft, Herr Pfarrer«, sagte Rasso dann und lehnte sich wieder ans Scheunentor.

»Wirklich? Das würde mich freuen. Und ich sage Ihnen ganz ehrlich: Ich bin nicht gekommen um Ihnen eine Moralpredigt zu halten. Ich wollte nur einmal mit Ihnen reden und mit dem Mädchen – wo ist sie denn?«

»In die Stadt, auf den Markt. Ich hab sie eigentlich bei dem Regen nicht fahren lassen wollen. Aber in der Hinsicht ist sie auch ein Dickschädel.«

»Also, langer Rede kurzer Sinn: Wenn Sie sich einig sind, kommen Sie doch. Wegen dem Gesetz und dem Segen, meine ich.«

»Wenn ich nicht das ganze Drumrum so dick hätte«, brummte Rasso verdrießlich.

Der Pfarrer schmunzelte wieder, zog eine Zigarettenschachtel heraus und hielt sie Rasso hin.

»Rauchen wir eine, dabei redet sich's leichter. Ich verstehe Sie schon, Sie sind menschenscheu geworden. Aber es braucht kein Drumrum. Das kann man ganz im Stillen abmachen, am Abend oder am ganz frühen Morgen in der Sakristei, oder, wenn Sie wollen, bei mir im Pfarrhaus. Ich komme Ihnen jederzeit entgegen.«

Das Gewölk wurde jetzt ein bisschen dünner, der Regen rauschte langsamer.

»Kommen Sie mit herein auf einen Schnaps?«, fragte Rasso plötzlich.

»Warum nicht? Ein Glasl schadet nicht!«

In der Stube überkam den Pfarrer wirkliches Staunen, weil alles so blitzsauber war. Der Tisch war gedeckt, die Vorhänge dufteten nach Lavendel, der Fußboden war so sauber geschrubbt, dass man davon hätte essen können.

»Hier sieht man die ordnende Frauenhand«, sagte er anerkennend. Dann trank er das Gläschen mit scharfem Zwetschgenschnaps in einem Zug leer. »Der hat es in sich! Nein, danke, kein zweites mehr.«

Rasso schenkte sich selber noch mal ein, dann drückte er den Korken auf die Flasche und räumte sie wieder weg. Er glaubte dem Pfarrer eine Erklärung schuldig zu sein und begann:

»Schaun Sie, Herr Pfarrer – als die Eva das erste Mal zu mir gekommen ist, da war mir grad, als ginge die Sonne ganz neu auf. Sie wissen ja, dass ich – was ich hinter mir habe.«

»Ja, ich weiß es.«

»Die Eva war der erste Mensch, der mir gesagt hat, er glaubt nicht, dass ich es getan habe. Und ich hab es nicht getan, Herr Pfarrer. Ich habe unschuldig für etwas büßen müssen und das hat mich verbittert.«

Der Pfarrer saß am Tisch, hatte die Hände vor sich gefaltet und sah nachdenklich auf Rasso, der in der Stube auf und ab ging. Er brauchte lange um die richtigen Worte zu finden.

»Sehen Sie, da draußen rauscht der Regen nieder, als möchte er alles ersäufen. Aber hernach wird das Gras wieder aufstehen und eine gereinigte Erde wartet auf die Sonnenstrahlen, die kommen werden, so gewiss wie das Amen hinter dem Gebet. Das soll ein kleines Gleichnis sein fürs Menschenleben. Nach allem Dunkel kommt wieder das Licht. Und dieses Licht hebt alles auf, auch die verlorene Zeit, Ihre verlorene Zeit, meine ich. Man sagt nicht umsonst, die Sonne bringt es an den Tag. – So, und jetzt muss ich mich auf den Heimweg machen. Das heißt unterwegs muss ich noch beim alten Stöger zuschauen, bei dem es in letzter Zeit mit der

Gesundheit gar nicht mehr recht gehen will. Schönen Dank für den Schnaps und behüt Sie Gott, Rasso!«

»Behüt Gott, Herr Pfarrer! Wenn es der Eva recht ist, kommen wir an einem der nächsten Abende.«

Es ging dann alles sehr schnell und ohne Aufhebens. Die Schwester des Pfarrers, die ihm den Haushalt führte, und der Messner machten die Trauzeugen beim Bürgermeister und hernach in der Sakristei. Eva war so aufgeregt, dass sie gleich zweimal hintereinander Ja sagte, als sie gefragt wurde, ob sie ihrem Ehemann Rasso Luiser getreu sein wolle bis in den Tod.

Es gab keine Hochzeitsfeier, nicht einmal ein Hochzeitsmahl in einem Gasthaus. Sie gingen eng umschlungen durch den nächtlichen Wald, und wenn sie an eine Lichtung kamen, dann hob Eva ihre Hand mit dem Ring und lächelte glücklich, als sie ihn glänzen sah im Licht der Sterne.

»Ein Ja hätte genügt«, sagte Rasso, als sie noch wach lagen. »Nur einmal hättest du Ja sagen brauchen, als der Pfarrer gefragt hat, ob du mir treu sein willst. Ich weiß, dass du mir immer treu sein wirst.«

»Solange ich atme«, sagte sie und legte ihre Wange an seine Brust. »Wie stark es pocht«, lächelte sie. »Wie eine Uhr. Und es schlägt auch für mich, Rasso?«

»Für keine andere sonst«, versprach er.

Der Winter wurde hart in diesem Jahr. Anfang Dezember fiel reichlich Schnee, dann setzte Frost ein und ließ alles erstarren. Außer Schneeschaufeln ums Haus herum konnte nicht viel getan werden. Kein Laut war in dieser Wintereinsamkeit, keine Kunde von der Welt draußen drang ins Schattenloch. Rasso wurde unruhig, weil er sonst nichts zu tun hatte.

»Wir werden alles nachholen, wenn der Schnee schmilzt«, sagte Eva, die mehr beschäftigt war als er. Sie hatte die Kühe zu versorgen und das Stierlein, hatte die Hühner und dazu zwei Schweine, die Rasso einmal vom Markt mitgebracht hatte. Sie waren noch nicht allzu schwer, aber zu Weihnachten stachen sie eins davon ab. Einen Zentner Fleischgewicht, schätzte Rasso. Aber es war gut durchwachsenes Fleisch, zart und rosig. Eva hatte im Herbst ein Fässchen Kraut eingemacht und buk das Brot nun selber.

In ihrer Art führten sie eigentlich ein herrliches Leben und an den langen Winterabenden saßen sie am warmen Ofen beisammen und schmiedeten Zukunftspläne. Rasso sprach vom Korn, das auf dem neuen Acker wachsen werde, und Eva meinte, dass man noch etwas Grund pachten sollte, die Landwirtschaft vergrößern. Auch könnte man mehr Torf stechen und verkaufen. Hühner wollte sie mindestens hundert haben. Oh, sie hatte viele Pläne und wollte ihren Mann mitreißen. Aber er hatte ja selbst genügend Schwung, war nur jetzt ein bisschen unleidig, weil man draußen nichts tun konnte. Er weißelte den Stall, setzte da und dort neue Balken ein, brach dann mitten in der Arbeit ab und ging in die warme Stube um nach der Eva zu sehen. Umgekehrt war es aber genauso. Blieb er länger draußen, wurde sie kribbelig und suchte ihn im Schupfen oder im Stall.

»Wie du das alles schön machst, Rasso«, lobte sie. »Du bist imstande und erweiterst auch noch den Stall! Das trau ich dir schon zu.«

Das sagte sie, obwohl er damit bereits begonnen hatte. Sie tat nur so, als wüsste sie das nicht.

Eine wunderschöne Eintracht war in diesem Haus zwischen den zwei Menschen. Nie fiel ein unrechtes Wort, und wenn wirklich einmal eine kleine Verstimmung aufkam, so hielten sie es keine Viertelstunde aus. Die große Stille der Landschaft tat das Ihre dazu. Und mochten sie auch draußen in der Welt streiten und böse sein, es berührte sie nicht in ihrer Abgeschlossenheit.

So überstanden sie den Winter gut. Kaum dass der Schnee schmolz, war Rasso schon draußen im Moor. An so einem Vormittag, als die Sonne wässerig aus einem trüben Himmel schien, stand Eva in der Küche und rührte den Teig an für einen Schmarrn. Ihr Blick ging hinaus auf den Berg, der um zehn Uhr vormittags bereits seinen Schatten wieder herüberwarf. Und wieder, wie schon einmal, dachte sie: Gold müsste da drinnen sein. Silber würde uns auch schon reichen, sinnierte sie eine Weile später.

Es war merkwürdig, immerzu dachte sie in dieser Richtung, spielte mit tausenderlei Gedanken und Wünschen, und ohne dass es ihr vielleicht recht bewusst war, schlüpfte sie in ein paar derbe Schuhe, suchte im Schuppen Pickel und Schaufel und ging die paar Schritte hinüber. Zuerst sah sie sich noch um, ob ihr niemand zusehe bei diesem lächerlichen Beginnen. Dann riss sie den Pickel mit Schwung in die Höhe und ließ die Spitze niedersausen. Zuerst ging eine dünne Schicht Humus her, dann eine Handbreit Lehm und darunter war Kies.

Also bloß Steine und Sand. Nicht Fels, wie Rasso gemeint hatte, sondern ganz einfach Kies. Man konnte vielleicht den Vorhof damit bedecken, die Auffahrt zur Tenne. Sie belud ein paar Karren voll, schüttete sie vor der Gred ab und rechte den Kies an.

Als Rasso am Mittag heimkam, sah er es sogleich und lächelte. Er sagte zunächst nichts, erst beim Essen fragte er mit leisem Spott:

»Hat mein liebes Weibl nach Gold geschürft?«

»Ich hätte es auch billiger gegeben und wäre mit Silber zufrieden gewesen.«

»Oder mit Edelsteinen?«

»Vielleicht geht weiter im Berg noch was her?«

Schweigen. Die Schatten des Berges fielen über den Tisch. Ruhig und mit großem Appetit löffelte Rasso in seinem Teller. Auf Evas Stirn standen nachdenkliche Falten.

»Mit Kies ist ja nicht viel anzufangen, denke ich?«

Wenn sie so fragte, wusste er, dass sie einen Hintergedanken dabei hatte, und mühte sich es zu ergründen.

»In größeren Mengen schon«, sagte er.

»Im Berg müssten wahrscheinlich ungeheure Mengen sein. Ich werde mich, wenn ich morgen zum Markt fahre, erkundigen, was man für einen Kubikmeter Kies bezahlt.«

»Fährst du morgen zum Markt?«, fragte er und wollte damit das Kiesgespräch beenden.

»Du musst das Vorderrad meines Fahrrades nachschauen, da hält die Luft nicht.« Und nach einer Weile: »Du bist doch so lieb und schaust nach. Vielleicht bin ich in einen Nagel hineingefahren!«

»Wenn wir heuer zehntausend Stück Torf verkaufen können, denke ich an einen Motorroller für dich. Du sollst dich mit dem Fahrrad nicht länger abstrampeln auf so weite Strecken hin.«

»Im nächsten Monat sollten wir das Stierlein verkaufen, meinst du nicht?«

Er nickte und dachte bereits an eine dritte Kuh. Von allem Möglichen sprachen sie. Bloß vom Kies war nicht mehr die Rede. Und doch beschäftigten sie sich damit, jeder auf seine Weise. Rasso in ganz bescheidenen Dimensionen, Eva dagegen in großem Stil.

An diesem Tag sprachen sie nicht mehr davon. Erst am andern Tag, als Eva vom Markt zurückkam, warf sie scheinbar nebenbei hin:

»Der Kubikmeter Kies kostet so um zwölf Mark herum. Und der Sand zwanzig bis dreißig Mark, je nach Qualität.«

»So, so. Eigentlich ein ganz schöner Preis!«

»Man könnte ja am Anfang ein bissel billiger sein.«

»Bei was für einem Anfang denn?«

Sie wechselte abrupt das Thema.

»Dem Metzger Raindl hab ich gesagt, dass wir ein Stierkaibl hätten. Er kommt morgen einmal.«

»Ja, das ist grad recht!«

»Ich hab ihn auch gefragt, ob er uns eine gute Kälberkuh wüsste. Es ist dir doch recht, Rasso, wenn ich so eigenmächtig tu?«

»Wie kommst denn auf so was, Weiberl? Wir haben doch darüber geredet. Und schau, Eva, es will doch jedes von uns zweien bloß das Beste. Und jeder hat einmal einen guten Gedanken!«

»Die besseren hast aber immer du, Rasso. Nein, wie kann mir bloß so was Dummes mit dem Kies einfallen.«

»Reden wir nicht mehr vom Kies. Heut Vormittag hab ich dreitausend Stückl Torf gestochen.«

»Du bist ja auch schon um vier Uhr in der Früh naus, Rasso. Da siehst ja um die Zeit noch gar nicht!«

»Ich hab mir eine Laterne mit hinaus genommen!«

»Am Nachmittag helf ich dir aufkasteln. Bloß muss ich heut auch noch zum Kramer nauf.«

»Nimmst mir ein Packl Tabak mit, gell?«

Sie half ihm bis um vier Uhr im Torf. Dann ging sie heim, zog sich um und schwang sich aufs Fahrrad. Erst um sechs Uhr kam sie zurück und ging in den Stall. Es war dann wie jeden Abend. Sie saßen in der warmen Stube, Eva strickte an einem Janker für Rasso und er las die Zeitung und rauchte sein Pfeiflein. Die kleine Uhr tickte und die Nadeln klapperten hurtig. Einmal summte Eva ein Lied vor sich hin, seufzte hernach und hatte wieder einen Einfall:

»Meist du, dass du das kannst, Rasso? Eine kleine Tafel malen, die wir droben bei der Straße an einen

Baum nageln könnten. ›Zum Schattenloch‹ müsste draufstehen. Wenn grad einmal jemand zu uns möchte,weiß er ja gar nicht, wo wir sind.«

Sie hatte im Schupfen die fertige Tafel bereits entdeckt. Er hatte sie unter der Streu verborgen. Aber Rasso sagte: »Wer soll zu uns schon wollen?«

»Morgen, der Metzger Raindl zum Beispiel.«

»Ach so, ja. Ich will es morgen einmal versuchen, ob ich so eine Tafel fertig bringe.«

Ja, so waren sie, wie Kinder, die Verstecken voreinander spielten. Und da nun dies mit der Tafel erledigt war, rückte Eva näher zu ihm hin, hob die Hand und begann sein Haar und die Wange zu streicheln.

Rasso empfing die Berührung mit der Beglückung eines Menschen, der wusste, dass er wahrscheinlich nirgends so geborgen war wie bei dieser Frau. Bei Lisa hätte er sich wahrscheinlich nie so geborgen gefühlt. Er wunderte sich, dass deren Bild schon so verwischt war, dass er kaum mehr an sie dachte, obwohl sie ja einmal seine Braut gewesen und dann seine Schwägerin geworden war.

Spät in der Nacht dann, Rasso meinte, dass Eva schon fest schlafe, sagte er leise für sich hin: »Zwölf Mark für den Kubikmeter ...«

Und sofort kam von der anderen Seite die Antwort herüber:

»Und für den Sand ungefähr zwanzig Mark.«

Er richtete sich auf und drehte das Licht an.

»Schläfst denn du nicht?«

»Du doch auch nicht. Wenn es ein schöner Betonkies ist, hat er gesagt, der Herr, und wir ihn für neun Mark liefern, dann nimmt er ihn von uns.«

Rasso setzte sich nun vollends auf und Eva tat das Gleiche. »Was für ein Herr?«

»Der am Hang hinter dem Kramerhaus heuer die

Tennishalle bauen will. Er wohnt jetzt gerade beim Kuglerwirt und ich hab ihn aufgesucht.«

»Sag einmal, Eva, woher weißt denn du das alles?«

»Ich schau halt immer fleißig umeinander. Am Schlossberg ist auch ein großes Gewerbegebiet ausgewiesen. Da muss ich mich auch noch näher erkundigen.«

»Du entpuppst dich ganz schön.«

»Lass mich nur machen, Rasso. Ist es ein schöner Kies?«

Er nickte und fuhr mit der flachen Hand ein paar Mal über die Bettdecke.

»Ein ganz ausgezeichneter Kies sogar.«

»Wie viel könnt denn in dem Berg drinnen sein?«

»Das kommt drauf an, wie tief die Kiesschicht nach unten reicht. Ein paar hunderttausend Kubikmeter vielleicht.«

»Du meine Güte«, jubelte Eva und schlug die Hände zusammen. »Lass mich ganz schnell einmal rechnen. Im Durchschnitt zwölf Mark. Wie viel tät denn das ausmachen? Wenn bloß das Rechnen nicht meine schwache Seite wäre!«

Sie wollte, dass er rechne, weil sie sich scheute, diese ungeheuere Summe auszusprechen. Bei ihm stand sie bereits fest. Aber er sagte, dass er heute dazu keine Lust mehr habe und nahm sie in die Arme, dass sie nun endlich an seiner Seite einschlafen sollte. Bevor sie noch einschlief, äußerte sie die kindliche Bitte:

»Wenn wir einmal die ersten hundert Kubikmeter verkauft haben, gell Rasso, dann darf ich mir ein neues Dirndlkleid machen lassen?«

»Zwei von mir aus«, sagte er, dann ging sein Atem in einen tiefen Schlaf über.

So armselig fingen sie an. Mit dem alten Traktor und einem Wagen, der vier Kubikmeter Kies laden konnte, wenn man die Ladekante mit Brettern erhöhte. Sie schaufelten, dass ihnen der Schweiß über die Stirnen rann. Eva wollte Rasso nicht nachstehen und schaufelte fast genauso schnell wie er. Wenn er dann mit der Fuhre wegfuhr zu der neuen Baustelle hinauf, dann warf Eva den groben Kies durch ein Sandgitter, weil sie ja auch den Sand liefern durften. Ihr Arbeitstag dauerte vierzehn, manchmal fünfzehn Stunden. Sie wurden mager und ausgemergelt in dieser Zeit. Aber das machte ihnen nichts aus. Sie steckten voller Übermut und Rasso rauchte jetzt sonntags eine Zigarre und schaute kritisch die Zahlen durch, die Eva fein säuberlich in ein Schulheft eingetragen hatte. Für jeden Tag die Fuhren und die Anzahl der Kubikmeter Kies oder Sand, geliefert an Herrn Leopold Karg. Machte zusammen dreitausenddreiundsiebzig Mark.

»Geh einmal her, Herzerl«, sagte er und legte die Zigarre beiseite.

Eva sah ihm über die Schulter, die Hände weit weggestreckt, weil sie gerade Knödelteig anrührte.

»Stimmt was nicht, Rasso?«

»Um ein Markl hast du dich verrechnet. Bei mir macht es bloß dreitausendzweiundsiebzig aus. Stell dir vor, wenn der Mann nachrechnet und kommt drauf, dass wir ihn um eine Mark hätten betrügen wollen! Das wirft kein gutes Licht auf ein neues Geschäft.«

Ja, ›Geschäft‹ hatte er gesagt. Er nahm seine Zigarre wieder zur Hand und machte einen tiefen Zug.

»Morgen trag ich ihm dann die Rechnung hinauf«, meinte Eva.

»Nein, da warten wir bis zum Ersten. Sonst meint er, wir warten schon auf das Geld.«

Natürlich sprach es sich schnell herum, dass im

Schattenloch guter Kies billig angeboten wurde. An diesem Sonntagnachmittag kam schon ein zweiter Interessent angefahren, der bauen wollte. Größer sogar, aber während Rasso noch überlegte, mischte sich Eva schon ins Gespräch und sagte, dass sie liefern könnten, und fragte auch gleich, ob der Herr nicht noch jemand wüsste, der baue.

Das war gar kein Problem, gebaut wurde überall. Der Weg bis zur Straße hinauf musste auch bekiest werden. An Arbeit mangelte es nicht. Sie hatten ja auch noch ihre Landwirtschaft und lieferten jetzt täglich vierzig Liter Milch zur Straße hinauf. Das war gewiss nicht viel, aber genug, dass der Milchwagen anhielt.

»Wir werden noch reiche Leute«, scherzte Rasso, als er mit Eva an diesem Abend bis zum See hinunter spazieren ging. Er setzte die Schritte langsam und bedächtig, streckte die Brust heraus und rauchte seine zweite Zigarre an diesem Tag.

»Wenn wir Glück haben und es den ganzen Sommer so weitergeht, dann haben wir bis zum Herbst ein schönes Stückl Geld beisammen.«

»Bis zum Herbst sind wir zwei dann kaputt, wenn es in dem Tempo weitergehen tät«, erklärte er. Sie hing an seinem Arm und trippelte neben ihm her.

»Ich halt schon was aus, Rasso.«

Er hatte schon seine bestimmten Vorstellungen, schwieg aber einstweilen darüber. Als es einmal an einem Tag so regnete, dass kein Kies abgebaut werden konnte, schlüpfte er in seine Regenkombi und fuhr mit dem Motorrad fort. Erst gegen Abend kam er heim, mit einem ganz hellen, vergnügten Gesicht. Sie sah ihm an der Nasenspitze an, dass er etwas zu berichten hatte. Sie saß gerade unter den Kühen beim Melken und hörte ihn im Futtergang auf und ab gehen. Dann kam er nach hinten und blieb bei der Laura stehen.

»Wie geht's dir denn, Geschäftsfrau?«

Sie wandte den Kopf zur Seite ohne ihre Arbeit zu unterbrechen. Das Kopftuch hatte sie weit bis in die Stirn hereingezogen, ihre Hände arbeiteten im gleichmäßigen Rhythmus an dem prallen Euter und die Milch zischte in den Kübel, den sie zwischen die Knie eingeklemmt hatte.

»Hast du ein Schöpperl getrunken, Rasso?«

»Hab ich auch, ja«, gab er zu. »Ein gutes Schöpperl, sogar auf dem Weinberg. Einen Spätburgunder.«

»Da hast du Recht gehabt, Rasso. Nur der Not keinen Schwung lassen.«

Sie stand jetzt auf und schüttete die Milch aus dem Eimer durch ein Seihtuch in den Kübel. Dann nahm sie ihr Kopftuch ab.

»Waren mehr Leut dort beim Gockerlwirt?«

»Ja, der Stöger Pauli war dort und noch etliche, die früher gut Freund mit mir waren.«

»Und? Haben sie geredet mit dir?«

»Sie waren recht freundlich.« Rasso wusste ihre Frage genau zu deuten und legte ihr den Arm um die Schultern. »Es wird überhaupt in Zukunft manches anders werden.«

»Du machst mich ja direkt neugierig, Rasso.«

Er tippte ihr mit dem Zeigefinger auf die Nasenspitze.

»Nur Zeit lassen, Weiberl! Alles zu seiner Zeit!«

Erst als sie miteinander zu Abend aßen, rutschte es ihm heraus.

»Wenn wir jetzt dann einen Bagger haben, brauchst du dich auch nicht mehr so zu plagen.«

Sie riss den Mund auf und schaute in diesem Augenblick ein bisschen töricht drein.

»Du sagst einen Bagger? Das glaubst du ja selber nicht.«

Gewichtig nahm er seine Brieftasche heraus und zeigte ihr den Kaufvertrag über einen gebrauchten Bagger und einen gebrauchten Radlader. Das helle Erschrecken ging über ihr mageres Gesicht.

»Traust du dich denn, Rasso? Das viele Geld!«

»Die Hälfte können wir zahlen, für die andere Hälfte krieg ich bei der Bank Kredit. Ich brauchte bloß einen Bürgen, haben sie gesagt.«

Sie sah starr und angestrengt vor sich hin.

»Dass ich auch gar so arm bin«, jammerte sie.

»Du bist reicher, als du weißt. Ohne dich wären wir heute noch nicht so weit. Und wir werden noch weiter kommen! Pass nur auf, Eva, eines schönen Tages brauchst du überhaupt nichts mehr tun und kannst bloß mehr die Frau sein!«

»Du weißt genau, Rasso, dass ich dann nicht mehr so zufrieden wäre.«

»Noch ist es ja nicht so weit, Eva. Die Sachen krieg ich erst zum ersten Mai. Für dreißigtausend Mark bräucht ich halt noch einen Bürgen. In den nächsten Tagen wollen ein paar Herren von der Bank kommen und alles in Augenschein nehmen. Ob ich dann zum Vater gehe?«

»Wegen der Bürgschaft meinst du?«, Eva schüttelte den Kopf. »Wenn er uns gut gesinnt wär, der Luiser, dann hätte er uns doch schon einmal aufgesucht. Aber ich weiß genau, es war ihm nicht recht, dass du mich geheiratet hast.«

»Dann kann ich es auch nicht ändern, Eva. Irgendwen werden wir dann schon finden, der Vertrauen zu uns hat.«

Dann wurde das überflüssig. Als die Herren von der Bank kamen und sich alles angeschaut hatten, sagten sie, dass sie sich das alles ganz anders vorgestellt hätten. Hier wären doch Grund und Boden und eine ertragreiche Kiesgrube. Das reiche als Sicherheit aus und man könne unter Umständen auch einen höheren Kredit gewähren.

Nein, das genüge zunächst einmal. Und da der Bagger erst im Mai kam, mussten die beiden noch eine volle Woche im Schweiße ihres Angesichts mit Schaufel und Pickel dem Berg zu Leibe gehen. Aber sie waren so jung, so ungestüm und voller Vertrauen in ihre Zukunft, dass sie alle Plage mit fröhlichem Herzen auf sich nahmen. Zudem stand der Frühling in seiner ganzen Pracht über dem Land. Die Tage wurden immer länger, die Vögel sangen ums Morgengraun so hell, als wollten sie die beiden rufen zu neuer Arbeit.

Einmal, zu ganz früher Morgenstunde, Eva war noch im Stall beschäftigt und Rasso lud gerade die erste Fuhre Kies auf, hielt er mitten im Schaufeln inne und spähte zur Kuppe hinauf. Da sah er einen grauen Schatten weghuschen. Man hätte meinen können, dass es vielleicht ein Reh gewesen sein könnte. Aber der Schatten hatte nur zwei Beine und ging ziemlich aufrecht zwischen den Stämmen davon.

Nachdenklich stand Rasso eine Weile da, das Kinn auf den Schaufelstiel gelehnt. Dann zuckte ein Lächeln um den Mund.

Der Schatten, der sich so heimlich davonschlich – Rasso hatte ihn wohl erkannt. Es war der Luiserbauer, sein Vater.

Über alles wächst Gras. Die Menschen vergessen, andere Ereignisse erschüttern die Welt oder die engere Heimat, und was sich vor zwei Jahren noch ereignet hatte, war langsam in Vergessenheit geraten. Ja, es begab sich immer Neues. Auf der Hochries war zum Beispiel ein junger Bauernbursch beim Wildern erschossen worden, um den außer seiner Mutter eine große Menschenmenge trauerte, denn er hatte im Leben gestanden wie ein Baum. Das Volk aber rankte um sein jähes Sterben eine Legende, in der er über Jahre hinaus weiterleben wird, der Sulter Christian aus Aschau, der einmal in einer warmen Sommernacht einer gewissen Frau Elsner gesagt hatte, dass er es allweil noch lieber mit dem Venusstern halte. Und der Herrn Elsner immer wieder so nett gefragt hatte, ob es denn gestattet sei. Den Förster hatte er wahrscheinlich nicht gefragt, ob es gestattet sei, sondern auf dessen Anruf mit einer schlecht gezielten Ladung Schrot geantwortet, und darum hatte ihm ein kleines Bleimantelgeschoss den Blick zum Venusstern hinauf auf ewig verdunkelt.

Auf der Wandlingerhöh zündete ein Brandstifter einen der schönsten Höfe im Oberland an. Die junge Bäuerin kam in den Flammen um und der Hof brannte bis auf die Grundmauern nieder. Auf dem Chiemsee kenterte ein Boot, zwei Menschen ertranken, ein bekannter Industrieller und seine Sekretärin.

Ach ja, es ereignete sich so viel in dieser Zeit, dass das, was Rasso einmal getan haben sollte, so winzig klein erschien, dass man es allmählich als Schande empfand, ihn deswegen einmal geschnitten zu haben.

Die alten Freunde vergaßen, dass sie auf die Seite geschaut hatten, wenn der Rasso ihnen auf dem Fahrrad begegnet war. Sie wussten das ganz einfach nicht mehr jetzt, schlugen ihm stattdessen auf die Schulter und bewunderten ihn, dass er sein altes Motorrad nach so kurzer Zeit in den Schupfen gestellt hatte und stattdessen mit einem ganz ansehnlichen Wagen daherkam. Die Moni vom Kuglerwirt stellte ihm jetzt, wenn er gerade einmal kam – was ohnehin nicht recht oft geschah –, mit zuckersüßer Freundlichkeit das Bierglas hin und sagte laut und vernehmlich: »Zum Wohlsein, Rasso. Lass es dir schmecken.«

Für andere, die ihn weniger kannten, war er auf einmal der Herr Luiser, der junge Unternehmer mit Bagger, Radlader und einem zwar nicht neuen, aber stattlichen Kipplastwagen, ein Mann mit Unternehmergeist und gesundem Selbstvertrauen.

Sein Kiesbetrieb florierte prächtig, die Bankschulden waren in verhältnismäßig kurzer Zeit schon abgezahlt, er dachte bereits schon an einen zweiten Lastwagen und eine Quetschmühle. Zwar fuhr er den Lastwagen einstweilen noch selber, aber für den Bagger hatte er bereits einen tüchtigen Baggerführer eingestellt. Niemand jedoch wusste, dass dieser Mann, der so energiegeladen nach oben strebte, mit seiner kleinen, tapferen Frau ein ganz bescheidenes Leben führte, dass sie manchmal nichts anderes aßen als Milch und Brot, weil sie sich noch jeden Pfennig vom Mund absparten.

Mit Lisa, das gab Rasso jetzt umumwunden zu, hätte er es nie so weit gebracht. Lisa hätte wahrscheinlich niemals eine Schaufel in die Hand genommen und sie wäre nie zum Berg gegangen so wie Eva, auch wenn diese des einfältigen Glaubens gewesen war, es könnte Gold im Berg sein oder zumindest Silber.

Jetzt schaufelte Eva nicht mehr. Es wäre auch nicht mehr möglich gewesen, weil sie im siebten Monat schwanger war. Aber sie hatte sowieso noch Arbeit genug, saß auf dem alten Eicher-Traktor und mähte Gras, holte Streu heim und Torf und brachte die Milchkübel zur Hauptstraße hinauf, während der Bagger sich langsam in den Berg hineinfraß, dem man jedoch noch kaum anmerkte, dass man ihm schon etwas von seiner Masse weggenommen hatte.

Die Straße vom Schattenloch hinauf zur Hauptstraße war jetzt breit und gut geteert und auf ihr sah man zuweilen am Sonntagnachmittag den Luiser daherkommen, ganz langsam, die Hände auf dem Rücken verschränkt, eine Zigarre zwischen den Lippen. Manchmal blieb er stehen und sah zu den Bäumen hinauf, betrachtete von fern her kritisch das bescheidene Kieswerk da unten und kehrte wieder um.

Rasso und Eva saßen auf der Hausbank und hielten ihre Feierstunde. Das heißt, so ganz entspannt konnten sie nie sein. Sie besprachen schon wieder, was am nächsten Tag zu geschehen habe. Eva hatte nun immer einen großen Terminkalender bei sich. Da standen für die zweite Jahreshälfte jetzt bereits zahlreiche Termine, an denen Kies und Sand an Baustellen im Umkreis zu liefern war. Die Kapazitäten waren bereits auf Wochen hinaus ausgebucht, es gab keinen Stillstand mehr.

»Jetzt kommt er wieder«, sagte Rasso plötzlich und streifte die Asche von seiner Zigarre ab, die er sich immer noch nur sonntags gönnte. »Pass nur auf, jetzt geht er bis zum Rand der Kuppe hin, dann kehrt er wieder um.«

»Muss er denn immer umkehren?«, fragte Eva, in deren Herzen immer eine große Bereitschaft war zum Gutsein.

»Wenn er nicht freiwillig hergeht, hertragen kann ich ihn nicht«, antwortete Rasso.

»Er ist immerhin dein Vater, Rasso.«

»Der mich ausgestoßen hat.«

»Sei doch froh, sonst wären wir zwei jetzt nicht hier!«

Er fasste nach ihrer Hand und drückte sie.

»Wie froh ich bin, das weißt du ja.«

Da stand Eva, als sie sah, dass der Luiser bereits wieder kehrtgemacht hatte, ganz einfach auf, legte die hohlen Hände um den Mund und schrie:

»Vater!«

Der Luiser zuckte zusammen, dann drehte er sich langsam um.

»Komm doch runter zu uns, Vater!«

Eine Weile schien er zu überlegen und Rasso sagte: »Wenn er jetzt geht, wirst du ihn nie mehr rufen!«

Aber der Luiser hatte sich besonnen, kam nun schnell heran, stand vor den beiden und ließ seine Blicke langsam über Eva wandern.

»Hast du mich vorhin ›Vater‹ gerufen?«

»Ja, aber – wenn du es nicht gern hörst von mir …«

»Ach Schmarren!«, sagte der Luiser gröber, als er wollte, und fügte hinzu: »Vielleicht bietet mir schon bald eins von euch einen Platz an.«

Eilfertig rutschten Rasso und Eva beiseite, sodass er in der Mitte Platz nehmen konnte. Jetzt erst sah Rasso, dass der Vater sehr gealtert war. Um seinen Mund waren harte Falten, das Haar an den Schläfen war fast ebenso weiß wie die Brauenbüschel über seinen Augen.

Endlich schien er fertig zu sein mit der Musterung und holte seinen Blick wieder zurück aus der Kiesgrube.

»Dass hier so viel Kies hergeht, hab ich selber nicht gewusst«, sagte er dann. »Respekt, Respekt! Ihr macht euch ganz schön.«

»Schön langsam wird's schon«, sagte Rasso. »Am Anfang war es freilich bitterschwer.«

»Das macht nichts. Wenn man zu stolz ist und nicht fragt – meinst du, es wäre dir eine Perle aus der Krone gefallen, wenn du zu mir gekommen wärst, dass ich dir Bürgschaft leiste?«

»Mir ist es lieber so«, antwortete Rasso. »Dann sind wir niemandem zu Dank verpflichtet. Gell, Eva?«

»Ich hab dir aber gesagt, der Vater tät uns vielleicht schon helfen«, meinte Eva.

»Das sagt sich jetzt leicht, weil inzwischen nichts mehr schiefgehen kann. Aber wie armselig wir zwei angefangen haben, mit Pickel und Schaufel, da hätte uns niemand einen Pfennig gegeben. Da haben bloß wir zwei allein geglaubt. Meinst, dass es für mich recht lustig war, zu wissen, dass sich der Martin droben ins warme Nest hocken kann und ich muss mich da herunten abfretten?«

»Gar so warm ist sein Nest auch nicht«, gab der Alte zu bedenken. »Arbeit hat er grad genug und Frieden wenig. Damit du es weißt, erst vorige Woche hab ich ihm den Hof überschreiben lassen.«

»Ja, weil die Lisa nicht aufgehört hat zu benzen ...«

»Du bist, scheint mir, ganz gut unterrichtet.«

»Man hat halt auch so seine Quellen. Vielleicht weißt du schon, dass man mir jetzt wieder überall recht freundlich entgegenkommt.«

»Weil halt über alles einmal Gras wächst.«

Eva sah die strenge Falte auf Rassos Stirn und lenkte schnell ein:

»Was darf ich dir denn bringen? Magst du einen Apfelmost oder ein Bier?«

»Durst hätt ich schon. Wenn du mir ein Bier bringst?«

Später besichtigte der Luiser dann alles, was es zu sehen gab. Zuerst die Kiesgrube, dann Haus und Stall.

»Fünf Küh?«, staunte er. »Und sechs Säu? Ja, sagt einmal, könnt ihr denn das noch alles schaffen?«

Da endlich konnte Rasso losbringen, was ihm schon die ganze Zeit auf dem Herzen gebrannt hatte.

»Mit einer anderen Frau ging das vielleicht nicht. Aber mit der Eva. Mit der könnt man die ganze Welt einreißen.«

Der Luiser nickte, als wüsste er das schon lange.

»Fleißig ist sie immer schon gewesen. Die Mutter, Gott hab sie selig, hat allweil viel auf sie gehalten. Und ich auch.«

»Bloß wie sie euch davon ist und zu mir gegangen ist,

da seid ihr alle über sie hergefallen und habt euch das Maul zerrissen.«

»Wenn du da auch mich einbeziehst, dann bist du falsch informiert. Ich hab sie von dem Tag an erst so richtig achten gelernt, wie sie so tapfer zu dir gestanden ist. So, und jetzt lassen wir das Vergangene, es kommt nichts Gescheites raus dabei. Ich hätte es gern, Rasso, dass du heut mit mir zum Wirt gehst.«

»Ja, geh nur«, drängte Eva, als sie merkte, dass Rasso ablehnen wollte.

Als sie dann für kurze Zeit allein waren, legte der Luiser seine Hand auf Evas schmal gewordene Schultern.

»Gib Obacht auf dich«, mahnte er. »Nichts Schweres mehr heben und keine Schaufel mehr in der Kiesgrube anrühren!«

»Nein«, sagte sie gehorsam und machte doch erstaunte Augen. »Wieso weißt du es?«

»Weil ich Augen im Kopf hab, und wie ich schätze, werden dir die paar Monate noch schwer genug werden mit dieser Menge von Arbeit. Und es sollst wenigstens dann du mir einen gesunden Enkel schenken, wenn es auf dem Luiserhof schon nicht recht klappen will. Ich weiß nicht, was das ist, aber der Bub geht jetzt schon ins zweite Jahr und kann noch nicht einmal richtig aufrecht stehen.«

»Den Doktor einmal fragen?«, meinte Eva.

»Man hat schon zehn Doktoren gefragt und – bezahlt. Und jeder sagt was anderes. Darum ist es an dir, Everl«, er hatte sie früher, als sie noch jünger war, öfter einmal Everl genannt, »du sollst wenigstens was auf die Welt bringen, an dem mein Alter noch Freud haben kann. Ein bissel Sonne brauch ich doch, nötiger denn je.«

»So, ich bin fertig!« Rasso trat unter die Haustür. Er

hatte Jeans und Arbeitshemd gegen Pfoad und Joppe getauscht und sah in der Tracht aus wie einer der großen Bauern der Gegend.

»Komm nicht gar zu spät heim, Rasso.«

Er schaute auf seine Uhr und versprach:

»Spätestens um neun Uhr bin ich wieder da.«

Dann gingen sie, gleich groß, gleich im Schritt, nur dass sich beim Luiser die Schultern schon ein bisschen nach vorne neigten. Eva stand am Pflanzgartenzaun und sah ihnen nach. Auf ihrem Gesicht lag ein froher Schein, den auch die Schatten des Berges nicht verdunkeln konnten, denn dieses Leuchten kam von Innen heraus wie das Blühen der Heckenrosen, die sich in sanftem Bogen um das Türchen im Gartenzaun rankten.

Eines Tages, es war schon Ende August, brachte der Postbote ein Telegramm für Rasso. Es war noch an den Luiserhof adressiert, aber die Post wusste in der Zwischenzeit zur Genüge, wo Rasso zu finden war.

Das Telegramm kam vom Klinikum Rosenheim und forderte Rasso mit dürren Worten auf, er möge sich auf dem schnellsten Weg auf der Intensivstation einfinden. Es wünsche ihn jemand dringend zu sprechen.

Kopfschüttelnd las er das Telegramm zum zweiten Mal, das von einer Oberschwester Helga unterzeichnet war. »Ich kann mir nicht denken, wer mich sprechen will.«

Da holte Eva schweigend die Zeitung von vorgestern und wies auf einen Artikel, der von einem schweren Verkehrsunfall berichtete, bei dem drei Personen schwer verletzt worden seien. Bei den Verletzten, die in die Unfallabteilung des städtischen Krankenhauses eingeliefert wurden, handelt es sich um eine Familie Elsner aus Pirmasens. Das dabeistehende Foto zeigte ein zertrümmertes und ausgebranntes Wrack.

»Warum hast du mir die Zeitung nicht schon gestern gezeigt, Eva?«

»Ich wollte nicht, dass du noch mal an diese Geschichte erinnert wirst. Aber ich glaube, du musst sofort fahren, Rasso.«

»Ich denke gar nicht daran! Diese Familie hat Unglück genug über mich gebracht!«

»Du darfst jetzt dem Schicksal nicht ausweichen, Rasso, das es jetzt vielleicht gut meint.«

Rasso überlegte einen Augenblick, dann hatte er sich entschlossen.

»Gut, richte mir Hemd und Krawatte her. Wenn es schon sein muss, dann gleich.«

»Morgen könnte es vielleicht schon zu spät sein.«

Eine halbe Stunde später empfing ihn jene Oberschwester Helga und blickte ihn erstaunt an.

»Sie sind also dieser Rasso Luiser, nach dem das Mädchen dauernd verlangt. Ich habe mir gedacht, dass ich Ihnen schreiben muss, denn das, was sie sagt, dürfte für Sie von größter Wichtigkeit sein.«

»Fehlt es weit?«

»Leider. Die Verbrennungen und inneren Verletzungen sind zu schwer. Es ist alles getan worden, aber es besteht keine Hoffnung mehr.«

»Und ihre Eltern?«

»Auch schwer verletzt, aber sie werden überleben. Und nun kommen Sie, bitte.«

Sie ging ihm voran, Rasso folgte ihr mit einem ganz merkwürdigen Gefühl. Immer hatte er sich gewünscht Melanie noch einmal zu begegnen um aus ihr herauszupressen, dass sie damals gelogen hatte. Eine solche Begegnung hatte er sich allerdings nicht gewünscht.

Leise öffnete die Schwester die Tür. Ein schneeweißes Zimmer, ein schneeweißes Bett, darin eine Gestalt, deren Kopf mit Verbandzeug dick umwickelt war. Nur an den Augen erkannte er sie, die ihm groß und ängstlich entgegensahen. Dann ging ein müdes Lächeln um ihren Mund.

»Danke, dass du gekommen bist, Rasso.«

Er stand da und schwieg.

»Komm näher. Ich kann nicht mehr so laut sprechen.«

»Du solltest überhaupt nicht sprechen, Kind«, mahnte die Schwester.

»Ja, aber etwas muss gesagt werden. Das ist so wichtig für sein weiteres Leben. Bitte, Schwester, bleiben Sie nur auch hier, damit es ihm jemand bezeugen kann, dass ich damals – alles gelogen habe.«

»Aber warum denn nur?«, fragte er mit düsterer Miene.

»Ich weiß es heute selbst nicht mehr. Ich habe geträumt und fantasiert – es war reiner Selbstbetrug, ich weiß es. Ich wollte nicht hinter meinen Freundinnen zurückstehen mit meinen Erlebnissen. Und es hätte auch niemandem geschadet, wenn sie im Internat mein Tagebuch nicht erwischt hätten. Da kam dann alles ins Laufen und ich konnte nichts mehr rückgängig machen.«

»Aber – vor dem Gericht hättest du doch noch alles rückgängig machen können und die Wahrheit bekennen müssen.«

»Da konnte ich nicht mehr zurück, ich hatte mich schon so verrannt in mein Hirngespinst und hätte es nicht ertragen können – die Schande, plötzlich als Lügnerin dazustehen.«

»Aber ich hab es schon ertragen müssen, neun Monate Gefängnis – bloß weil das gnädige Fräulein sich geschämt hat die Wahrheit zu sagen!«

»Bitte nicht so laut«, mahnte die Schwester.

»Ich sehe, du bist verbittert, und auch mit Recht, und

– du wirst mir nicht verzeihen können. Es tut mir alles so entsetzlich Leid, und wenn du mir die Schuld nicht vergibst, Rasso, wird es ein sehr schweres Sterben für mich sein.«

Das ging ihm nun doch ans Herz. Er wagte es nicht, seine Hand auf die ihre zu legen, die schlaff und dick mit Brandsalbe bestrichen auf der Bettdecke lag.

»Du wirst nicht sterben, Melanie. Du bist jung und kräftig …«

»Ich weiß das besser, Rasso. Ich fühle es und ich sehe es doch an ihren Blicken, wenn sie zur Visite kommen. Dann verstehe ich auch einige von den lateinischen Brocken. – Bitte, Rasso, verzeih mir.«

»Ja, ich verzeihe dir. Aber du sollst nicht so viel reden!«

»Bloß noch ein bisschen«, flüsterte sie mit feuchten Augen. »Es ist mir ein Trost zu wissen, dass es das Schicksal doch noch recht gut mit dir gemeint hat. Du sollst eine brave und tüchtige Frau haben. Sei froh, dass du die Lisa nicht genommen hast. Sie hat so kalte Augen und ein kaltes Herz. Ich habe auch erfahren, dass du eine äußerst glückliche Hand hast in allem, was du anfängst, mit dem Kies oder so.«

»Woher weißt du denn das alles?«

»Wir waren heuer in Breitbrunn in Urlaub und sind ein paar Mal auf dem Weinberg zum Mittagessen gewesen. Da haben sie es erzählt. Auf der Heimfahrt ist es dann passiert, kurz hinter Stephanskirchen bei den engen Kurven. Mama ist gefahren und kam ins Schleudern.«

»Das ist ja entsetzlich.«

»Gib mir jetzt deine Hand, Rasso, und – sagen wir uns Lebwohl. Ich habe dich geliebt, Rasso, und das hätte es nicht tun dürfen. Heute begreife ich nicht mehr, dass ich einmal so geltungsbedürftig war zu deinem

Schaden. Bitte, bleib noch ein wenig sitzen bei mir. Einzig und allein die Augen sind heil geblieben an mir, sodass ich dich wenigstens noch einmal sehen durfte.«

Rasso wechselte einen kurzen Blick mit der Schwester und verstand.

»Ich besuche dich bald wieder!«

»Ja, an meinem Grab, Rasso. Ein paar Blumen wenigstens auf mein Grab.«

»Einen großen Strauß in deine Hände, wenn du wieder gesund bist, Engelchen!«

Sie lächelte ihm mühsam zu. Aber die Augen lächelten nicht mehr mit, sie waren so seltsam verschleiert.

»Einmal hast du ›Teufelchen‹ zu mir gesagt.«

Er stand auf und streichelte ihre Hand. »Bis morgen dann, Melanie. Gute Besserung.«

»Bis morgen, Rasso.«

Zu ihren Eltern ging er nicht. Er bat die Schwester ihnen zu erzählen, was Melanie gestanden hatte.

»Ich werde alles schriftlich niederschreiben und mit meiner Unterschrift bezeugen. Wenn ich vorher gewusst hätte, was sie gestehen will, hätten wir ein Diktiergerät mitlaufen lassen.«

»Ihnen wird man auch so glauben, Schwester.«

Noch in der gleichen Nacht starb Melanie und wurde drei Tage später beerdigt, weil niemand sich um eine Überführung kümmern konnte. Ihre Eltern lagen immer noch in bedenklichem Zustand, sodass man es nicht wagte ihnen den Tod ihrer Tochter mitzuteilen.

Niemand ging hinter dem Sarg als die Oberschwester der Unfallabteilung und Rasso, der am wenigsten Grund gehabt hätte einem Geschöpf nachzutrauern, das ihn bedenkenlos in eine Tragödie hineingestoßen hatte. Einen großen Strauß Feldblumen warf Rasso auf den schmalen braunen Sarg hinunter. Dann ging er still hinweg, stieg in seinen Wagen und fuhr nach Hause.

Ein paar Tage später brachte die Lokalzeitung einen Artikel, in dem eindringlich beklagt wurde, wie leicht doch ein unbescholtener Mensch unter die Räder der Justiz geraten könne. Der Fall Rasso Luiser sei hierfür wieder einmal ein treffender Beweis und mahne zur größten Vorsicht bei der Bewertung von Aussagen Jugendlicher.

Ja, nun war er wieder rehabilitiert, kein Kainsmal haftete ihm mehr an, er durfte den Kopf wieder hoch tragen und es amüsierte ihn, dass nun gerade diejenigen um seine Gunst buhlten, die ihm zuvor am meisten ihre Verachtung gezeigt hatten.

»Ich hab ja nie dran geglaubt«, beteuerten sie und waren doch fest von seiner Schuld überzeugt gewesen.

Nur Lisa, die Luiserbäuerin, konnte sich nicht darauf hinausreden. Weil sie fest an Rassos Schuld geglaubt hatte, hatte sie den Martin geheiratet. Da halfen ihr jetzt keine Selbstvorwürfe mehr und es gab ihr niemand etwas dafür, wenn sie sich selbst anklagte: »Ich hab es nicht erwarten können Luiserbäuerin zu werden um jeden Preis.«

Zu allem Überfluss musste sie immer und überall noch hören, welch einen Aufschwung Rassos Unternehmen genommen habe. Er beschäftigte jetzt neben dem Baggerführer bereits einen Lastwagenfahrer und zwei Hilfskräfte. Zu ihrem Verdruss ging jetzt auch der alte Luiser immer öfter da hinunter, was sich schon Quetschwerk und Baggerbetrieb nannte. Dort konnte man inzwischen schon einiges an Baumaterialien haben, vom feinen Putzsand, Grubenkies, Splitt bis zum Rollkies. In ein oder zwei Jahren würde Rasso wahrscheinlich noch mehr zu bieten haben, während sie, die Lisa, übers vorgegebene Maß nicht mehr hinauskam. Es hatte sich alles ins Gegenteil ausgewirkt, und in ihrer Verbitterung sagte sie immer wieder dass der Vater nichts Dümmeres habe tun können als dem Rasso das Schattenloch zu geben.

»Wer hat denn geahnt, dass dort so eine Zukunft liegt?«, schrie ihr Mann, der Martin, genauso gereizt zurück. »Und jetzt hör endlich einmal damit auf, die Familie aufzuhetzen! Du hast unter allen Umständen Luiserbäuerin werden wollen und das hast du erreicht, weil ich gutmütiger Narr geglaubt hab, es ging dir auch ein klein wenig um mich. Pfeifendeckel! Aber schön langsam hab ich mich an deine Kälte schon gewöhnt und hab mich abgefunden damit, dass ich mein Leben halt so nehm, wie es ist.«

»Jetzt auf einmal?«, fragte Lisa spitz. »Und einmal hast du mir weisgemacht, wie gern du mich hättest.«

»Ja, und das ist auch wahr. Ich war in deine Schönheit vernarrt und bin auf meinen Bruder eifersüchtig gewesen. Heut aber denk ich oft an den alten Korbflechter, der mir einmal gesagt hat: Von der Schönheit kann man nicht runterbeißen und das erste Kindbett kann die Schönheit schon auswischen. Und« – seine Stimme kam ins Stocken – »und was für ein Kind wir haben, weißt du ja. Der arme Kerl bringt heut noch nicht einmal ein Wörtl raus.«

»Das ist es ja!«, schrie sie unbeherrscht. »Glaubst du denn, dass das nicht auf mir liegt wie ein Stein? Wenn ich dann hören muss von dem Alten, wie prächtig der Bub da drunten im Schattenloch gedeiht! Denen geht doch alles hinaus! Was hab ich denn verbrochen, dass ich so ein Depperl aufziehen muss?«

»Tu dich nicht versündigen, Lisa. Du musst vor allem einmal aufhören, mit deinem Neid in alles hineinzubohren, weil dich das dann bloß noch unzufriedener macht. Du solltest mir noch ein paar Buben schenken, Lisa, oder ein paar Mädel dazu, die dir gleichen. So hat unser Leben doch auch keinen Sinn.«

Daraufhin wurde Lisa sehr nachdenklich, warf plötzlich die Hände vors Gesicht und weinte bitterlich. Martin ließ sie ruhig gewähren. Als sie sich dann endlich beruhigt hatte, fasste sie sich ein Herz, ließ sich von Martin in den schützenden Arm nehmen und gestand:

»Du hast Recht, Martin. Mein verdammter Neid lässt mich überhaupt nicht mehr zur Ruhe kommen. Aber von jetzt ab wird es anders werden, Martin, das verspreche ich dir. Ich sehe ein, dass ich große Fehler gemacht hab in unserer Ehe. Versuchen wir's halt noch mal.«

Sie wusste nicht, wie lange er auf dieses erlösende Wort gewartet hatte und wie es ihn nun beglückte, dass auch sie von neuem beginnen wollte.

Die Zeit flog dahin. Im Schattenloch standen jetzt zwei mächtige Bagger und sechs Lastwagen. Unweit des alten Bauernhofes, der inzwischen von einem Schweizer Ehepaar bewirtschaftet wurde, war ein neues Wohnhaus entstanden, zweifarbig getüncht in so leuchtenden Farben, dass man früher darüber die Hände über dem Kopf zusammengeschlagen hätte. Aber auch das gehörte zum neuen Lebensstil genauso wie die blonde Sekretärin im Büro des neuen Hauses, die auf dem Computer die Korrespondenz schrieb und die Rechnungen ausdruckte. Einmal hatte Eva mit ihrer kindlichen Schrift die ersten Fuhren Kies in ein blaues Schulheft eingeschrieben. Aber daran erinnerten sich bloß mehr Rasso und Eva, die er immer noch mit derselben Herzlichkeit sein »Weiberl« nannte, obwohl sie inzwischen eine recht stattliche und selbstbewusste Frau und Mutter dreier Kinder geworden war.

An ihre erste schwere Zeit erinnerte auch der alte Pickel, der wie eine kostbare Reliquie im neuen Haus, an der rauh geputzten Wand im Flur hing. Damals war alles noch so einfach und klar übersichtlich gewesen, jede Schaufel voll Sand hatte man im Kopf gehabt, und niemand hatte sich träumen lassen, dass einmal auf dem Briefkopf stehen würde:

»Quetschwerk Schattenloch, Kies-, Sand und Splittwerk. Baggervermietung und Transportunternehmen.«

Der Herr dieses Werkes ging selbstbewusst durch seinen Betrieb mit den jetzt fünfundzwanzig Arbeitern und Angestellten, blieb da und dort einmal stehen, nahm eine Hand voll Sand, ließ ihn prüfend durch die Finger rieseln und gab seine Anweisungen knapp und sachlich. Nie hörte ihn jemand fluchen oder schreien. Damit hatte Rasso sich nicht nur bei seinen Leuten Ansehen und Respekt verschafft, sondern er genoss beides in großem Ausmaß weit über das Land hinaus. Er brauchte seinen Aufträgen nicht mehr nachzulaufen, man kam zu ihm. Einflussreiche Herren gingen in seinem Haus ein und aus, verhandelten mit ihm und waren ihm geneigt. Sie saßen dann in der großen Bauernstube aus hellem Lärchenholz, von dessen breitem Fenster man auf das silberleuchtende Roggenfeld und über das Moor hinausschauen konnte bis zum See.

Dann kam Eva mit einem Krug Rotwein herbei und schenkte die Gläser voll.

»Auf Ihr Spezielles, Frau Luiser!«, sagten die Gäste und stießen mit ihr an. Sie war schon lange nicht mehr gehemmt und verlegen bei derlei Besuchen und konnte mit bezwingender Herzlichkeit fragen:

»Und wie geht es Ihrer Frau, Herr Doktor Reppel?, Und was machen die Kinder?«

Sie konnte so ungezwungen plaudern, gerade über Kinder und über die Heilmittel der Natur, mit denen sie groß geworden war und mit denen sie die vielerlei kleinen Kinderkrankheiten sehr erfolgreich zu behandeln wusste.

Manchmal kam bei solch gemütlichem Beisammensein auch Rasso ins Erzählen und blätterte im Buch der Erinnerungen zurück bis zu dem Tag, an dem seine Frau – jawohl, mit dem Pickel, den man draußen im Flur hängen sehe! – dem Berg zu Leibe gegangen war, in der Meinung, es könnte Gold drin sein oder Silber. Es hörte sich wie ein Märchen aus längst versunkener Zeit an und Rasso rückte es bewusst so zurecht, als käme das ganze Verdienst nur seinem »Weiberl« zu.

»Glück war halt auch dabei«, meinte einmal einer der Gäste. »Und dann darf man nicht die Zeit vergessen, den Aufschwung der Bautätigkeit gerade hier in Oberbayern.«

»Und den da droben«, erwiderte Eva und deutete mit der Hand zum Herrgottswinkel hin. »Ohne Seinen Segen wäre es nicht gegangen.«

Ja, des Herrgotts Segen lag sichtbar über allem Schaffen und Walten der Leute aus dem Schattenloch, das man jetzt auch Sonnenloch hätte nennen können. Denn der Berg war zurückgewichen, das neue Haus stand weiter abseits, die Schatten kamen jetzt nicht mehr schon um zehn Uhr vormittags, sondern erst gegen Mittag.

Gottes Segen lag auch über dem Blühen und Gedeihen der Kinder. Der kleine Rasso war ganz das Ebenbild seines Vaters und wuchs so gesund heran wie die Zwillingsschwestern Maria und Veronika.

Wenn noch eine leise Bedrückung über diesem sonnscheinigen Glück lag, dann war es der stumme Zwist, der immer noch zwischen den beiden Brüdern herrschte und den auch der alte Luiser noch nicht hatte überbrücken können, der schon bald mehr im Schattenloch als auf dem Luiserhof daheim war.

Im Frühjahr darauf aber, als Eva wieder einen Buben geboren hatte, lud sie die Luiserhofer für den Sonntagnachmittag kurz entschlossen und ohne Wissen Rassos zur Tauffeier ein.

Sie kamen dann wirklich mit Pfarrer Strobl zu Fuß daher. Martin schob in einem großen Buggy seinen an den Beinen gelähmten Erstgeborenen vorneweg. Hinterher gingen die beiden anderen Kinder, ein Mädl und ein Bub, und den Schluss bildeten Pfarrer Strobl und Lisa. Die Luiserin in einem hochgeschlossenen Trachtenspenzer, mit silberner Halskette und schweren Ohrringen, war immer noch eine beachtenswert schöne Frau. Nur um ihren Mund spielte jetzt ein verbitterter Zug.

Rasso, der mit Eva und dem Architektenehepaar Rohloff, die als Taufpaten fungiert hatten, gerade im Wagen von der Taufe zurückgekommen war, stand unter der Haustür und zündete sich eine Zigarre an. Auf einmal gab es ihm einen Ruck und er sah mit schmalen Augen zur Straße hinauf.

»Eva!«, schrie er in den Flur zurück. »Schau einmal, wer da kommt!«

Sie stand schon neben ihm und lächelte zufrieden.

»Also kommen sie doch.«

Rasso zog ein paar Mal heftig an seiner Zigarre. Dann sah er Eva an.

»Wer hat denn die eingeladen?«

Sie machte ihr treuherziges Gesicht und hing sich an seinen Arm.

»Ich, Rasso. Sei nicht bös, dass ich es ohne dein Wissen getan habe. Und dass sie kommen, ist doch ein Zeichen, dass sie Frieden schließen wollen.«

»Oder es treibt sie die Neugierde her.«

»Vielleicht auch das, ja. Aber reiß dich mir zuliebe zusammen.«

»Ich? Du bist schon gut!« Mehr konnte er nicht sagen, denn die Besucher waren inzwischen herangekommen. Die Begrüßung der Brüder war kühl und ohne Herzlichkeit.

»Servus, Rasso«, sagte Martin.

»Servus, Martin«

Martin schob den Wagen neben die Hausmauer und hob seinen halblahmen Buben heraus. Dieser Anblick stimmte Rasso sofort milder. Die anderen zwei Kinder reichten ihm die Händchen und Lisa sagte ihnen: »Das ist Onkel Rasso.«

Als Rasso sich aufrichtete, blickte er für Sekunden in Lisas Augen und es war ihm ein leiser Triumph, dass sie die ihren vor den seinen senken musste. Der Pfarrer war es dann, der die etwas peinliche Situation überbrückte, indem er schnuppernd die Nase hob.

»Hm, dieser Kaffeegeruch! Man wird doch keinen Mokka gebraut haben?«

»Nein«, antwortete Eva. »Nur Cappuccino. Mein Mann mag ihn lieber als normalen Bohnenkaffee. Darf ich jetzt bitten?«

Es wurde dann doch ein recht unterhaltsamer Nachmittag bei Kaffee und Kuchen, später dann noch bei Aufschnitt und Wein. Ein Mädchen, das man für die Feier engagiert hatte, bediente bei Tisch, und so sehr Lisa auch mit kritischen Blicken alles musterte, sie fand keinen Grund etwas auszusetzen – höchstens daß sie insgeheim die Ungerechtigkeit des Schicksals beklagte, das es so gefügt hatte, dass dieser einst so unscheinbaren Bauernmagd nun der Architekt zum Abschied die Hand küsste – eine Geste altmodischer Höflichkeit, die ihrer Meinung nach eher ihr zugestanden hätte.

Später, als die Männer hinübergegangen waren um den Maschinenpark zu besichtigen, waren Lisa und Eva einen Augenblick allein.

»Ja, ja, du bist heute fein heraußen«, sagte Lisa nicht ohne Spitze.

»Wie man's nimmt. Ich hab auch meine Sorgen und Arbeit grad genug.«

»So schön möchte ich es auch haben und deine Sorgen dazu. Wenn man bedenkt, dass du einmal bei uns Magd gewesen bist.«

»Bei dir zwar nicht allzu lange, Schwägerin.«

»Wie sagst du? Ach so, stimmt ja. Wir sind ja Schwägerinnen. Bloß hab ich bisher davon noch nicht recht viel bemerkt.«

»Ist das meine Schuld gewesen, Lisa?«

Die Luiserin senkte den Kopf.

»Du hast Recht, Eva. Auf alle Fälle danke ich dir, dass du uns eingeladen hast. Der Anfang ist gemacht und es ist nicht gut, wenn zwei Familien aus der gleichen Sippe untereinander zerkriegt sind.«

Eva hätte zwar jetzt wieder sagen können, dass daran doch die Lisa allein die Schuld trüge. Aber sie überging es, brachte das Gespräch auf die Kinder und führte die Schwägerin anschließend durch das ganze Haus. Und da konnte selbst Lisa die Anerkennung nicht mehr versagen. Sie fragte nur noch:

»Aber da habt ihr doch einen Architekten gehabt?«

»Zum Haus ja, aber die Zimmer haben wir schon nach unserem Geschmack eingerichtet. Ich hab mich selber gewundert, dass Rasso in allem einen so guten Geschmack hat.«

Lisa biss sich auf die Lippen, ihre Stirn war umwölkt, sie dachte über etwas nach und sagte dann mit spöttischem Unterton:

»Er scheint sich aber auch manchmal im Geschmack geirrt zu haben.«

»Das glaub ich nicht, wir haben uns immer wunderbar vertragen.«

»Ich hab doch nicht dich gemeint«, beeilte sich Lisa zu beteuern.

»Doch, du hast genau mich gemeint, Schwägerin. Aber du musst nicht glauben, dass mir das was ausmacht. Ich trage keinem Menschen etwas nach, was er einmal über mich gesagt hat oder noch sagen wird.«

»Ich glaube, wir müssen uns auf den Heimweg machen«, meinte Lisa daraufhin schnell. »Wo werden denn die Kinder stecken?«

»Drüben hinterm Hof hab ich sie vorhin gesehen, mit den unseren zusammen.«

Vor dem Haus saß nur arm und verlassen der Gelähmte und sah mit seinen großen traurigen Augen auf Eva, von der man ihm gesagt hatte, dass sie seine Tante sei. Er lächelte sie an.

Eva setzte sich zu ihm und legte ihre Hand auf sein braunes Haar. »Gefällt es dir hier?«

Er nickte eifrig.

»Dann kommt nur bald wieder einmal.«

Währenddessen war Lisa zum Hof hinübergegangen, um die Kinder zu holen. Sie warf einen Blick durch die offene Stalltür. Eine ganze Reihe schwarz gefleckter Holländerkühe stand da drinnen. Und einst hatten sie Rasso nur zwei Kühe in den Stall gestellt!

Sie fand die Kinder hinter der Tennbrücke nicht, stand eine Weile wie versonnen dort und schaute zu den Moorwiesen hinaus.

»Das war viel weiter, da drüben links im Wald«, sagte plötzlich eine Stimme hinter ihr. Brennrot im Gesicht drehte sie sich um und sah Rasso in die schmalen Augen.

»Ich weiß nicht, was du meinst, Schwager.«

Seine Lippen zuckten spöttisch: »Ich habe gemeint, Schwägerin, du suchst nach der Bank, auf der wir damals gesessen sind.«

»Das ist schon sehr lange her.«

»Ich weiß auch nicht mehr, wie lange schon.«

»Hast du da nicht ein Herz und einige Buchstaben in eine Buche geschnitzt?«

»Ja, meinen Namen und den deinen. Ich habe sie dann später, als du meine Schwägerin wurdest, weggeschnitten.«

Lisa wandte den Kopf ab und schaute wieder ins Moor hinaus zu den kleinen weißen Birken. Dann holte sie tief Atem.

»Warum erinnerst du mich überhaupt daran?«

»Weil ich gerade gedacht habe, dass du jetzt nicht als meine Schwägerin neben mir stehen bräuchtest, wenn du mehr Vertrauen zu mir gehabt hättest.«

»Jeder Mensch macht – Fehler. Es stimmt, ich hätte auf dich warten sollen.«

»Auf mich warten?« Es prickelte ihn geradezu vor Lust zum Spotten und Höhnen. »Dann wärst du ja nicht Luiserhofbäuerin geworden. Und darum ging es dir doch. Aber es war gut so, Schwägerin; denn sonst hätte ich nie das Glück erlebt, das mir jetzt zuteil geworden ist. Eva wäre dann nicht in mein Leben gekommen und es wäre sehr arm und leer gewesen.«

Ihre Augen sind immer noch fliederfarben, dachte er, als er sie anschaute. Und der Mund immer noch voll und rot. Und er erinnerte sich, wie aufrichtig er sie einmal geliebt hatte. Und doch war alles nichts gegen die stille Geborgenheit an Evas Seite, wenn er einmal müde und abgespannt von den Geschäften zurückkam. Wer weiß, ob Lisa jemals diese Kameradschaft aufgebracht hätte, die stille Geduld und die Tapferkeit, mit der Eva mitten in seine Not hineingekommen war um alles mit ihm zu teilen.

»Du tust ja gerade, als ob sie eine Heilige wäre«, entgegnete jetzt Lisa gereizt und konnte nicht verstehen, dass sich daraufhin Rassos Gesicht erhellte, als fiele ein Sonnenstrahl hinein.

»Ja, jetzt hast du das richtige Wort gesagt. Meine kleine, geduldige Heilige ist sie gewesen, ist es heute noch und wird es immer bleiben. Ich habe ihr mehr zu verdanken, als du jemals begreifen wirst.«

Zum Glück kamen jetzt die Kinder herbei und es war nun höchste Zeit heimzukehren. Rasso nahm das Krüppelkind auf seine Arme und setzte den Buben behutsam in den Fond seines BMW. Dann nahmen alle anderen Platz. Er fuhr sie zurück auf den Luiserhof und kam damit nach langer Zeit zum ersten Mal wieder an die Stätte seiner Kindheit und Jugend.

An diesem Abend, als die Kinder zu Bett gebracht waren, gingen Rasso und Eva den Fußweg durch das Birkenwäldchen bis zum See hinunter und standen dort eine ganze Weile. Die Sonne war längst untergegangen, auf der Weinberghöhe flammten die bunten kleinen Lichter auf und im See begannen die ersten Sterne sich zu spiegeln. Rasso hatte den Arm um Evas Schulter gelegt und schenkte ihr alle Geborgenheit eines glücklichen Menschen.

»Der Tag heut hat dich doch recht angestrengt?«

»Es waren schon viel schwerere Tage in unserem Leben, Rasso. Damals, als du dich meiner erbarmt hast.«

»Dreh bloß nichts um, Weiberl! Du hast dich meiner erbarmt.«

»Wir haben uns in unserer Ehe noch nie gestritten, Rasso, und wollen es auch jetzt dabei belassen, dass alles Erbarmen in Liebe gebettet war.«

»Du redest immer so gescheit, Eva. Ach – wenn ich dich nicht gehabt hätte!«

Der Himmel sah jetzt aus wie eine Wiese mit tausenden von Sternblumen. Und es war so still ringsum. Nur der Nachtwind flüsterte leise in den jungen Birkenblättern und im Schilf.

Langsam gingen sie wieder zurück. Sie hielten sich an den Händen wie Kinder. Manchmal blieben sie stehen und schauten zu den Sternen hinauf. Und wenn sie etwas sagten, so sagten sie es ganz leise und mit wenig Worten, weil sie wussten, dass ihre Liebe keiner beschwörenden Worte bedurfte. Sie war aus der Armut aufgewachsen, war mitgewachsen in eine Zeit hinein, die hektisch und rastlos war und in der die Liebe und das Mitleid der Menschen untereinander immer ärmer zu werden schienen.